KB060781

모래 사나이

▲

모래 사나이

E. T. A. 호프만

김현성 옮김

▲

문학과지성사

옮긴이 김현성

서강대학교 독어독문학과를 졸업하고 독일 본 대학에서 수학했다. 옮긴 책으로 프란츠 카프카의 『심판』, 페터 뷔츠의 『페터 한트케론』, 토마스 베른하르트의 『모자』, 어슐러 구디너프의 『자연의 신성한 깊이』 등이 있다.

문지 스펙트럼 세계 문학

모래 사나이

제1판 제 1쇄 2001년 9월 17일
제1판 제12쇄 2019년 3월 25일
제2판 제 1쇄 2020년 5월 8일
제2판 제 2쇄 2022년 10월 13일

지은이 E. T. A. 호프만
옮긴이 김현성
펴낸이 이광호
주간 이근혜
편집 박지현
펴낸곳 ㈜문학과지성사
등록번호 제1993-000098호
주소 04034 서울 마포구 잔다리로7길 18 (서교동 377-20)
전화 02) 338-7224
팩스 02) 323-4180(편집) 02) 338-7221(영업)
전자우편 moonji@moonji.com
홈페이지 www.moonji.com

ISBN 978-89-320-3628-1 03850

이 도서의 국립중앙도서관 출판예정도서목록(CIP)은 서지정보유통지원시스템 홈페이지 (http://seoji.nl.go.kr)와 국가자료공동목록시스템(http://www.nl.go.kr/kolisnet)에서 이용하실 수 있습니다.(CIP제어번호: CIP2020017806)

차례

일러두기

1. 이 책은 E.T.A. Hoffmann의 *Nachtstücke*(Wiesbaden, 1979)에서 작품을 선별하여 우리말로 옮긴 것이다.
2. 인명, 지명 등 고유명사의 외래어 표기는 국립국어원 외래어 표기법에 따랐다.
3. 이 책에 실린 원주는 (원주)로, 옮긴이 주는 따로 표시하지 않았다.

모래 사나이

나타나엘이 로타르에게

너무 오랫동안 편지를 쓰지 않아 모두 걱정하고 있겠지. 어머니는 화가 나셨을 테고, 클라라는 내가 여기서 무척 재밌게 지내느라 마음과 머릿속에 깊이 새겨져 있는 귀여운 천사의 모습을 완전히 잊어버렸을 거라고 생각하겠지. 하지만 그렇지 않아. 날마다, 매 순간 나는 너희 모두를 생각하고 있어. 달콤한 꿈속에 귀여운 클라라의 다정한 모습이 떠오르고, 내가 가면 늘 그랬듯이 클라라는 맑은 눈으로 우아하게 웃고 있지. 아, 하지만 이처럼 정신이 혼란스러운 상태에서 어떻게 내가 너희에게 편지를 쓸 수 있었겠니! 그 어떤 생각도 할 수 없을 정도였어. 내 삶에 끔찍한 일이 일어났어! 나를 위협하는 무서운 운명의 어두운 예감이 따스한 한 줄기 햇살도 꿰뚫을 수 없는 검은 구름 그림자처럼 나를 내리누르고 있어. 내게 일어난 일을 이야기해야겠지. 그래야 한다는 걸 알지만, 생각만 해도 미친 듯이 웃음이 터져 나오지 뭐야. 아, 사랑하는 로타르! 며칠 전 일어난 일이 정말 내 삶을 너무도 끔찍하게 파괴할 수 있는 일이라는 걸 네가 느낄 수 있게 하려면 어떻게 시작해야 할까! 네가 여기에 있다면 직접 볼 수 있을 텐데. 하지만 지금 넌 분명 나를 유령을 보았다고 생각하는 정신 나간 사람이라고 생각하겠지. 그래, 간단히 말하지. 내게 일어난 끔찍한 일이란, 바로 며칠 전, 즉 10월 30일 낮 12시에 청우계 장수가 내 방에 들어온 일이야. 그 사건에서 받은 끔찍한 인상을 지우려고 노력하지만 소용없어. 그가 물건을 사라고 했지만, 나는 아무것도 사지 않고 그를 계단 밑으로 떼밀어버리겠다고 위협했더니 스스로 나가버리더군.

이 사건이 특별한 의미를 갖는 것은 오로지 내 삶과 깊이 관련된 연관성 때문이야. 그래, 그 불길한 장사꾼이 내게 치명적인 영향을 미칠 수도 있다는 걸 너는 짐작할 거야. 사실이 그래. 너의 총명한 지각이 모든 것을 분명하고 확실하게 생생한 모습으로 인식할 수 있도록 나는 지금 온 힘을 다해 침착하고 참을성 있게 내 유년기의 일을 네게 자세히 이야기하려고 해. 시작하려니 너와 클라라가 웃으며 "그건 순전히 어린애 같은 소리야" 하고 말하는 게 들리는 것 같아. 그래 웃어, 마음껏 웃으라고! 나도 너희가 그러길 바라. 하지만 오, 하느님! 나는 지금 머리카락이 곤두서고, 미칠 듯한 절망 속에서 마치 프란츠 모어*가 다니엘에게 하는 것처럼 너희에게 날 비웃으라고 애원하는 거야. 아무튼 본론으로 들어갈게.

우리 형제들은 점심시간 외에는 하루 종일 아버지를 볼 수 없었어. 아버지는 일하시느라 무척 바쁘셨던 것 같아. 늘 하던 대로 7시에 저녁 식사를 하고 나면 어머니와 우리는 아버지의 작업실로 가 둥근 테이블 주위에 둘러앉곤 했지. 아버지는 담배를 피우시며 커다란 잔으로 맥주도 드셨어. 아버지는 종종 우리에게 신기한 이야기를 많이 들려주셨는데, 이야기에 열중한 나머지 담뱃불이 늘 꺼져서 내가 파이프에 다시 불을 붙여드려야 했지. 불붙인 종이를 들고 있는 일은 참 재밌었어. 그러나 이따금 아버지는 우리 손에 그림책을 들려주고는 안락의자에 꼼짝 않고 앉아서 말없이 짙은 담배 연기만 내뿜으셨는데, 그럴 때면 우리는 마치 안개 속에 잠긴 것 같았어. 그런 밤이면 어머니는 매우 슬퍼하셨고, 9시만 되면 곧 "얘들아, 이제 자러 가거라. 모래 사나이가 오는 소리가 들린다" 하고 말씀하셨지. 그때마다 실제로 천천히 층계를 올라오는 무거운 발소리가 들렸어. 그래서 나는 그게 모래 사나이**라고 생각했지. 한번은 둔중하게 쿵쿵

* 프리드리히 실러의 희곡 『군도』 속 주인공.

** 동화나 민담에 나오는 초자연적인 존재. 수마睡魔나 잠 귀신으로 번역할 수 있다.

울리는 그 발소리가 특히 무서웠어. 우리를 침실로 데려가는 어머니에게 나는 물었지.

"엄마, 우리를 늘 아빠에게서 떼어놓는 그 나쁜 모래 사나이는 누구예요? 어떻게 생겼어요?"

"얘야, 모래 사나이는 없단다" 하고 어머니는 말씀하셨어.

"모래 사나이가 온다고 말하는 건, 너희가 너무 졸려서 눈에 모래를 뿌린 것처럼 눈을 뜰 수 없을 거라는 뜻이야."

어머니의 대답에도 궁금증이 풀리지 않은 나는 어린 마음에 어머니는 우리가 무서워할까 봐 모래 사나이가 없다고 말씀하시는 거라는 생각이 들었어. 나는 모래 사나이가 층계를 올라오는 소리를 늘 들었으니까. 모래 사나이와 우리 아이들에 대한 관계를 좀더 자세히 알고 싶은 호기심에 가득 차서, 나는 마침내 막내 누이동생을 돌보는 늙은 유모에게 물어보았지.

"모래 사나이는 도대체 어떤 사람이에요?"

"나타나엘, 아직 그것도 모르니? 그는 아주 나쁜 사람인데 자러 가지 않으려는 아이들에게 와서 눈에 모래를 한 줌 뿌린단다. 눈알이 피투성이가 되어 튀어나오면 모래 사나이는 그 눈알을 자루에 넣어서 자기 아이들에게 먹이려고 달나라로 돌아가지. 그의 아이들은 둥지에 사는데 올빼미처럼 끝이 구부러진 부리로 말 안 듣는 아이들의 눈을 쪼아 먹는단다" 하고 말했어. 그래서 내 마음속에는 잔인한 모래 사나이가 소름 끼치는 모습으로 그려졌지. 밤에 층계를 올라오는 소리가 들리면, 나는 공포와 두려움으로 몸을 떨고 눈물을 흘리며 "모래 사나이야! 모래 사나이야!" 하고 더듬거리며 소리쳤어. 어머니는 내게서 그 말밖에 들을 수 없었지. 나는 곧 침실로 뛰어갔지만 모래 사나이의 끔찍한 모습이 밤새도록 나를 괴롭혔어. 유모가 들려준 모래 사나이나 달나라에 있는 그의 아이들의 둥지에 대한 이야기를 믿지 않을 만한 나이가 되었을 때도 모래 사나이는 여전히 내게 무서운 유령으로 남았고, 그가 층계를 올라오는 소리나 아버지의 방문을 세차게 열고 들어서는 소리가 들리면 경악과 공포에 사로잡혔어.

이따금 그는 오랫동안 오지 않다가도 어느 때는 전보다 더 자주 찾아오기도 했어. 그런 일이 여러 해 계속됐지만 나는 그 무서운 유령이 익숙해지지도, 내 마음속에 있는 소름 끼치는 모래 사나이의 모습이 지워지지도 않았어. 모래 사나이가 우리 아버지와 만나서 무슨 일을 하는 걸까 하는 상상에 점점 더 몰두하기 시작했지. 너무 겁이 나 아버지에게 물어보지는 못했지만 그 수수께끼에 싸인 모래 사나이를 직접 보고, 그 비밀을 스스로 알아내고 싶은 호기심은 해가 갈수록 내 마음속에서 점점 더 커졌어. 모래 사나이는 어린아이들의 마음에 쉽게 깃드는 경이로움과 모험의 길로 나를 데려갔지. 물론 요정이나 마녀, 난쟁이 등등의 무서운 이야기를 듣거나 읽는 것처럼 재미있는 건 없었지만, 그 어떤 이야기보다 더 신기한 건 역시 모래 사나이였고, 나는 책상이나 옷장, 벽에 분필이나 숯으로 아주 흉측하게 모래 사나이를 그리곤 했지.

열 살이 되었을 때 어머니는 나를 아이들 방에서 다른 방으로 옮겨 가게 하셨어. 아버지 방 가까이에 있는 방이었지. 그때도 여전히 9시가 되어 그 미지의 사나이가 집 안에 들어서는 소리가 들리면 우리는 얼른 물러가야 했어. 내 방에서도 그 사나이가 아버지 방으로 들어가는 소리가 들렸고, 곧이어 이상한 냄새를 풍기는 옅은 연기가 집 안에 퍼지는 것 같았어. 어떤 방법으로든 모래 사나이를 한번 보고 싶은 호기심과 더불어 용기도 점점 커졌지. 이따금 어머니가 가시고 나면 얼른 내 방에서 몰래 빠져나와 복도로 나가봤지만 아무것도 알아낼 수 없었어. 모래 사나이가 보일 만한 곳에 다다르면 그는 이미 방 안으로 들어간 후였거든. 마침내 억제할 수 없는 충동에 이끌린 나는 아버지의 방 안에 몰래 숨어들어 모래 사나이를 기다리기로 결심했어.

어느 날 저녁, 아버지의 침묵과 어머니의 슬픈 표정에서 오늘 밤 모래 사나이가 오리라는 걸 알아차렸어. 그래서 몹시 졸린 체하며 9시가 되기 전에 방에서 나와 문 옆 구석에 깊이 숨었지. 대문이 삐걱 열리고 복도를 지나 층계를 천천히 올라오는 무거운 발소리가 들렸어. 어머니는 동생들을 데리고 급히 내 앞을 지나갔지. 소리 나지 않게 나는 아버지 방의 문을 열었어. 아버지는 언제나 그랬듯이 말없이 문을 등진 채 꼼짝도 하지 않고 앉아 계시더군. 아버지는 내가 들어온 걸 알아차리지 못했어. 나는 안으로 들어가 문 바로 옆 아버지의 옷이 걸려 있는 옷장 앞에 쳐진 커튼 뒤에 숨었어. 발소리는 점점 가까이 다가오더니 밖에서 기침 소리와 이상하게 중얼거리는 소리가 들리더군. 두려움과 기대로 내 가슴은 두근거렸어. 발소리가 바로 문 앞에서 또렷하게 들리고 손잡이를 힘차게 돌리는 소리가 나더니 문이 벌컥 열리는 거야! 나는 간신히 용기를 내 조심스럽게 내다보았어. 모래 사나이는 방 한가운데에, 아버지 앞에 서 있었어. 밝은 불빛이 그의 얼굴을 비췄어! 모래 사나이, 무서운 모래 사나이는 바로 늙은 변호사 코펠리우스였어! 이따금 우리 집에서 점심 식사도 같이하던 사람이지.

그러나 코펠리우스야말로 소름 끼치는 흉측한 모습이었어. 키가 크고 어깨가 넓고 기괴하게 커다란 머리, 황토색 얼굴, 덤불처럼 부숭부숭한 회색 눈썹 아래 이글거리며 쏘아보는 고양이 같은 녹색 눈, 크고 억센 코를 상상해봐. 비뚤어진 입으로 음흉한 웃음을 짓곤 했는데, 그러면 뺨에 검붉은 반점이 나타나고 꽉 다문 이 사이로 이상하게 쉭쉭거리는 소리가 새어 나왔지. 코펠리우스는 언제나 오래된 회색 양복에 조끼와 바지를 입고 검은 양말과 작은 버클이 달린 구두를 신고 있었어. 가발은 너무 작아 정수리에도 미치지 못했는데, 옆머리는 커다란 붉은 귀 훨씬 위쪽에 붙어 있고 한데 묶은 풍성한 뒷머리는 목덜미에서 곤두서서 목깃을 잠근 은색 고리가 보였지. 전체적으로 역겹고 혐오스러운 모습이었지만, 무엇보다 커다랗고 뼈마디가 불거진 털북숭이 손이 너무 징그러워서 우리 형제들은 그의 손이 닿은 것은 모두 싫어했어. 그것을 알아차린 코펠리우스는 어머니가 우리 접시 위에 올려놓은 케이크나 달콤한 과일을 이런저런 핑계로 만져서는, 그 맛있는 음식이 순식간에 구역질 나고 혐오스러운 것으로 변해버려 우리가 눈물을 글썽이며 먹지 못하게 되는 걸 즐기는 거였어. 축젯날 아버지가 우리에게 작은 잔에 달콤한 포도주를 따라주면, 그는 얼른 술잔에 손을 대거나 심지어 푸른색 입술에 갖다 대고는 우리가 화가 나 울먹이면 정말 악마처럼 웃어댔어. 그는 늘 우리를 작은 짐승들이라고 부르곤 했지. 우린 그에게 아무 말도 못 하고, 고의적으로 작은 즐거움마저 망쳐버리는 그 추악하고 고약한 사람이 없어지길 바랐어. 어머니도 우리처럼 그 흉측한 코펠리우스를 싫어하시는 것 같았어. 그가 나타나면 어머니의 밝고 명랑한 기분은 이내 슬프고 우울하고 심각한 표정으로 바뀌었거든. 아버지는 코펠리우스가 지체 높은 사람인 양 그의 무례함을 견디고 어떻게든 기분 좋게 대해야 하는 사람으로 생각했어. 아버지는 넌지시 지시해 성찬을 차리게 하고 귀한 포도주를 대접했지.

그 코펠리우스를 보는 순간, 다름 아닌 바로 그가 모래 사나이라는 사실에 나는 넋이 나갈 정도로 놀라고 소름이 끼쳤던 거야. 모래 사나이는 유모의 동화에 나오는 달나라의 올빼미 둥지에 아이들의 눈을 먹이로 가져가는 괴물이 아니었어. 그래, 가는 곳마다 슬픔과 불행, 일시적이거나 영원한 재앙을 가져다주는 추악한 악마 같은 괴물, 코펠리우스였던 거야.

나는 완전히 마술에 사로잡혔어. 발각되면 분명히 심한 벌을 받으리라는 것을 알고, 그 자리에 그대로 숨어 머리를 커튼 사이로 몰래 내밀었어. 아버지는 코펠리우스를 반갑게 맞이했어.

"자, 일을 시작합시다."

쩌렁쩌렁 울리는 쉰 목소리로 코펠리우스는 그렇게 말하고 웃옷을 벗어 던지더군. 아버지도 말없이 우울하게 잠옷을 벗고, 두 사람은 검은색 긴 가운을 입었어. 가운을 어디서 꺼냈는지는 보지 못했어. 아버지가 벽장문을 열자, 그때까지 나는 그게 벽장이 아니라 그냥 움푹 들어간 곳이라고 생각했는데 그곳에 작은 화덕이 있더군. 코펠리우스가 그쪽으로 다가갔고 화덕에서는 푸른 불꽃이 피어올랐어. 온갖 이상한 도구들이 주위에 널려 있었어. 오 하느님! 이제

불 위에 몸을 숙이고 있는 우리 아버지는 완전히 딴사람 같았어. 그의 온화하고 정직한 모습이 무서운 고통으로 일그러져 추악하고 혐오스러운 악마의 모습으로 변했어. 아버지는 코펠리우스와 닮아 있었어. 코펠리우스는 불타는 빨간 집게를 흔들며 짙은 연기 속에서 밝게 빛나는 물체를 꺼내서는 열심히 망치질을 하더군. 차츰 그것은 사람 얼굴 모습이 되어갔어. 그러나 눈이 있어야 할 곳에 눈은 없고, 다만 끔찍하게 움푹 파인 검은 구멍이 있을 뿐이었지.

"눈을 내놔, 눈을 내놔!"

코펠리우스가 둔탁한 목소리로 말했어. 나는 너무나 놀라 비명을 지르며 커튼 밖 바닥에 쓰러지고 말았어. 그러자 코펠리우스는 나를 움켜잡고 "이 작은 짐승, 작은 짐승!" 하고 이를 드러내며 말했어. 그가 나를 들어 올려 화덕에 갖다 대자 불꽃이 내 머리카락을 태우기 시작했어.

"자, 이제 우린 눈이 있어, 눈. 예쁜 아이 눈이 있어."

코펠리우스는 그렇게 속삭이며 두 손으로 시뻘겋게 타는 숯가루를 불 속에서 꺼내 내 눈에 뿌리려고 했어. 그러자 아버지가 두 손을 들고 애원했어.

"선생님! 선생님! 나타나엘의 눈을 빼지 마세요, 제발!"

코펠리우스는 날카로운 소리로 웃으며 말했어.

"그래, 눈은 그대로 두지. 세상에서 제 몫만큼 울라고 말이야. 그럼 손발의 메커니즘이나 잘 관찰합시다."

그러고는 나를 세게 붙잡고 무릎을 꺾더니 손과 발을 돌려 빼서 이리저리 다시 끼웠어.

"온통 제대로 맞질 않아. 원래 있던 대로가 더 낫군. 늙은이 말이 맞아!"

코펠리우스는 쉰 목소리로 속삭였어. 그러자 주위가 온통 칠흑같이 어두워지고 온몸과 신경이 갑작스러운 경련으로 꿈틀대는가 싶더니 나는 곧 정신을 잃었어. 부드럽고 따스한 입김을 얼굴 위에 느끼고 나는 죽음에서 깨어나듯 눈을 떴어. 어머니가 내 위에 몸을 숙이고 계시더군.

"모래 사나이가 아직도 있어요?" 하고 나는 더듬거렸지.

"아니다, 얘야. 모래 사나이는 오래전에 가버렸단다. 모래 사나이는 널 해치지 않아!"

어머니는 그렇게 말하고 되찾은 귀염둥이를 품에 안고 입맞춤을 하셨어.

사랑하는 로타르! 너를 지루하게 만들었지. 아직도 할 말이 너무 많지만 세세한 것까지 장황하게 이야기할 필요가 있을까? 이젠 그만할게! 아무튼 숨어 있다가 들킨 나는 코펠리우스에게 시달리고 공포와 경악으로 심한 열이 나 몇 주 동안 누워 있었어.

"모래 사나이가 아직도 있어요?"

그것이 정신이 들자 내가 처음으로 한 말이었고 치유와 구원의 표시이기도 했지. 이제 내 유년기의 가장 무서웠던 순간을 이야기할게. 그러면 그 모든 게—이제는 희미해지기는 했지만—내 눈에 비친 어리석은 환상이 아니라, 무서운 저주가 정말 검은 구름 장막을 내 삶에 드리웠다는 것을 너도 확신하게 될 거야. 오직 죽음만이 그 장막을 찢을 수 있겠지.

코펠리우스는 그 후 다시는 나타나지 않았는데 도시를 떠났다는 소문이 돌더군.

1년쯤 지났을 거야. 늘 변하지 않은 습관대로 우리 가족은 저녁에 둥근 테이블 주위에 둘러앉았지. 아버지는 아주 유쾌하게 젊었을 때 여행했던 재미있는 이야기를 들려주셨어. 그런데 시계가 9시를 알리자 갑자기 대문 경첩이 삐걱거리더니, 누군가 무겁고 느린 걸음으로 복도를 지나 층계를 올라오는 소리가 들렸어.

"코펠리우스다."

어머니가 창백해지며 말했어.

"그래, 코펠리우스야."

아버지도 갈라진 목소리로 힘없이 말했어. 어머니의 눈에서 눈물이 솟구쳤어.

"여보, 여보! 꼭 그래야만 해요?"

"이번이 마지막이야!"

아버지가 대답했어.

"코펠리우스가 내게 오는 건 이번이 마지막이야, 약속

할게. 애들 데리고 어서 가. 얘들아, 자러 가라, 잘 자라!"

나는 차갑고 무거운 돌에 짓눌린 듯 숨이 멎었어. 내가 움직이지 못하고 서 있자 어머니가 내 팔을 잡았어.

"자, 나타나엘, 빨리 오너라."

나는 어머니에게 이끌려 내 방으로 들어갔지.

"진정해라, 진정해. 침대에 누워라. 자, 어서 자거라."

어머니가 뒤에서 말했어. 그러나 나는 설명할 수 없는 공포와 불안으로 눈을 감을 수 없었어. 밉살맞고 혐오스러운 코펠리우스가 번득이는 눈으로 심술궂게 웃으며 나를 바라보고 있었어. 그의 모습을 지우려고 애썼으나 소용이 없었어. 자정쯤 되었을 때 대포 소리 같은 굉음이 들렸어. 집 전체가 흔들리고, 사람들이 내 방문 앞을 지나가는 소리가 들리고, 대문이 쾅 닫히는 소리가 났어. "코펠리우스다" 하고 놀라 외치며 나는 침대에서 뛰어내려 복도로 나왔어. 절망적인 비명 소리가 날카롭게 들려와서 아버지 방으로 뛰어갔더니, 문은 열려 있고 숨 막히는 연기가 밀려 나오는데 안에서 하녀가 외쳤어.

"아, 주인님! 주인님!"

연기 나는 화덕 앞, 바닥에 아버지가 검게 타 흉측하게 일그러진 얼굴로 죽은 채 누워 계셨어. 아버지 곁에서 누이들이 울부짖고 어머니는 기절해 쓰러져 계셨어! "코펠리우스, 사악한 악마, 네가 우리 아버지를 죽였어!" 하고 나는 외쳤어. 그러곤 정신을 잃었지. 이틀 후 입관할 때 아버지의 얼굴은 살아 계실 때처럼 다시 온화하고 평온한 표정이셨어. 악마 같은 코펠리우스와의 관계가 아버지를 영원한 파멸로 밀어 넣지는 않아서 내 영혼은 위안을 느꼈지.

폭발 때문에 이웃집 사람들이 깨어나 사건은 소문이 났고 당국도 알게 되었어. 당국에서는 책임을 묻기 위해 코펠리우스를 소환하려고 했으나 그는 이미 마을에서 흔적도 없이 사라진 뒤였어.

사랑하는 친구여! 이제 내가 그 청우계 장수가 바로 그 흉측한 코펠리우스라고 말하고, 그 사악한 인간이 무서운 재앙을 가져온다고 생각해도 너는 나를 꾸짖지 않겠지. 비록 다른 차림새를 하고 있었지만 코펠리우스의 모습과 표정이 내 마음속에 너무도 깊이 각인되어 있어서 착각 따윈 있을 수 없어. 게다가 코펠리우스는 이름조차 바꾸지 않았어. 들리는 바로, 그는 여기서 주세페 코폴라라는 이름으로 피에몬테에서 온 기술자 행세를 한다는군.

나는 그와 대결하여 어떻게든 아버지의 죽음에 복수를 하기로 결심했어.

어머니에게는 이 무서운 괴물의 출현에 대해 아무 말도 하지 말아줘. 사랑하는 귀여운 클라라에게 안부 전해줘. 좀 더 안정된 마음으로 그녀에게 편지할게. 안녕.

클라라가 나타나엘에게

내게 편지를 쓰지 않은 지 정말 오래됐지만, 그래도 당신이 날 마음속 깊이 생각하고 있다고 믿어요. 지난번에 당신이 로타르 오빠에게 편지를 보낼 때 얼마나 내 생각을 했으면 겉봉에 내 이름을 썼겠어요. 반가워서 편지를 뜯었는데 '사랑하는 로타르!'라는 구절을 보고서야 잘못 온 걸 알았어요. 더 이상 읽지 말고 로타르 오빠에게 전해주었어야 했는데. 하지만 당신은 전에도 가끔 나의 유치한 장난기를 비난하곤 했죠. 집이 무너질 위기에 처했어도 얼른 도망가기보다 재빨리 창문 커튼의 주름을 바로잡는 여자처럼 내가 침착하고 냉철한 성격이었다면, 당신이 쓴 편지의 첫 구절이 나를 깊이 뒤흔들었다고 말할 수 없겠지요. 나는 숨을 쉴 수 없을 정도였고, 눈앞이 어지러웠어요.

아, 사랑하는 나타나엘! 당신의 삶에 어쩌면 그렇게 끔찍한 일이 일어날 수 있었을까요! 당신과 헤어져서 다시는 당신을 볼 수 없으리라는 생각이 뜨겁게 달궈진 비수처럼 내 가슴을 찔렀어요. 그 편지를 읽고 또 읽었어요! 당신이 묘사한 그 역겨운 코펠리우스는 정말이지 소름 끼쳤어요. 이제야 나는 당신의 아버지가 얼마나 무섭고 끔찍하게 돌아가셨는지 알게 됐어요. 로타르 오빠에게 편지를 돌려줬는데 오빠는 나를 진정시키려고 했지만 소용이 없었어요. 그 불쾌한 청우계 장수 주세페 코폴라가 내가 가는 곳마다 따라오고, 전에는 조용하고 편안하게 잠자던 나를 온갖 이상한 꿈으로 방해하고 있음을 부끄럽게도 고백해야겠군요. 그러나 다음 날 곧 모든 게 달리 생각됐어요. 사랑하는 나타나엘, 코펠리우스가 당신에게 어떤 나쁜 짓을 하리라는 당신의 이상한 예감에도 불구하고, 나는 늘 그렇듯이 아주 명랑하고 걱정 없이 지낸다고 로타르 오빠가 말하더라도 제발 화내지 말아요.

내 생각에 당신이 말하는 모든 무섭고 끔찍한 일들은 당신의 마음속에서만 일어난 것이고, 진정 현실적인 외부 세계와는 아무 관련이 없는 것이라고 아주 솔직하게 당신에게 고백해야겠어요. 그 늙은 코펠리우스가 혐오스러웠던 건 사실이겠지만, 그건 그가 아이들을 싫어했기 때문일 거예요. 당신이나 동생들이 그를 두려워한 것도 다 그 때문이죠.

어린아이의 상상력이 유모가 들려준 무서운 모래 사나이를 코펠리우스와 연결 지었고, 모래 사나이를 믿지 않는 나이가 되어서도 유령처럼 아이들에게 특히 위험한 괴물로 남은 거예요. 밤 시간에 아버지와의 이상한 활동은 두 사람이 몰래 연금술 실험을 한 것에 불과하고, 분명 많은 돈을 헛되이 낭비한 데다, 그런 실험을 하는 사람들이 늘 그렇듯이 아버지가 심오한 지혜를 추구한다는 착각으로 가득 차서 가족들을 멀리하니 어머니가 못마땅하게 생각하신 거죠.

아버지는 분명 자신의 부주의로 죽음을 초래한 것이지, 코펠리우스에게는 책임이 없어요. 어제 경험 많은 이웃집 약사에게 화학 실험 중에 이렇게 순간적으로 치명적인 폭발이 가능한지 물었어요. 그 사람은 "아, 물론이죠"라고 말하며 폭발이 어떻게 일어날 수 있는지 나름대로 아주 자세하고 장황하게 설명하고, 나로서는 기억할 수도 없는 많은 이상한 이름들을 대더군요. 이제 당신은 나를 언짢게 생각하겠지요. 그런 냉정한 심성에는 종종 보이지 않는 팔로 사람을 감싸는 신비의 빛이 뚫고 들어갈 여지가 없다고 말하겠지요. 클라라는 독이 들어 있는 줄도 모르고 황금빛으로 빛나는 과일을 보며 좋아하는 유치한 아이처럼, 세상의 다채로운 표면만을 보고 기뻐한다고 생각하겠죠.

아, 사랑하는 나타나엘! 명랑하고 태평한 마음에도 바로 우리 자신 속에 우리를 파멸시키려는 어두운 힘에 대한 예감이 깃들 수 있다는 것을 믿지 않나요? 그러나 내가 솔직하게 이러한 내면의 투쟁에 대해 생각하는 바를 어떤 식으로든 당신에게 감히 암시하더라도 용서하세요. 결국 난 적절한 말을 찾지 못하고, 당신은 내가 어리석은 생각을 해서가 아니라 요령 없게 말한다고 비웃겠지요.

우리 내면에 그렇게 적대적이고 음흉하게 그물을 쳐서 우리를 단단히 옭아매는, 그래서 우리를 생각지도 못한 파멸의 길로 이끄는 어두운 힘이 있다면 그것은 우리 자신처럼 우리의 내면에서 형성된 것이에요. 그래야만 우리가 그 힘이 있다고 믿고 그 힘이 비밀스러운 과제를 성취하도록 필요한 자리를 비로소 마련해줄 테니까요. 하지만 우리가 낯설고 적대적인 영향력을 늘 제대로 인식하고 우리의 성향과 소명이 인도하는 길을 따라 침착하게 걸어가기 위해 밝은 생활로 다져진 확고한 지각을 갖고 있다면, 결국 그 두려운 힘은 우리 자신의 영상일 어떤 형체를 헛되이 추구하는 싸움에서 패배하고 말 거예요. 우리 스스로가 몰두한 어두운 정신적 힘이 종종 외부 세계의 낯선 형상을 우리 내면으로 끌어들이는 게 분명하며, 그래서 이상한 착각을 믿듯이 우리 스스로 그 형상으로부터 얻어진 정신에 불을 붙이는 것이라고 로타르 오빠도 말했어요. 그것은 우리 자신의 환영이며, 그 환영의 내적 친화력과 우리의 심성에 대한 깊은 영향력이 우리를 지옥으로 떨어뜨리기도 하고 천국으로 끌어올리기도 하는 것이라고요.

사랑하는 나타나엘! 나와 로타르 오빠는 어두운 힘과 폭력의 본질에 대해 마음을 털어놓고 꽤 많은 이야기를 나눴다는 걸 알겠지요. 힘들지만 가장 중요한 것을 묘사하고 보니, 이제 깊은 의미가 제대로 이해돼요. 로타르 오빠의 마지막 말을 완전히 이해하지는 못하고 막연히 추측할 뿐이지만, 모든 게 진실이라고 생각돼요. 제발 그 추악한 변호사 코펠리우스나 청우계 장수 주세페 코폴라에 대한 생각을 몰아내세요. 그 낯선 사람들은 당신에게 아무 짓도 할 수 없음을 굳게 믿으세요. 그들의 적대적인 폭력에 대한 당신의 믿음이 실제로 그들을 적대적으로 만드는 것일 뿐이에요. 당신 편지의 모든 문장이 당신이 몹시 흥분한 상태임을 알려주지 않았다면, 당신의 영혼 깊은 곳의 상태가 나를 괴롭히지 않았을 거예요. 정말 모래 사나이 변호사나 청우계 장수 코펠리우스를 경멸했을 거예요. 그러니 마음을 편히 가지세요. 즐겁게! 나는 수호천사처럼 당신 곁으로 가 당신의 꿈에 나타나서 당신을 괴롭히는 추악한 코폴라를 큰 소리로 웃으며 쫓아내기로 결심했어요. 나는 그 사람이나 그의 역겨운 손이 조금도 겁나지 않아요. 그는 변호사로서 내 과자를 빼앗지도 못하고 모래 사나이로서 내 눈을 빼 가지도 못합니다.

영원히 마음속 깊이 사랑하는 나타나엘.

나타나엘이 로타르에게

며칠 전 네게 쓴 편지를 내 부주의로 그만 클라라에게 보냈는데, 그렇더라도 클라라가 그 편지를 읽었다는 게 몹시 불쾌해. 그녀는 매우 깊은 의미를 지닌 철학적인 편지를 보냈더군. 코펠리우스와 코폴라는 단지 내 내면에만 존재하는 환영일 뿐이라고 자세하게 증명하고, 내가 그 사실을 인식하면 그들은 곧 사라져버릴 거라고 말하더군. 사실 그렇게 밝고 아름답게 미소 짓는 눈을 가진, 종종 유쾌하고 달콤한 꿈처럼 빛나는 정신을 가진 클라라가 그렇게 이성적이고 지혜로운 분별력을 가질 수 있다는 게 믿어지지 않아. 클라라는 너를 증인으로 내세웠어. 너희는 나에 대해 이야기했다고 하더군. 너는 그녀가 모든 것을 섬세하게 바라보고 구별하는 법을 배우도록 논리학을 가르쳤겠지. 그건 아무래도 좋아! 게다가 청우계 장수 주세페 코폴라는 늙은 변호사 코펠리우스가 아닌 게 확실해. 물리학 교수가 며칠 전에야 도착했는데, 저 유명한 자연과학자 스팔란차니*와 이름이 같은 이탈리아인이야. 그 교수의 강의를 듣고 있어. 그는 코폴라를 몇 해 전부터 알고 있었대. 그리고 코폴라의 억양으로 보아 그는 정말 피에몬테 사람이야. 코펠리우스는 독일인이었지만 내 생각에 진짜 독일인은 아니야.

하지만 난 완전히 진정되지는 않았어. 클라라와 너는 늘 나를 우울한 몽상가쯤으로 생각하지만, 코펠리우스의 저주받은 얼굴이 남긴 인상에서 벗어날 수가 없어. 어쨌든 스팔란차니 교수에 따르면 코폴라가 이 도시를 떠났다고 하니 기뻐. 스팔란차니 교수는 굉장한 사람이야. 키가 작고 땅딸막한데 툭 튀어나온 광대뼈에 뾰족한 코, 도드라진 입술, 작

* Lazzaro Spallanzani(1729~1799). 이탈리아의 생물학자.

고 날카로운 눈을 가지고 있어. 어떤 묘사보다도 베를린 달력에 있는 호도비에키*의 칼리오스트로**를 생각하면 더 잘 상상할 수 있을 거야. 스팔란차니는 그렇게 생겼어.

며칠 전 층계를 올라가는데, 전에는 유리문에 두껍게 드리워져 있던 커튼 옆으로 작은 틈이 있더라고. 왜 그랬는지 모르지만 호기심이 생겨서 그 틈새로 안을 들여다보았어. 방 안에는 키가 크고 아주 날씬하고 정말 아름다운 몸매에 화려한 옷을 입은 여자가 작은 탁자 위에 두 팔을 올려놓고 두 손을 모아 쥐고는 앉아 있더군. 그녀가 문을 마주하고 앉아 있어서 천사처럼 아름다운 얼굴을 잘 볼 수 있었지. 그녀는 나를 알아차리지 못한 것 같았는데, 그보다 눈동자가 도무지 움직이질 않아서 무엇을 보고 있다기보다 마치 눈을 뜬 채 자고 있는 것 같았어. 너무나 두려워진 나는 소리 내지 않고 살며시 그 옆에 있는 강당으로 들어갔지. 나중에 들으니 내가 본 사람은 스팔란차니의 딸 올림피아인데, 스팔란차니가 그녀를 가둬놓고 있어서 아무도 그 곁에 가지 못한다는 거야. 그녀가 지적장애거나 아니면 다른 무슨 이유가 있으리라고 모두 수군대고 있어. 왜 이런 이야기를 너에

* Daniel Nicolaus Chodowiecki(1726~1801). 폴란드 태생의 독일 화가.

** Alessandro Conte di Cagliostro(1743~1795). 이탈리아의 모험가, 연금술사.

게 쓰고 있지? 만나서 직접 이야기하는 게 더 자세하고 좋을 텐데. 2주 후 너희에게 갈 거야. 내 귀여운 사랑하는 천사 클라라를 만나야겠어. 솔직히 지나치게 이성적인 편지 때문에 언짢았지만, 만나면 그 감정도 사라지겠지. 그래서 오늘도 그녀에게 편지를 쓰지 않는 거야.

마음속 깊이 인사를 보내며.

친애하는 독자여! 내가 그대에게 들려주려는 불쌍한 내 친구, 젊은 대학생 나타나엘에게 일어난 일보다 더 이상하고 기이한 일은 아마 없을 것이다. 친애하는 독자여! 다른 모든 것을 몰아내고 그대의 마음, 감각, 생각을 완전히 사로잡는 무언가를 경험해본 적이 있는가? 그럴 때 그대 안에 끓어넘치는 열정은 불이 붙어 피가 솟구치고 그대의 뺨은 붉게 물들어, 그대의 시선은 다른 사람들 눈에는 보이지 않는 모습들을 허공에서 붙잡으려는 듯이 기이하며, 그대는 말을 하지 못한 채 슬픈 한숨만 지을 것이다. 그때 친구들은 그대에게 물을 것이다.

"왜 그래, 이 친구야. 무슨 일이야?"

그러면 그대는 온갖 불타는 색채와 빛과 그림자로 휩싸인 내면의 형상을 말하려고, 적어도 시작이라도 하려고, 적당한 단어를 찾으려고 애쓸 것이다. 그리고 곧 첫마디로 그 모든 경이롭고 비범하고 놀랍고 재미있고 무서운 일을 단 한 번의 전기 충격처럼 적절하게 표현해야 할 것 같은 생각이 들 것이다. 그러나 어떤 단어도 그대에게는 색깔이 없고 얼어붙고 생명이 없는 것처럼 느껴지리라. 그대는 찾고 또 찾지만 아무리 중얼거리고 더듬거려도 냉정한 친구들의 질문만 얼음같이 차가운 바람처럼 그대 안으로 파고들어 그대의 열정을 식히리라. 그러나 그대는 용감한 화가처럼 처음에는 몇 개의 대담한 선으로 그림의 윤곽을 그리고 그다음엔 좀더 쉽게 점점 빛나는 색깔을 칠하다 보면, 살아 있는 다양한 형상들의 혼란이 그대의 친구들을 사로잡게 되고 그들은 그대의 정서에서 나온 그림 한가운데에 그들 자신이 있음을 보게 될 것이다!

친애하는 독자여! 고백하건대 내게는 사실 아무도 젊은 나타나엘의 이야기를 묻지 않았다. 그러나 나는 앞에서 묘사했듯이 무엇인가를 내면에 품고서 가까운 사람들이, 아니 세상의 모든 사람이 "그래서 어떻게 됐죠? 얘기해주세요" 하고 조르기라도 하듯 생각하는 작가라는 이상한 종족에 속하는 사람임을 그대는 잘 알 것이다. 그래서 나는 나타나엘의 불운한 삶에 대해 그대에게 이야기하고 싶은 격렬한 충동에 시달리고 있다. 그러나 내 영혼 전체를 이상하게 가득 채우고 있는 그 기이함은 바로 그렇기 때문에, 그리고 나는, 오 나의 독자여, 그대가 결코 사소한 것이 아닌 이

기이함을 견디고 귀 기울이도록 만들어야 하기에 의미 있고 독창적이고 감동적으로 시작하기 위해 고민하느라 몹시 괴로웠다. 모든 이야기의 가장 아름다운 시작인 "옛날 옛적에……"는 너무 평범하다! "작은 지방 도시 S에 사는……"은 적어도 서서히 클라이맥스로 이끌어가기 좋을 것이다. 또는 곧장 사건의 핵심으로 들어가 "청우계 장수 주세페 코폴라가…… 했을 때, 대학생 나타나엘은 분노와 경악으로 이글거리는 눈초리를 하고 꺼져버리라고 외쳤다"라고 시작해도 될 것이다. 대학생 나타나엘의 사나운 눈초리에서 어떤 기묘한 점을 느낄 수 있다고 생각했을 때, 사실 나는 그렇게 썼었다. 그러나 이 이야기는 전혀 재미있는 이야기가 아니다. 내면에 품고 있는 그림의 찬란한 색채를 조금이라도 반영하는 것 같은 어떤 말도 내 머릿속에 떠오르지 않았다. 나는 시작도 하지 않기로 결심했었다. 친애하는 독자여! 친구 로타르가 친절하게도 내게 전해준 세 통의 편지를, 이제 내가 이야기를 들려주며 점점 더 덧칠하려고 애쓸 그림의 윤곽으로 생각하라. 어쩌면 좋은 초상화가처럼 수많은 형상을 그렇게 파악하는 데 성공하여 그대가 모델은 보지 못했어도 비슷하다고, 그 인물을 여러 번 직접 본 것처럼 생각하게 될지도 모른다. 오, 나의 독자여! 그러면 그대는 현실의 삶보다 더 기이하고 광적인 것은 없다고 생각하게 될지도 모른다. 그리고 작가는 현실의 삶을 흐린 거울의 어두운 영상처럼 묘사할 수밖에 없다고 생각하게 될 것이다.

이 편지들에 덧붙여 우선 알아야 할 것을 분명히 하자면, 나타나엘의 아버지가 죽은 직후 역시 부모가 죽어 고아가 된 먼 친척의 아이들인 클라라와 로타르를 나타나엘의 어머니가 집으로 데려왔다. 클라라와 나타나엘은 서로 깊이 사랑하게 되었는데, 아무도 반대할 이유가 없었으므로 나타나엘이 G에서 대학을 다니기 위해 고향을 떠날 때 두 사람은 약혼을 했다. 지난번 편지에 쓴 대로 그는 지금 유명한 물리학 교수 스팔란차니의 강의를 듣고 있다.

이제 나는 안심하고 이야기를 계속할 수 있으리라. 그러나 이 순간 클라라의 모습이 내 눈앞에 생생히 떠올라 그녀가 귀엽게 미소 지으며 나를 바라볼 때면 늘 그렇듯이 눈을 돌릴 수 없다. 클라라는 결코 아름답다고 할 수는 없다. 정해진 기준에 따라 아름다움을 생각하는 사람은 모두 그렇게 생각했다. 그러나 건축가들은 그녀의 몸매의 완전한 비례를 칭송했고, 화가들은 그녀의 목덜미, 어깨, 가슴이 너무도 순결한 형태를 띠었다고 생각했다. 막달레나 같은 그녀의 아름다운 머리카락에 누구나 감탄했고, 바토니*의 색채와 비교했다. 그러나 진정한 몽상가인 어떤 이는 매우 독특한 방식으로 클라라의 눈을 구름 한 점 없는 하늘의 순수한

* Pompeo Girolamo Batoni(1708~1787). 이탈리아의 화가.

파란색과 숲과 꽃이 만발한 들판, 온갖 다채롭고 밝은 삶의 풍부한 풍경을 그대로 비추고 있는 라위스달*의 호수와 비교했다. 하지만 시인이나 음악가는 클라라가 호수나 거울을 연상시키는 것은 아니라고 말했다.

"그녀를 바라보면 그녀의 시선에서 경이로운 천국의 노랫소리가 우리 내면으로 흘러 들어와 모든 것을 일깨우고 싹트게 만든다는 것을 어떻게 부정할 수 있겠는가? 설령 우리 자신이 진정 두려움 없이 노래한다 해도 그건 우리가 대단해서가 아니다. 우리가 그녀 앞에서 무엇인가를 노래하려고 할 때 클라라의 입술 주위에 감도는 섬세한 미소를 보면, 그것이 노래라고 생각했음에도 불구하고 단지 낱낱의 소리만 온통 뒤섞여 혼란스럽게 흩어질 뿐임을 분명하게 알 수 있기 때문이다."

실제로 그러했다. 클라라는 밝고 솔직하고 천진한 어린아이의 생기 넘치는 환상과 심오하면서도 여성적인 부드러운 심성, 그리고 매우 밝고 예리하게 사물을 분별하는 이성을 지니고 있었다. 횡설수설하는 사람들은 그녀에게 좋은 인상을 주지 못했다. 클라라는 과묵한 성품이라 결코 말을 많이 하지 않았으며, 맑은 시선과 섬세하면서도 아이러니한 미소로 "사랑하는 친구들이여! 불명료한 그림자에 불과한

* Jacob van Ruysdael(1628~1682). 네덜란드의 풍경 화가.

그대들의 모습을 살아 움직이는 진정한 모습으로 생각하라고 어떻게 내게 요구할 수 있죠?"라고 말하는 듯했다. 그래서 클라라는 많은 사람들로부터 차갑고 감정이 없으며 산문적이라는 비난을 받았다. 그러나 삶을 명쾌한 깊이로 파악하는 사람들은 차분하고 이성적이며 천진난만한 클라라를 매우 사랑했다. 하지만 학문과 예술 속에서 늘 열정적이며 환희에 차 있는 나타나엘만큼 그녀를 사랑하는 사람은 없었다. 클라라는 온 영혼을 다해 애인에게 헌신했다. 나타나엘이 그녀와 헤어져 떠나갔을 때 처음으로 그녀의 삶에 구름 그림자가 드리워졌다. 나타나엘이 로타르에게 지난번 편지에서 약속했듯이 정말 고향의 어머니 방 안에 들어섰을 때, 그녀는 너무나 기뻐하며 그의 품에 안겼다. 나타나엘이 생각했던 대로 클라라를 다시 보는 순간, 변호사 코펠리우스나 클라라의 이성적인 편지는 더 이상 생각나지 않았고 언짢았던 기분도 모두 사라졌다.

그러나 나타나엘이 친구 로타르에게 불쾌한 청우계 장수 코폴라의 모습이 그의 삶에 몹시 해로운 영향을 끼쳤다고 쓴 것은 옳았다. 첫날 곧 모든 사람은 나타나엘의 성품이 완전히 달라졌음을 느꼈다. 나타나엘은 침울한 몽상에 잠겼고, 예전의 그에게서는 결코 보지 못했던 매우 이상한 행동을 했다. 모든 것, 삶 전체가 그에게는 꿈과 예감이 되었다. 그는 모든 사람이 제멋대로 공상하지만 단지 잔인한 유희를 위한 어두운 힘에 봉사할 뿐이며, 저항해도 소용없고 운명이 정한 바를 겸손하게 순종해야만 한다고 계속 말했다. 나타나엘은 심지어 예술과 학문에서 자발적인 자유의지에 따라 창조한다고 믿는 것은 어리석은 짓이라고 주장하기까지 했다. 왜냐하면 창조할 수 있는 영감은 우리의 내면에서 나오는 게 아니라 우리의 외부에 존재하는, 어떤 지고한 원칙의 영향이기 때문이라는 것이었다.

이성적인 클라라는 이 신비주의적인 열광이 몹시 불쾌했지만 반박해도 소용없을 것 같았다. 다만 나타나엘이 커튼 뒤에 숨어 있던 순간에 자신을 사로잡은 그 사악한 원칙은 코펠리우스이며, 이 불쾌한 악마가 무서운 방식으로 둘의 행복한 사랑을 방해할 것이라고 했을 때 클라라는 매우 심각해져서 말했다.

"그래요, 나타나엘! 당신 말이 맞아요. 코펠리우스는 사악하고 해로운 원칙이에요. 눈에 보이게 삶에 개입하는 악마적인 힘처럼 무서운 영향을 미칠 수 있어요. 하지만 당신이 그를 정신과 생각에서 내쫓아버리지 않을 때만 그렇게 할 수 있어요. 당신이 그의 존재를 믿는 한, 그는 존재하고 활동하는 거예요. 당신의 믿음이 바로 그의 힘이에요."

나타나엘은 클라라가 악마의 존재는 그 자신의 내면에 존재할 뿐이라고 주장하는 데 몹시 화가 나, 악마와 무서운 힘에 대한 온갖 신비설을 내세우려고 했다. 하지만 클라라는 나타나엘이 역정을 내는 것에 그만 불쾌함을 느껴 아무 상관도 없는 말을 하면서 그의 말을 끊어버렸다. 감수성도 없고 차가운 정서를 가진 사람은 이러한 심오한 비밀을 이해할 수 없다고 생각하면서도, 나타나엘은 클라라가 바로 그런 성격을 가진 사람임을 의식하지 못하고 그녀를 이러한 비밀에 입문시키려는 노력을 단념하지 않았다. 이른 아침에 클라라가 아침 식사 준비를 돕고 있을 때, 나타나엘은 그녀 옆에 서서 온갖 신비서를 읽어주었다. 클라라는 "하지만 나타나엘, 내가 지금 당신이 내 커피에 해롭게 작용하는 사악한 원칙이라고 비난하면 어쩌겠어요? 왜냐하면 당신이 원하는 대로 내가 모든 걸 내버려 두고, 당신이 책을 읽는 동안 당신의 눈만 바라본다면 커피가 불 속에 떨어져 우리 모두 아침 식사를 못 하게 될 테니까요!" 하고 말했다. 나타나엘은 세차게 책을 덮어버리고 몹시 화가 나 자신의 방으로 뛰어 들어갔다. 전에 그가 쓴 소설들은 우아하고 생생하고 독특한 힘이 있어서 클라라도 진정으로 재미있게 들었으나, 이제 그의 글은 우울하고 이해할 수 없고 실체도 없어서 클라라가 자신의 감정을 상하게 하지 않으려고 말은 하지 않지만 전혀 흥미를 느끼지 못한다는 것을 나타나엘은 잘 알고 있었다. 클라라에게는 지루한 것보다 더 견딜 수 없는 것은 없었다. 그녀의 시선과 말 속에서 억누를 수 없는 정신적 권태가 나타났다.

나타나엘의 글은 사실 몹시 지루했다. 클라라의 차가운 산문적인 정서에 대한 그의 불만은 점점 커졌고, 클라라는 또 그녀대로 나타나엘의 어둡고 우울하고 지루한 신비주의에 대한 불쾌감을 견딜 수 없었다. 그래서 두 사람은 의식하지 못한 채 내면에서 점점 더 서로 멀어졌다. 나타나엘 자신도 인정하지 않을 수 없듯이 그의 상상 속에서 추악한 코펠리우스의 모습은 희미해졌다. 그의 글에서 무서운 운명의 괴물로 등장하는 코펠리우스를 생생하게 묘사하려면, 이따금 힘겹게 애써야 했다.

마침내 나타나엘은 코펠리우스가 자신의 행복한 사랑을 파괴하리라는 어두운 예감을 주제로 시를 한 편 써야겠다고 생각했다. 그는 자신과 클라라를 성실한 사랑으로 결합되어 있는 연인으로 묘사했다. 그러나 때때로 검은 손아귀가 그들 삶에 끼어들어 두 사람이 이제 막 향유하려는 어떤 기쁨을 앗아가버리곤 했다. 마침내 두 사람이 결혼하기 위해 제단 앞에 섰을 때, 그 무서운 코펠리우스가 나타나 클라라의 아름다운 눈에 손을 댄다. 그러자 그녀의 눈에서 피로 물든 눈알이 튀어나와 시뻘겋게 타는 숯불처럼 나타나엘의 가슴속으로 떨어진다. 코펠리우스는 나타나엘을 움켜잡아 이글거리는 불의 동그라미 속으로 던져버린다. 불의 동그라미는 폭풍우처럼 빠른 속도로 소용돌이치고 거세게 으르렁거리며 그를 잡아채 간다. 마치 백발의 검은 거인들이 격분하여 싸우듯, 거품이 이는 바다에서 태풍이 파도를 사납게 채찍으로 후려치며 포효하는 것 같다. 그 광포한 굉음을 뚫고 클라라의 목소리가 들려온다.

"당신에겐 내가 보이지 않나요? 코펠리우스가 당신을 속였어요. 당신의 가슴에서 그렇게 불타던 것은 나의 눈이 아니라 당신 심장의 뜨거운 핏방울이에요. 내겐 이렇게 눈이 있잖아요. 자, 날 보세요!"

나타나엘은 생각한다.

'분명히 클라라야. 나는 영원히 그녀의 것이야.'

그러자 이러한 생각이 불의 동그라미 속으로 세차게 뚫고 들어간 듯, 갑자기 불길이 사그라지고 그 모든 소란은 캄캄한 심연 속으로 조용히 사라진다. 나타나엘은 클라라의 눈을 들여다본다. 그러나 클라라의 눈을 통해 그를 다정하게 바라보고 있는 것은 다름 아닌 죽음이다.

이 시를 쓰고 있는 동안 나타나엘은 매우 침착하고 신중했다. 그는 모든 문장을 다듬고 고쳤다. 운율을 맞추려고 몰두하여 모든 게 순수하고 조화롭게 울릴 때까지 쉬지 않았다. 그리고 마침내 시를 완성하고 혼자 큰 소리로 읽고 있으려니 격렬한 공포와 경악이 나타나엘을 사로잡아 그는 부르짖었다.

"이것은 누구의 무서운 목소리인가?"

그러나 이내 그것은 매우 잘 쓴 시로 여겨졌고, 이 시로 클라라의 차가운 정서에 불을 붙여야겠다는 생각이 들었다. 물론 무엇 때문에 클라라가 불붙어야 하는지, 도대체 무엇 때문에 무서운 운명이 그들의 사랑을 파괴하리라는 끔찍한 상상으로 그녀를 불안하게 만들어야 하는지는 분명하지 않았다. 나타나엘과 클라라는 어머니의 작은 정원에 앉아 있었다. 나타나엘이 이 시를 쓴 사흘 동안 그의 꿈과 예감으로 클라라를 괴롭히지 않았으므로 그녀는 무척 명랑했다. 나타나엘도 전처럼 재미있는 일들을 활기차고 즐겁게 이야기했으므로 클라라는 "이제야 당신을 완전히 되찾았어요. 우리가 그 추악한 코펠리우스를 몰아낸 걸 잘 알겠지요" 하고 말했다. 그제야 나타나엘은 클라라에게 읽어주려고 가져온 주머니 속의 시가 생각났다. 그는 곧 종이를 꺼내 읽기 시작했다. 클라라는 늘 그렇듯이 지루한 글이리라 짐작하고 참고 견디려고 조용히 뜨개질을 시작했다. 그러나 어두운 구름이 점점 더 검게 변해 몰려오자, 그녀는 뜨개질감을 내려놓고 나타나엘의 눈을 응시했다. 나타나엘은 자신의 시에 억누를 길 없이 감동하여, 마음속 불길이 그의 뺨을 빨갛게 물들였고 눈에서는 눈물이 흘러넘쳤다. 마침내 다 읽은 그는 몹시 지쳐 신음하며 클라라의 손을 잡고 절망적인 비탄에 잠긴 듯 한숨을 쉬었다.

"아! 클라라, 클라라."

클라라는 그를 부드럽게 품에 안고 낮은 목소리로, 그

러나 매우 침착하고 진지하게 말했다.

"나타나엘, 사랑하는 나타나엘! 그 어리석고 무의미하고 광적인 동화를 불 속에 던져버려요."

그러자 나타나엘은 격분하여 클라라를 밀쳐버리고 벌떡 일어나 소리쳤다.

"너는 생명도 없는 저주받은 자동인형이야!"

그러고는 뛰어가버렸다. 깊이 상처받은 클라라는 쓰디쓴 눈물을 흘렸다.

"아, 날 이해하지 못하는 걸 보니 저 사람은 날 결코 사랑하지 않았어."

그녀는 큰 소리로 흐느꼈다. 그때 로타르가 정원으로 들어왔다. 클라라는 무슨 일이 있었는지 말할 수밖에 없었다. 로타르는 진정으로 누이동생을 사랑했다. 그녀가 고발하는 말 한마디 한마디가 불꽃처럼 그의 가슴속에 떨어져서 몽상가 나타나엘에게 오랫동안 반감을 품고 있던 터에 화를 돋우어 그 반감은 곧 사나운 분노로 변했다. 로타르는 나타나엘에게 달려가 사랑하는 누이동생에게 한 부당한 행동을 심한 말로 비난했다. 화가 난 나타나엘도 똑같이 응수했다. 로타르가 "망상에 사로잡힌 미친놈"이라고 말하자, 나타나엘은 "불쌍하고 비열한 속물"이라고 받아쳤다. 결투는 피할 수 없었다.

그들은 이튿날 아침 정원 뒤에서 그 고장 지식인들의 풍습에 따라 날카로운 칼로 결투하기로 했다. 둘은 말없이 몰래 빠져나갔지만, 클라라는 두 사람이 격렬히 싸우는 소리를 들었고 새벽 여명 속에서 펜싱 교사가 칼을 가져오는 것을 보았다. 무슨 일이 일어날지 그녀는 예상할 수 있었다. 클라라가 정원 문을 지나 황급히 달려갔을 때, 결투 장소에 막 도착한 나타나엘과 로타르는 음산한 침묵 속에서 웃옷을 벗어 던지고 피에 굶주린 듯 투쟁욕으로 이글거리는 눈을 하고 서로를 공격하려던 참이었다. 클라라는 울부짖었다.

"이 야만스러운 몹쓸 인간들! 서로를 죽이기 전에 나부터 죽여요. 내 애인이 오빠를 죽이거나 오빠가 내 애인을 죽인다면 난들 어떻게 살아가겠어요!"

로타르는 칼을 든 손을 늘어뜨리고 말없이 땅을 내려다보았다. 나타나엘의 마음속에는 가슴을 찢는 슬픔 속에서, 찬란했던 어린 시절 아름다운 날 아름다운 클라라에게 느꼈던 그 모든 사랑이 다시 용솟음쳤다. 살인 무기가 그의 손에서 미끄러져 떨어졌고 나타나엘은 클라라의 발밑에 몸을 던졌다.

"날 용서할 수 있겠어? 내 사랑하는 단 하나뿐인 클라라! 날 용서해줘. 사랑하는 내 형제 로타르!"

로타르는 친구의 깊은 고통에 마음이 움직였다. 화해한 세 사람은 끝없이 눈물을 흘리며 서로 껴안고 영원한 사랑과 우정으로 헤어지지 말자고 맹세했다.

나타나엘은 자신을 짓누르던 무거운 짐에서 벗어난 기분이었다. 그를 사로잡고 그의 전 존재를 없애려고 위협하던 어두운 힘에 저항하여 마침내 구원받은 것 같았다. 나타나엘은 사랑하는 사람들 곁에서 사흘 더 머물다 G로 돌아갔다. 그는 아직 G에 1년 더 머물러야 했다. 그러나 그 후에는 고향으로 영원히 돌아올 생각이었다.

나타나엘은 자신처럼 남편의 죽음이 코펠리우스 탓이라고 생각하는 어머니에게 코펠리우스를 떠올리게 하면 몹시 놀랄 것이므로, 그녀에게는 코펠리우스에 관해 아무 말도 하지 않았다.

하숙집으로 들어가려던 나타나엘은 집 전체가 불타버린 것을 보고 몹시 놀랐다. 집은 폐허 속에서 굴뚝만 남아 있었다. 아래층에 살던 약사의 실험실에서 불이 났는데, 집은 밑에서부터 위로 타올랐으므로 용감하고 민첩한 친구들이 제때 위층에 있는 나타나엘의 방에 들어가 책, 원고, 실험 기구 들을 구해냈다. 모든 것은 흠 없이 다른 집으로 옮겨졌고 나타나엘은 그 집에 방을 얻어 곧 이사를 했다. 스팔란차니 교수가 바로 건너편에 산다는 것을 알게 됐지만, 별로 이상한 생각은 들지 않았다. 그의 창문에서 올림피아가 종종 홀로 앉아 있는 방이 정면으로 보였지만, 그 점도 별로 이상하지 않았다. 그녀의 표정은 여전히 불분명하고 혼란스러웠지만, 그녀의 모습만은 분명하게 알아볼 수 있었다. 마침내 나타나엘이 이상하게 생각한 것은 전에 올림피아를 유리문 사이로 처음 봤을 때처럼, 작은 탁자 앞에서 오랫동안 아무것도 하지 않고 같은 자세로 앉아 눈도 돌리지 않은 채 나타나엘 쪽을 바라본다는 것이었다. 그보다 더 아름다운 모습을 본 적이 없음을 그 자신도 인정하지 않을 수 없었지만, 클라라를 마음에 품고 있는 나타나엘은 움직임 없이 경직되어 있는 올림피아에겐 관심도 없었고 이따금 책 너머로 흘끔 건너다보며 아름다운 조상彫像을 보듯 바라보는 게 고작이었다.

나타나엘이 클라라에게 편지를 쓰고 있을 때 문 두드리는 소리가 들렸다. 대답을 하자 문이 열리더니 코폴라의 불쾌한 얼굴이 안을 들여다보았다. 나타나엘은 가슴 깊이 전율을 느꼈다. 스팔란차니가 동향인 코폴라에 대해 들려준 이야기와 모래 사나이 코펠리우스에 대해 클라라에게 그토록 엄숙하게 약속한 것을 떠올리고, 나타나엘은 자신의 유치한 공포가 부끄러워서 온 힘을 다해 마음을 가다듬고 가능한 한 부드럽고 침착하게 말했다.

"청우계는 안 사요. 제발 가세요."

그러나 코폴라는 방 안으로 성큼 들어와 큰 입으로 추악하게 웃으며 긴 회색 속눈썹 아래 작은 눈을 쏘는 듯이 빛내면서 쉰 목소리로 말했다.

"아, 청우계가 필요 없다고요? 청우계가 필요 없다! 그럼 눈은 어떻소? 내겐 아름다운 눈도 있는데, 아름다운 눈 말이오!"

나타나엘은 깜짝 놀라 소리쳤다.

"미친 사람 같으니. 어떻게 눈이 있을 수 있어? 눈이라고, 눈?"

그러나 그 순간 코폴라는 청우계를 옆으로 밀어놓고, 넓은 외투 주머니에서 코안경과 안경을 꺼내 책상 위에 늘어놓았다.

"자, 안경, 코 위에 올려놓는 안경. 이게 내가 말한 눈이오, 아름다운 눈!"

그러면서 코폴라는 점점 더 많은 안경을 꺼내 책상 위에 늘어놓았다. 책상 전체가 이상하게 번쩍이고 빛나기 시작했다. 수많은 눈이 경련하듯 실룩거리며 나타나엘을 쏘아보았다. 그러나 그는 책상에서 눈을 돌릴 수 없었다. 코폴라는 점점 더 많은 안경을 책상 위에 늘어놓았다. 번쩍이는 안경들이 날카로운 시선처럼 점점 더 사납게 온통 뒤섞여 튀어 오르며 피처럼 붉은 광선을 나타나엘의 가슴에 쏘아댔다. 나타나엘은 광적인 공포에 휩싸여 소리쳤다.

"그만둬! 그만해. 이 끔찍한 인간 같으니!"

그는 이미 안경으로 책상이 온통 뒤덮였는데도 안경을 더 꺼내려고 가방에 손을 넣고 있는 코폴라의 팔을 움켜잡았다. 코폴라는 쉰 목소리로 불쾌하게 웃으며 팔을 빼내면서 말했다.

"아, 안경이 필요 없다면 여기 좋은 망원경도 있소."

코폴라는 안경을 전부 긁어모아 가방에 집어넣고는 외투 주머니에서 크고 작은 망원경들을 꺼냈다. 안경이 치워지자 나타나엘은 침착해졌고, 클라라를 생각하며 무서운 유령이 단지 자신의 내면에서 나온 것임을 인식했다. 그리고 코폴라는 매우 정직한 기술자이자 안경 제조업자이며, 결코 저주받을 코펠리우스의 분신이나 유령일 수 없음을 상기했다. 게다가 코폴라가 지금 책상 위에 올려놓은 망원경들은 전혀 특별한 게 아니고, 적어도 안경처럼 무서운 느낌을 주지도 않았다. 괜한 공포를 떨쳐버리고 예사로운 장사꾼으로 대하기 위해 나타나엘은 무언가를 사기로 결심했다. 그는 매우 깔끔하게 만들어진, 호주머니에 넣을 수 있는 휴대용 작은 망원경을 집어 들어 시험 삼아 창밖을 내다보았다. 사물을 이렇게 순수하고 선명하게, 바로 눈앞에까지 끌어와주는 망원경은 이제껏 본 적이 없었다.

나타나엘은 무심코 스팔란차니의 집 안을 들여다보았다. 올림피아는 늘 그렇듯이 작은 탁자 위에 팔을 올려놓고 두 손을 모아 쥐고 앉아 있었다. 나타나엘은 처음으로 올림피아의 얼굴이 너무도 아름답다는 것을 알게 됐다. 단지 두 눈만은 이상하게도 움직이지 않고 생기도 없어 보였다. 그러나 망원경으로 더 자세히 보니 올림피아의 눈에 젖은 달빛이 떠오르는 것 같았다. 이제야 비로소 시력이 생긴 것 같았다. 그녀의 눈길은 점점 더 생생하게 불타올랐다. 나타나엘은 마술에 걸린 듯 창문에 들러붙어 천사처럼 아름다운 올림피아를 계속 바라보았다. 헛기침 소리와 중얼거리는 소리가 들려와 나타나엘은 깊은 꿈에서 깨어나듯 정신을 차렸다. 코폴라가 뒤에 서 있었다.

"3두카트, 금화 세 닢이오."

나타나엘은 코폴라를 완전히 잊고 있었던 것이다. 그는 얼른 돈을 지불했다.

"어때요? 좋은 망원경이죠?"

코폴라는 음흉하게 웃으며 불쾌한 쉰 목소리로 물었다.

"네, 네!"

나타나엘은 언짢은 기분으로 대답했다.

"그럼 안녕, 친구!"

코폴라는 곁눈질로 나타나엘을 한참 야릇하게 쳐다보다가 방을 나갔다. 코폴라가 층계에서 큰 소리로 웃는 소리가 들렸다. '그래, 내가 작은 망원경을 너무 비싸게 샀기 때문에 날 비웃는 거야. 돈을 너무 많이 줬어!' 하고 나타나엘은 생각했다. 낮은 소리로 이렇게 말하는데, 죽어가는 사람의 숨소리 같은 깊은 한숨이 방 안을 무섭게 울렸다. 나타나엘은 심한 공포로 숨이 멎었다. 그러나 그렇게 한숨을 쉰 사람이 바로 자기 자신임을 나타나엘은 잘 알고 있었다. "내가 유령을 믿는 어리석은 사람이라고 생각하는 클라라가 옳아" 하고 그는 혼잣말을 했다. "코폴라에게 망원경을 너무 비싸게 샀다는 멍청한 생각으로 이렇게 지나치게 불안해하는 것은 어리석은 짓이야. 아니, 어리석음 그 이상이지. 이유를 전혀 모르겠어."

나타나엘은 클라라에게 쓰던 편지를 마저 쓰려고 책상 앞에 앉았다. 그때 창문 너머를 한 번 보고는 올림피아가 아직도 거기 앉아 있는 걸 알았다. 저항할 수 없는 힘에 내몰리듯, 그 순간 벌떡 일어나 코폴라의 망원경을 집어 들었다. 그는 올림피아의 매혹적인 모습에서 눈을 뗄 수 없었다. 그의 동료이며 친구인 지그문트가 스팔란차니 교수의 강의실로 가자고 부르러 왔을 때도 그는 계속 올림피아만 바라보고 있었다. 올림피아를 처음 발견한 운명의 유리문에는 커튼이 빈틈없이 쳐져 있었다. 뿐만 아니라 이틀 동안 올림피아의 방에서도 그녀를 발견할 수 없었다. 그럼에도 그는 창문 곁을 떠나지 못하고 코폴라의 망원경으로 계속 그쪽만 바라보았다. 셋째 날엔 창문에까지 커튼이 드리워졌다. 완전히 절망한 채로 동경과 불타는 욕망에 떠밀려 밖으로 나간 나타나엘은 그 집 문 앞으로 달려갔다. 올림피아의 모습이 허공에 어른거리고, 숲에서 걸어 나오기도 하고, 맑은 시냇물에서 빛나는 커다란 눈으로 그를 바라보기도 했다. 클라라의 모습은 머릿속에서 완전히 사라지고, 이제 그는 올림피아 외에는 아무것도 생각나지 않았다. 그는 아주 큰 소리로 흐느끼듯 한탄했다.

"아, 드높게 빛나는 내 사랑의 별이여. 곧 사라져버리려고, 절망적인 어두운 밤에 나를 버려두려고 내게 왔단 말인가?"

그가 집으로 돌아가려는데, 스팔란차니의 집 안에서 사람들이 분주하게 돌아다니는 소리가 들렸다. 문들은 모두 활짝 열려 있고 온갖 도구가 안으로 운반되었으며 2층 창문들도 열려 있었다. 하녀들이 바삐 돌아다니며 커다란 빗자루로 이리저리 쓸고 터는가 하면, 안에서는 목수와 페인트공이 망치로 무언가를 두드리며 법석대고 있었다. 나타나엘은 어리둥절하여 길거리에 멈춰 섰다. 그때 지그문트가 웃으며 다가와 말했다.

"스팔란차니 교수를 어떻게 생각해?"

나타나엘은 교수에 대해 아무것도 아는 게 없었으므로 아무 말도 할 수 없었다. 오히려 이 고요하고 우울한 집 안에서 웬일로 이렇게 분주하고 소란스러운 일이 벌어지고 있는지 놀라울 뿐이었다. 그러자 지그문트는 스팔란차니의 집에서 내일 큰 파티가 열릴 거라고 말해주었다. 음악회와 무도회가 열리는데 대학 관계자 절반이 초대를 받았다는 것이다. 스팔란차니가 그렇게 오랫동안 사람들의 눈을 피해 불안하게 숨겨두었던 딸, 올림피아를 처음으로 소개하리라는 소문이 파다하다고 했다.

초대장을 받은 나타나엘은 가슴을 두근거리며 정해진 시간에 스팔란차니 교수의 집으로 갔다. 벌써 마차들이 몰려오고, 잘 꾸며진 홀에는 촛불이 깜박이고 있었다. 수많은 사람들이 모여 있었으며 하나같이 화려한 차림새였다. 올림피아는 매우 화려하고 멋지게 차려입고 나타났다. 그녀의 아름다운 얼굴과 몸매에 모두 감탄하지 않을 수 없었다. 이상하게 약간 굽은 등과 개미처럼 가느다란 허리는 옷을 너무 세게 조여서 그런 것 같았다. 걸음걸이와 자세가 규칙적이고 뻣뻣해서 부자연스러워 보였는데, 사람들은 그녀가 많은 사람들 앞에서 압박감을 느끼기 때문이라고 생각했다.

음악회가 시작되었다. 올림피아는 훌륭한 솜씨로 피아노를 치며 날카로운 유리 종처럼 맑은 목소리로 화려한 기교의 아리아를 불렀다. 나타나엘은 완전히 매료되었다. 그는 맨 뒷줄에 서 있었는데, 촛불 때문에 올림피아의 표정을 잘 알아볼 수 없었다. 그래서 눈에 띄지 않게 살그머니 코폴라의 망원경을 꺼내 아름다운 올림피아를 바라보았다. 아! 그때 나타나엘은 그녀가 열망에 가득 찬 시선으로 그를 바라보는 것을 알았고, 그녀의 노래 한 음 한 음이 비로소 사랑의 눈길 속에서 선명하게 떠오르며 깊이 스며들어 그의 가슴을 불태우는 것을 알았다. 구슬처럼 굴러가는 기교적인 연속음이 나타나엘에게는 사랑으로 빛나는 환희의 탄성처럼 생각됐다. 마침내 카덴차*에 이어 긴 트릴**이 홀에 울려 퍼지자, 나타나엘은 뜨겁게 달궈진 집게로 붙잡힌 듯 참을 수 없는 고통과 매혹에 사로잡혀 큰 소리로 부르짖었다.

"올림피아!"

모두가 고개를 돌려 나타나엘을 쳐다보았고 많은 사람들이 웃었다. 그러나 성당의 오르간 연주자는 전보다 더 근엄한 표정을 지으며 말했다.

"자, 그만!"

음악회는 끝났고, 무도회가 시작됐다. 그녀와 춤추는 것이다. 그녀와! 그것은 나타나엘의 모든 소원과 노력이 가닿기를 바라는 목표였다. 그러나 파티의 여왕 올림피아에게 춤을 청할 용기를 어떻게 낼 것인가? 그러나! 춤이 시작되자 어찌 된 영문인지 그 자신도 알지 못하는 사이 아직 누구와도 춤을 추지 않고 있는 올림피아 곁에 가서 섰다. 나타나엘은 아무 말도 하지 못하고 그녀의 손을 잡았다. 올림피아의 손은 얼음처럼 차가웠다. 그는 소름 끼치는 죽음의 냉기에 온몸이 떨리는 것을 느꼈다. 그는 올림피아의 눈을 응

* 악곡이 끝나기 직전에 독주자나 독창자가 기교적이며 화려하게 연주하는 부분.

** 장식음의 일종으로, 어떤 음을 연장하기 위해 그 음과 2도 높은 음을 교대로 빨리 연주하는 기법.

시했다. 그녀의 눈은 사랑과 동경으로 가득 차 그를 마주 보며 빛났다. 그 순간 차가운 손에서도 맥박이 뛰고 생명의 피가 뜨겁게 흐르기 시작하는 것 같았다. 나타나엘의 가슴에서 사랑의 욕망이 더 높이 불탔고, 그는 아름다운 올림피아를 감싸 안고 날 듯이 춤추며 돌았다. 전에는 자신이 박자를 잘 맞춰 춤을 춘다고 생각했으나, 올림피아의 정확한 박자를 따라가며 때때로 균형을 잃기도 하는 걸 보니 자신이 얼마나 박자 감각이 없는지 곧 깨달았다. 그러나 나타나엘은 다른 여자와는 춤추고 싶지 않았고, 올림피아에게 춤을 청하러 오는 사람은 누구든 곧 죽여버릴 수도 있을 것 같았다. 다행히 그런 일은 두 번밖에 없었는데, 놀랍게도 올림피아는 춤이 끝나면 그냥 혼자 앉아 있어서 그녀에게 다시 춤을 청하기는 어렵지 않았다.

나타나엘이 아름다운 올림피아 외에 다른 것을 볼 수 있었다면 온갖 불쾌한 싸움이 일어났을지도 몰랐다. 호기심 어린 눈길로 아름다운 올림피아의 거동을 좇고 있는 젊은이들의 가까스로 억제한 낮은 웃음소리가 이쪽저쪽에서 분명히 들려왔기 때문이다. 왜 그런지는 알 수 없었다. 춤과 너무 많이 마신 포도주 탓에 들뜬 나타나엘은 평소의 수줍음도 모두 잊었다. 그는 올림피아 곁에 앉아, 그녀의 손을 잡고 사랑에 취하고 들떠 올림피아나 자신도 이해할 수 없는 말을 하고 있었다. 그러나 어쩌면 올림피아는 이해하는 것 같기도 했다. 그녀는 움직이지 않고 나타나엘의 눈만 쳐다보며 이따금 "아, 아, 아!" 하고 한숨지었다. 그러자 나타나엘은 "오, 천사처럼 아름다운 여인이여! 사랑의 약속된 피안에서 비치는 빛이여, 그대, 내 온 존재가 비치는 깊은 정서여"와 같은 말을 더 많이 늘어놓았다. 올림피아는 계속 "아, 아!" 하고 한숨만 지었다. 스팔란차니 교수는 서너 번 이 행복한 두 사람 곁으로 와 아주 야릇하게 만족스러운 미소를 지었다. 나타나엘은 완전히 딴 세상에 있는 기분이었는데, 갑자기 스팔란차니 교수의 집이 눈에 띄게 어두워진 것 같았다. 주위를 둘러본 나타나엘은 적이 놀랐다. 텅 빈 홀에 두 개의 촛불만 남아 꺼져가고 있었다. 오래전에 음악과 춤은 끝난 상태였다.

"헤어져야 한다니, 헤어져야 한다니!"

그는 절망하여 격렬하게 외치고, 올림피아의 손과 입술에 키스를 했다. 뜨거운 그의 입술에 얼음처럼 차가운 입술이 닿았다! 올림피아의 차가운 손을 만졌을 때처럼 깊은 공포가 그를 휩쌌다. 죽은 신부*에 대한 전설이 문득 떠올랐다. 그러나 올림피아는 나타나엘을 꼭 껴안았다. 키스를 하는 동안 그녀의 입술이 생명으로 따뜻해지는 것 같았다. 스

* (원주) 괴테의 발라드 「코린트의 신부」를 뜻한다. 죽은 신부가 밤마다 남편을 찾아오는 이야기다.

팔란차니 교수는 텅 빈 홀을 지나 천천히 걸어왔다. 그의 발소리가 공허하게 울렸고, 흔들리는 검은 그림자에 둘러싸인 스팔란차니의 모습은 무서운 유령 같았다.

"날 사랑하나요. 날 사랑하나요, 올림피아? 한마디만 해줘요. 날 사랑하나요?" 하고 나타나엘은 속삭였으나, 올림피아는 일어서며 "아, 아!" 하고 한숨만 지었다. "나의 아름다운, 빛나는 사랑의 별이여. 그대는 내게로 와서 빛나고 내 영혼을 영원히 밝혀줄 것입니다!" 하고 나타나엘은 말했다. "아, 아!" 올림피아는 앞으로 걸어가며 되풀이했다. 나타나엘은 그녀를 따라갔다. 두 사람은 스팔란차니 교수 앞에서 멈춰 섰다.

"자네는 이상하리만치 열심히 내 딸과 이야기하더군."

교수가 웃으며 말했다.

"자, 자, 나타나엘 군. 순진한 아가씨와 이야기하길 좋아한다면 언제든 방문을 환영하오."

나타나엘은 아주 밝게 빛나는 천국을 가슴에 품고 그곳을 떠났다. 그 후 며칠 동안 스팔란차니의 파티가 화젯거리였다. 스팔란차니가 화려하게 보이려고 온갖 정성을 들였지만, 익살스러운 친구들은 온갖 부당하고 이상한 이야기를 해댔다. 특히 생기 없이 굳어 있고 말이 없던 올림피아에 대해 비아냥거렸다. 그녀는 아름답지만 완전히 멍청해 보였다고 억지를 쓰며, 스팔란차니가 딸을 그렇게 오랫동안 숨겨

온 이유를 거기서 찾으려고 들었다. 그런 말을 들은 나타나엘은 속에서 분노가 치밀었지만 아무 말도 하지 않았다. 그들이 멍청하기 때문에 올림피아의 깊고 아름다운 정서를 알아차리지 못하는 것을 굳이 증명할 가치가 있을까?

어느 날 지그문트가 말했다.

"이봐, 네게 물어볼 게 있어. 어째서 너처럼 수줍은 친구가 밀랍으로 만든 것 같은 얼굴을 한 나무 인형에게 그렇게 빠져 있지?"

나타나엘은 버럭 화를 내려다가 얼른 정신을 가다듬고 대답했다.

"너야말로 한번 말해봐, 지그문트. 다른 때는 모든 미녀를 분명히 알아보는 눈과 활기찬 감각을 가진 네가 어째서 올림피아의 천사 같고 사랑스러운 매력을 알아차리지 못하는 거지? 덕분에 네가 내 연적이 되지 않는 것은 고마운 일이지만 말이야. 그랬다면 우리 중 한 사람은 피를 흘리며 죽어야 했을 테니."

지그문트는 친구의 마음을 알아차리고 얼른 단념한 다음, 사랑에 있어서는 결코 대상을 비판할 수 없는 것이라고 말하고 나서 이렇게 덧붙였다.

"하지만 이상하게도 대부분의 사람들이 올림피아에 대해 비슷한 판단을 내리고 있어. 기분 나쁘게 생각하지 마! 우리가 보기에 그녀는 이상하게 경직돼 있고 영혼이 없는 것 같았어. 그녀의 얼굴이나 몸매는 균형 잡혔지. 그건 사실이야! 다만 그녀의 시선엔 생명의 빛이 없고 시력이 없는 것 같다고 할까, 그렇지만 않다면 아름답다고 할 수도 있을 거야. 그녀의 걸음걸이는 이상하게 규칙적이고 모든 거동이 태엽을 감은 기계장치로 조작되는 것 같아. 피아노를 치거나 노래하거나 춤추는 게 인위적으로 정확한 박자를 갖춘 혼이 없는 기계 같아. 올림피아는 어쩐지 두려운 느낌을 줘서 우린 그녀와 아무것도 같이하고 싶지 않아. 우리에겐 그녀가 살아 있는 존재인 양 행동할 뿐, 실제로 살아 있는 존재 같아 보이지 않았어. 그러나 그녀에겐 특별한 사정이 있겠지."

나타나엘은 지그문트의 말을 듣고 쓰디쓴 분노에 휩싸였으나, 가까스로 분노를 억누르며 매우 심각하게 말했다.

"너희처럼 냉정하고 산문적인 인간들에게는 올림피아가 두렵게 보일 거야. 시적인 감정은 오직 동일한 감성 체계를 가진 사람에게만 펼쳐지는 거니까! 그녀의 사랑의 눈길은 내게만 다가와 감각과 생각을 비추고, 올림피아의 사랑 속에서만 나는 자신을 되찾을 수 있어. 그녀가 천박한 사람들처럼 평범한 대화를 늘어놓지 않는 게 너희에겐 이상하게 보이겠지. 그녀가 말이 없는 건 사실이야. 하지만 말이 없는 건 영원한 피안을 관조하는 정신적 삶의 고귀한 인식과 사랑으로 가득 찬 내면세계의 진정한 상형문자라고 생각해.

하지만 그 모든 것이 너희에게는 아무 의미도 없고 모든 게 잃어버린 언어겠지."

"신의 가호가 있기를, 친구여."

지그문트는 매우 부드럽게, 거의 슬픈 어조로 말했다.

"그러나 내가 보기에 너는 잘못된 길로 빠져든 것 같아. 너를 도와주겠어. 만일 모든 게…… 아니, 더 이상 말하지 않겠어!"

나타나엘은 갑자기 냉정하고 산문적인 지그문트가 자신을 충심으로 걱정해주는 것 같아, 그가 내민 손을 진심으로 꼭 잡았다.

나타나엘은 클라라라는, 그가 전에 사랑했던 존재가 있다는 걸 완전히 잊어버렸다. 어머니나 로타르 모두 기억에서 사라지고, 그는 오직 올림피아만을 위해서 살았다. 매일 오랜 시간을 나타나엘은 그녀 옆에 앉아 자신의 사랑, 삶에 대한 불타는 감정, 정신적인 친화력에 대한 환상을 이야기했고, 그 모든 이야기를 올림피아는 열심히 경청했다. 나타나엘은 책상 깊숙이 넣어두었던 전에 쓴 모든 것을 가져왔다. 시, 환상적인 이야기, 공상적인 이야기, 소설, 단편 외에도 아무렇게나 떠오르는 대로 쓴 온갖 소네트, 8행시, 민요풍의 시 등등 매일 더 많아졌다. 그 모든 것을 나타나엘은 올림피아에게 몇 시간이고 지치지도 않고 읽어주었다. 올림피아처럼 훌륭하게 들어주는 사람은 이제껏 없었다. 그녀는 수를 놓거나 뜨개질을 하지도 않았고, 창밖을 내다보지도, 새에게 모이를 주거나 개나 고양이와 놀지도 않았으며, 종잇조각이나 그 무엇이든 손으로 만지작거리지도, 하품을 참으려고 억지로 낮은 기침을 하지도 않았다. 한마디로 그녀는 몇 시간이고 움직이지 않고 애인의 눈만 응시했다. 그리고 그녀의 시선은 점점 더 생기를 띠고 불타는 듯했다. 마침내 나타나엘이 일어나 올림피아의 손과 입술에 키스를 하면 그녀는 "아, 아!" 하고는 잠시 후 "안녕, 내 사랑!" 하고 말했다.

"오, 그대 아름답고 깊은 감정이여!"

나타나엘은 자신의 방에서 부르짖었다.

"오직 그대만이, 그대만이 나를 완전히 이해합니다."

자신과 올림피아의 감정이 날마다 경이로운 공감으로 점점 더 깊어지는 것을 생각할 때면, 나타나엘은 내면의 환희로 몸을 떨었다. 올림피아에게 그의 작품과 시적인 재능에 대해 완전히 내면 깊은 곳에서부터 말한 것 같고, 그의 내면 자체에서 목소리가 울려 나온 것같이 생각되었기 때문이다. 그도 그럴 것이 앞에서 말한 것 이외의 말을 올림피아는 결코 하지 않았던 것이다. 나타나엘도 정신이 맑은 순간에는, 가령 아침에 잠에서 막 깨어났을 때에는 올림피아의 완전히 수동적이고 말없는 태도를 떠올렸다. 그러나 나타나엘은 "말이라는 게 대체 무엇이란 말인가, 말이라는 게! 그녀의 천사 같은 눈길이 지상의 그 어떤 언어보다 많은 것을 이야기하는데. 천국의 아이가 대체 비참한 지상의 결핍이 만든 좁은 원 안에 갇힐 수 있겠는가?" 하고 말했다.

스팔란차니 교수는 자신의 딸과 나타나엘의 관계를 몹시 기뻐하는 것 같았다. 그는 나타나엘에게 자신의 호의를 모두 솔직하게 표현하고, 마침내 나타나엘이 올림피아와 결혼하고 싶다고 완곡하게 암시하자 만면에 미소를 띠며 자신은 전적으로 딸의 자유로운 선택에 맡길 생각이라고 했다. 그 말에 용기를 얻어 불타는 열망을 가슴에 품은 나타나엘은 이튿날 바로, 올림피아의 아름다운 사랑의 눈길이 오래전부터 그에게 말하고 있는 것, 영원히 그의 연인이 되고 싶다는 말을 솔직하고 분명하게 말해달라고 간청하기로 결심했다. 나타나엘은 헤어질 때 어머니가 준 반지를 찾았다. 올림피아에 대한 헌신과 앞으로 싹이 트고 꽃피어날 그녀와의 삶의 징표로, 그 반지를 올림피아에게 줄 생각이었다. 반지를 찾는 동안 클라라와 로타르의 편지가 손에 잡혔지만, 나타나엘은 아무 관심도 없이 편지를 옆으로 밀쳐놓고 반지를 찾아내 주머니에 넣고는 올림피아에게 달려갔다. 층계에서부터 이상한 소리가 들렸다. 복도를 걸어가면서 보니, 그 소리는 스팔란차니의 서재에서 나는 것 같았다. 쿵쿵거리는 소리, 덜컹거리는 소리, 밀치는 소리, 문에 부딪히는 소리 사이로 저주와 욕설이 들렸다.

"이거 놔. 내놔. 비열한 놈. 흉악한 놈. 그래서 거기다 신명身命을 다 바쳤어? 하하하하! 우린 그런 내기는 안 했어. 나는, 나는 눈을 만들었어. 기계장치도. 네 기계장치는 멍청한 악마야. 빌어먹을 개 같은 멍청한 시계공 주제에. 꺼져, 이 악마. 잠깐. 꼭두각시나 조종하는 놈. 악마 같은 짐승. 거기 서. 꺼져. 내놔!"

그것은 스팔란차니와 소름 끼치는 코펠리우스의 목소리였다. 온통 뒤섞여 날뛰며 외쳐대고 있었다. 나타나엘은 형언할 수 없는 공포에 휩싸여 방 안으로 뛰어 들어갔다. 교수는 웬 여자 형상의 어깨를 붙잡고 이탈리아인 코폴라는 발을 붙잡고, 이리저리 밀고 당기며 서로 빼앗으려고 광분하여 싸우고 있었다. 그 형상이 올림피아라는 것을 알아차렸을 때 나타나엘은 너무도 놀라 질겁을 했다. 격심한 분노에 불탄 그는 그 미친 사람들에게서 애인을 빼앗으려고 했으나, 그 순간 코폴라가 거세게 몸을 비틀며 교수의 손에서 형상을 빼앗아 그것으로 교수를 사납게 후려쳤다. 교수는 뒤로 비틀거리더니 플라스크, 증류기, 병, 실린더 등이 놓여 있는 책상 위로 쓰러졌다. 온갖 도구가 요란한 소리를 내며 산산조각 났다. 코폴라는 형상을 어깨에 들쳐 메고 날카로운 소리로 무섭게 웃으며 층계를 뛰어 내려갔다. 흉측하게 축 늘어진 형상의 발이 질질 끌려 계단에 부딪힐 때마다 둔탁하게 쿵쿵 소리를 냈다. 나타나엘은 놀란 나머지 꼼짝도 못 하고 서 있었다. 죽은 사람처럼 창백한 올림피아의 밀랍 얼굴에 눈이 없는 것만은 너무도 분명하게 보았다. 눈이 있던 자리에는 검은 구멍만 있었다. 그것은 생명이 없는 인형이었다. 스팔란차니는 바닥에 쓰러져 뒹굴었다. 머리, 가슴, 팔이 유리 조각에 찔려 피가 분수처럼 솟구쳤다. 그러나 그는 간신히 기운을 차려 말했다.

"저놈을 잡아. 저놈을 잡아. 왜 꾸물대나? 코펠리우스, 코펠리우스가 내 가장 좋은 자동인형을 빼앗아갔어. 20년이나 걸려서 만든 건데. 신명을 다 바쳐 만든 건데. 그 기계장치, 언어능력, 움직임, 모두 내가 만든 거야. 눈, 그놈이 너한테서 눈을 훔쳤어. 괘씸한 놈. 저주받을 놈. 저놈을 붙잡아. 올림피아를 찾아와. 옳지, 저기 눈이 있구나!"

그때 나타나엘은 바닥에 피투성이가 된 채 뒹굴고 있는 눈알 두 개를 보았다. 그것은 나타나엘을 뚫어져라 응시하고 있었다. 스팔란차니는 다치지 않은 손으로 그것을 움켜잡아 나타나엘을 향해 던졌다. 눈알은 나타나엘의 가슴에 명중했다. 그 순간 불타는 발톱처럼 그를 사로잡은 광기가 내면에 파고들어 그의 이성과 사고력을 갈기갈기 찢었다.

"휘, 휘, 휘! 불의 동그라미여, 불의 동그라미여! 돌아라. 불의 동그라미여, 신나게, 신나게! 나무 인형이여. 휘, 아름다운 나무 인형이여, 춤추어라!"

나타나엘은 교수에게 달려들어 그의 목을 졸랐다. 교수

는 거의 죽을 뻔했으나, 소란스러운 소리를 듣고 몰려온 사람들이 뛰어 들어와 미쳐 날뛰는 나타나엘을 떼어낸 덕분에 목숨을 구할 수 있었다. 그리고 교수의 상처에 붕대를 감아주었다. 지그문트는 힘이 셌지만 미쳐 날뛰는 나타나엘을 진정시킬 수는 없었다. 나타나엘은 무서운 목소리로 "나무 인형이여, 춤추어라"라고 계속 소리치며 주먹을 마구 휘둘렀다. 마침내 여러 사람이 힘을 모아 그를 덮쳐 바닥에 쓰러뜨리고 묶었다. 그가 하는 말은 무서운 짐승 같은 울부짖음으로 변했다. 그렇게 그는 끔찍한 광기로 날뛰며 정신병원으로 끌려갔다.

친애하는 독자여! 불쌍한 나타나엘에게 무슨 일이 일어났는지 이야기를 계속하기 전에, 자동기계를 만드는 노련한 기술자 스팔란차니에 대해 그대가 약간의 관심을 가지고 있을지도 모르니 그의 상처가 완전히 나았음을 알려주겠다. 그러나 나타나엘의 이야기는 사람들에게 알려졌고, 이성적인 예술 애호가들의 다회茶會 — 올림피아도 운 좋게 드나들던 — 에 살아 있는 인간이 아닌, 나무 인형을 몰래 참석시켜서 사람들을 속인 스팔란차니는 파렴치한 사기꾼으로 몰려 대학을 떠나야 했다. 법률가들은 심지어 그것이 너무나 교묘했으므로 더욱 심한 벌을 받아야 할 사기라고 했다. 대중을 상대로 꾸민 그토록 교활한 연극은 아주 영리한 학생들을 제외하고는 아무도 눈치채지 못했으나, 이젠 모든 사람이 현명한 체하며 수상쩍게 여겨졌던 온갖 사실들을 제시하려고 했다. 그러나 그런 사람들은 실제로 아무것도 폭로하지 못했다. 예를 들어 예술 애호가들의 다회에서 어느 우아한 인사가 한 말처럼, 올림피아가 일반적인 풍습과는 달리 하품보다 기침을 더 자주 했다고 한들 그게 수상한 짓이라고 어느 누가 생각할 수 있겠는가? 그 우아한 신사는 그것은 숨겨져 있던 기계장치가 자동으로 조종되는 소리였을 것이다, 분명히 삐걱거리는 소리가 났었다 등등의 말을 했다. 시와 수사학을 가르치는 어느 교수는 상자에서 담배를 조금 꺼내고 나서 상자를 탁 닫은 뒤 헛기침을 하고는 엄숙하게 말했다.

"존경하는 신사 숙녀 여러분! 문제가 어디 있는지 아십니까? 모든 게 알레고리입니다. 극한까지 진행된 은유이지요! 아시겠어요! 아는 사람들은 다 알죠!"

그러나 존경스러운 많은 신사들은 진정되지 않았다. 자동인형에 대한 이야기는 그들의 영혼 깊이 뿌리박혀, 실제로 자기도 모르는 사이 인간의 형상을 한 것에 대한 심한 불신으로 이어졌다. 이젠 많은 사람들이 자기가 사랑하는 사람이 나무 인형이 아니라는 것을 확신하기 위해 애인에게 박자가 약간 틀리게 노래하고 춤추라고 요구하고, 책을 읽어줄 때 수도 놓고 뜨개질도 하고 강아지와 장난도 치고, 무엇보다 가만히 듣고 있지만 말고 이따금 무슨 말을 하되, 진정한 사고와 감정임을 보여주는 방식으로 말할 것을 요구하게 되었다. 많은 사람들의 경우 사랑의 결합은 더 확고해지고 더 우아해졌지만, 반면 어떤 사람들은 말없이 헤어졌다. "정말 그건 보증할 수 없다"라고 모두 말했다. 의심받지 않기 위해 사람들은 다회에서 믿을 수 없으리만치 하품을 자주 하고 기침은 절대로 하지 않았다. 이미 말했듯이 스팔란차니는 교묘하게 만든 기계인형으로 사람들을 기만한 죄로 수사받지 않기 위해 도망가야 했다. 코폴라 역시 사라졌다.

나타나엘은 괴롭고 무서운 꿈에서 깨어나듯 눈을 떴다. 그리고 천국처럼 부드러운 따스함으로 가득 찬 듯한, 표현할 수 없는 기쁨을 느꼈다. 그는 아버지 집의 자기 방 침대에 누워 있었다. 클라라는 그에게 몸을 숙이고 있고 그 옆에 어머니와 로타르가 서 있었다.

"마침내, 마침내, 오 사랑하는 나타나엘. 이제 그 심했던 당신의 병은 나았어요. 이제 당신은 다시 내 것이에요!"

클라라는 영혼 깊은 곳에서 우러나오는 말을 하며 나타나엘을 품에 안았다. 나타나엘은 온통 슬픔과 환희로 밝게 빛나는 눈물을 흘리며 깊은 신음을 내뱉었다.

"나의, 나의 클라라!"

큰 곤경에 빠진 친구 곁을 떠나지 않았던 성실한 친구 지그문트가 방 안으로 들어왔다. 나타나엘은 그에게 손을 내밀었다.

"충실한 친구여, 너는 날 버리지 않았구나."

모든 광기의 흔적이 사라지고, 나타나엘은 어머니와 애인과 친구들의 세심한 보살핌 속에서 곧 기운을 되찾았다. 그러는 사이 집안에 행운이 찾아왔다. 아무도 돈 한 푼 기대하지 않았던 늙은 구두쇠 백부가 사망했는데, 어머니에게 상당한 재산과 도시 외곽의 좋은 지역에 있는 농장을 유산으로 물려주었던 것이다. 어머니와 나타나엘과 클라라, 로타르는 그곳으로 이사하기로 했다. 나타나엘은 이제 클라라와 결혼할 생각이었다. 나타나엘은 전보다 더 온화하고 천진난만해졌다. 그는 이제야 비로소 클라라의 천사처럼 순수하고 훌륭한 정서를 제대로 인식했다. 아무도 그에게 조금이라도 과거를 기억나게 하는 말은 하지 않았다. 다만 지그문트와 헤어질 때 나타나엘이 "신이 함께하기를 빈다, 친구여! 나는 사악한 길에 있었으나 제때에 천사가 나를 밝은 길로 인도했어! 아, 그것은 바로 클라라였어!"라고 말했다. 지그문트는 그에게 깊은 상처를 남긴 기억이 너무 선명하고 격렬하게 떠오를까 봐 걱정이 된 나머지, 더 이상 아무 말도 못 하게 했다.

행복한 네 사람이 농장으로 이사 갈 때가 되었다. 한낮에 그들은 시내를 거닐었다. 그들은 많은 물건을 샀다. 장터에는 시청의 높은 탑이 거대한 그림자를 드리웠다.

"아! 저 위에 올라가서 저 멀리 산맥을 구경해요!"

클라라가 말했다. 나타나엘은 그 제안에 선뜻 동의하여 클라라와 함께 탑으로 올라갔고, 어머니와 하녀는 집으로 돌아갔다. 수많은 계단을 올라가고 싶지 않았던 로타르는 아래에서 기다리기로 했다. 두 사람은 팔짱을 끼고 탑 꼭대기 회랑에 서서 옅은 안개에 싸인 숲을 바라보았다. 그 뒤로는 거대한 도시처럼 푸른 산맥이 솟아 있었다.

"저기 우리 쪽으로 다가오는 듯한 이상한 작은 회색 덤불*을 좀 봐요."

클라라가 말했다. 나타나엘은 무의식적으로 호주머니를 더듬었다. 그는 코폴라의 망원경을 꺼내 옆을 보았다. 클라라가 렌즈 앞에 있었다! 갑자기 그의 맥박과 혈관에서 경련이 일어났다. 죽은 사람처럼 창백한 얼굴로 나타나엘은 클라라를 응시했다. 그러나 곧 눈에서 불꽃이 튀더니 눈알을 이리저리 희번덕거렸다. 그는 성난 짐승처럼 무섭게 울부짖었다. 그러고는 허공에 높이 뛰어올라 소름 끼치게 웃으며 날카로운 목소리로 소리쳤다.

"나무 인형이여, 춤추어라! 나무 인형이여, 춤추어라!"

그리고 클라라를 거칠게 붙잡더니 탑 아래로 내던지려

* (원주) 앞에서 코펠리우스는 회색 눈썹이 덤불처럼 부숭부숭한 데다 회색 양복을 입고 있는 것으로 묘사되었다.

고 했다. 절망적인 죽음의 공포에 사로잡힌 클라라는 난간을 꼭 움켜잡았다. 로타르는 나타나엘이 울부짖는 소리와 클라라의 공포에 찬 비명 소리를 들었다. 무서운 예감에 사로잡힌 로타르는 층계를 뛰어 올라갔다. 2층으로 올라가는 문이 잠겨 있었다. 클라라의 비명 소리는 더 크게 울렸다. 그는 분노와 공포로 미친 듯이 문에 몸을 던졌다. 마침내 문이 열렸다. 이제 클라라의 목소리는 점점 약해져갔다.

"도와줘요. 사람 살려요. 사람 살려요."

그렇게 목소리는 허공으로 꺼져갔다. "클라라가 죽었다. 미치광이가 그녀를 죽였다"라고 로타르가 소리쳤다. 회랑의 문도 닫혀 있었다. 절망적인 순간에 엄청난 힘이 솟아난 로타르는 문을 부쉈다. 하느님 맙소사. 미친 나타나엘에게 붙잡힌 클라라는 회랑 너머 허공에 매달려 있었다. 그녀는 겨우 한 손으로 쇠 난간을 꼭 붙잡고 있었다. 로타르는 번개처럼 재빨리 누이동생을 붙잡아 안으로 끌어당기고, 동시에 광란하는 나타나엘의 얼굴을 주먹으로 쳤다. 나타나엘은 뒤로 쓰러지며 죽음의 먹이에서 손을 놓았다.

로타르는 기절한 누이동생을 안고 층계를 달려 내려갔다. 마침내 그녀를 구해낸 것이다. 나타나엘은 회랑에서 사방으로 펄쩍펄쩍 뛰어다니며 외쳤다.

"불의 동그라미여, 돌아라! 불의 동그라미여, 돌아라!"

사나운 비명 소리에 사람들이 모여들었다. 그들 가운데

굉장히 키가 큰 변호사 코펠리우스가 불쑥 눈에 띄었다. 그는 조금 전 이 도시에 도착해 곧장 시장으로 왔던 것이다. 사람들이 미치광이를 붙잡기 위해 위로 올라가려고 하자, 코펠리우스는 웃으며 말했다.

"하하, 그냥 기다려요. 곧 스스로 내려올 거요."

그리고 다른 사람들과 함께 위를 올려다보았다. 나타나엘은 갑자기 얼어붙은 듯이 멈춰 섰다. 몸을 숙여 아래를 내려다본 그는 코펠리우스를 발견했다. 그런 다음 찢어지는 듯한 목소리로 "그래! 아름다운 눈이야, 아름다운 눈이야" 하고 외치며 난간 너머로 몸을 던졌다.

돌바닥 위에 떨어진 나타나엘의 머리가 산산조각 나서 널려 있는 가운데, 코펠리우스는 혼잡한 군중 속으로 사라졌다.

여러 해가 지난 후에, 누군가가 멀리 떨어진 어느 마을에서 클라라를 보았다고 했다. 그녀는 아름다운 시골집 문 앞에 어떤 남자와 정답게 손을 잡고 앉아 있고, 그 앞에는 사내아이 둘이 활기차게 놀고 있었다고 한다. 그것으로 보아 클라라는 그녀의 명랑하고 생기 넘치는 성격에 어울리는 평온한 가정적인 행복 — 내면이 분열된 나타나엘로서는 결코 줄 수 없었던 — 을 찾은 것 같았다.

적막한 집

아무리 기발한 상상력으로 생각해낸 환상일지라도 실제 삶에서 일어나는 일보다 경이롭지 못한 경우가 종종 있다는 사실에 모두 동의했다.

"그에 대해서는 역사에 충분한 증거가 있어. 바로 그렇기 때문에 작가가 게으른 두뇌에서 초라한 열정으로 지어낸 유치한 장난들, 즉 세계를 지배하는 영원한 힘의 행위에 동참하려는 어설픈 시도들 때문에 이른바 역사소설들이 그렇게 몰취미하고 혐오스러운 거라고 생각해."

렐리오가 말했다.

그러자 "그것은," 하고 프란츠가 말했다. "우리를 에워싸고 어떤 강한 힘으로 사로잡는, 탐구할 수 없는 비밀의 심오한 진실이야. 그것으로 우리는 우리 자신을 지배하고 제한하는 정신을 인식하지."

그러자 렐리오가 다시 말했다.

"아! 네가 말하는 인식! 아, 우리에게 이러한 인식이 결여되어 있다는 것은 바로 죄로 인해 타락한 후 변질된 끔찍한 결과야!"

"많은 사람들이," 하고 프란츠가 렐리오의 말을 가로막았다. "많은 사람들이 소명을 받지만 극히 소수만 선택되지! 그럼 넌 우리 삶의 경이에 대한 보다 더 훌륭한 예지능력이 특별한 감각처럼 많은 사람들에게 주어진다고 생각하지 않니? 우리가 갈피를 잡지 못하게 될 수도 있는 모호한 영역에서 명쾌한 순간으로 곧장 뛰어오르기 위해 우스꽝스러운 비유를 하나 들게. 경이로운 것에 대한 예지능력이 있는 사람들을 난 박쥐 같다고 생각해. 유명한 해부학자 스팔란차니가 박쥐에게 탁월한 육감이 있다는 걸 발견했는데, 박쥐는 육감을 통해 모든 것을 교묘하게 통찰할 뿐만 아니라 다른 모든 감각을 합친 것보다 훨씬 더 많은 일을 해낸대."

"저런, 저런."

렐리오가 미소 지으며 말했다.

"그렇다면 박쥐는 정말 선천적으로 타고난 몽유병자로군! 하지만 네가 생각하는 그 명쾌한 순간으로 이끄는 경탄할 만한 육감은 사람이든, 행동이든, 사건이든 모든 현상에서 우리가 일상적 삶에서는 비교할 만한 어떤 것도 찾지 못할, 그래서 경이롭다고 부르는 특별한 무언가를 통찰하는 능력이라는 걸 확실히 알겠어. 그러나 도대체 일상적인 삶이란 게 뭐지? 아, 코가 사방에 부딪히는 좁은 원 안에서 돌고 도는 것인데, 그런데도 사람들은 일상적인 일의 규칙적인 걸음에서 도약하려고 들지. 우리가 지금 이야기하고 있는 그 예지능력을 매우 탁월하게 갖고 있는 듯한 어떤 사람을 알고 있어. 그래서 그는 모르는 사람일지라도 걸음걸이나 옷차림새, 목소리, 시선에서 어딘가 이상한 점을 찾으면 그들을 하루 종일 쫓아다니고, 고려할 가치도 없고 아무도 주의하지 않는 어떤 사건이나 행동에 대해 깊이 생각하고, 정반대되는 일들을 종합해서 아무도 생각지 않는 연관성을 상상해내곤 하지."

그때 프란츠가 큰 소리로 외쳤다.

"잠깐, 잠깐. 머릿속을 완전히 특별한 것으로 가득 채우고 있는 사람은 테오도어야. 저렇게 이상한 시선으로 허공을 바라보고 있으니까 말이야."

"사실," 오랫동안 침묵하고 있던 테오도어가 말을 시작했다. "머릿속에 떠오른 이상한 일이 눈에 반사된 거라면 아마도 내 시선이 이상했을 거야. 얼마 전 체험한 이상한 사건이 기억났거든."

"그래? 어서, 얘기해봐, 어서" 하고 친구들이 졸랐다.

"나도 이야기하고 싶지만," 테오도어가 계속했다. "친애하는 렐리오. 네가 예지능력을 설명하려고 언급한 예들이 상당히 나쁜 선택이었다는 걸 우선 말해야겠어. 너도 알겠지만 에버하르트*의 『동의어 사전』에 따르면 '기이한wunderlich'은 어떤 이성적인 근거로도 입증할 수 없는 인식과 욕구의 모든 표현을 뜻하고, '경이로운wunderbar'은 자연의 알려진 힘들을 능가하거나, 덧붙이자면 그러한 힘들의 일반적인 과정을 거스르는 것으로 여겨지는, 실현 불가능한 일이나 파악할 수 없는 것을 뜻한다고 되어 있어. 그 점에서 너는 아까 이른바 예지능력에 관해 기이함과 경이로움을 혼동했다는 걸 알 수 있을 거야. 그러나 기이함은 경이로움에서 파생되어 나오는 게 확실해. 말하자면 잎사귀와 꽃봉오리가 달린 기이한 나뭇가지가 움터 나오는 경이로운 나무줄기를, 우리는 너무 자주 간과하는 거지. 내가 이제 들려주려는 이상한 사건에는 기이함과 경이로움이 섞여 있어. 그것도 상당히 무서운 방식으로 섞여 있다고 생각해."

이렇게 말하며 테오도어는 수첩을 꺼냈다. 그가 여행 중 그 수첩에 온갖 메모를 해둔다는 것을 친구들은 알고 있었다. 그는 이따금 수첩을 들여다보며 다음과 같은 이야기를 들려주었다. 그 이야기를 독자들에게 들려주는 것도 의미 있을 것 같다.

너희도 알다시피(테오도어는 이렇게 이야기를 시작했다) 나는 지난여름 내내 베를린에서 지냈어. 옛 친구들과 많은 지인들을 만나고, 자유롭고 편안하게 지내며 예술과 학문의

* Johann August Eberhard(1739~1809). 칸트와 동시대 철학자이자 신학자. 할레 대학교에서 신학, 문헌학, 철학을 공부했다.

다양한 자극을 맛보는 등 그곳의 모든 것이 나를 사로잡았어. 그 어느 때보다 더 유쾌했고 혼자 거리를 쏘다니며 상점에 진열된 동판화와 포스터를 구경하거나, 마주치는 사람들을 관찰하며 머릿속으로 그들의 운명을 점치곤 하는 내 오랜 버릇이 거기에서는 더 열정적이 되었지. 수많은 예술품과 사치품이 펼쳐져 있을 뿐만 아니라 훌륭하고 호화로운 건물을 많이 볼 수 있으니, 그렇게 되지 않을 수 없었어.

브란덴부르크 문으로 가는 거리는 그런 건물들로 둘러싸여 있는데, 지위가 높거나 재산이 많아 화려한 생활을 누리는 고귀한 사람들이 모여 있는 곳이지. 높고 넓은 대저택의 1층은 대개 사치품을 파는 상점들이고 위층에는 이미 말한 상류층 사람들이 살고 있어. 그 거리엔 최고급 호텔들이 있는데 주로 외교관이 살고 있대. 그러니 다른 지역보다 그곳이 특히 생기와 활기가 넘치고, 실제보다 더 많은 사람이 사는 것 같아 보이리라는 건 너희도 상상할 수 있겠지. 많은 사람들이 실제 필요한 공간보다 더 작은 집으로도 만족하며 이곳으로 몰려들기 때문에 한집에 여러 가구가 모여 사는 집은 꼭 과일 바구니 같아. 이미 여러 번 이 거리를 어슬렁거리며 돌아다녔는데 어느 날 갑자기 여타 집들과는 완전히 다른, 기이하고 특이하게 생긴 집 한 채가 눈에 띄었어. 양편의 높고 멋진 건물 사이에 낀, 창문이 네 개인 낮은 집을 상상해봐. 2층이 옆집의 1층 창문보다 약간 높은 정도에 낡은 지붕, 여기저기 종이를 붙인 창문, 퇴색한 담을 보니 주인이 완전히 무관심하게 방치해둔 것 같더라고. 멋지고 사치스럽게 장식된 호화로운 건물들 사이에 이런 집이 있으니 얼마나 눈에 잘 띄었겠어? 그 자리에 멈춰 서서 좀더 자세히 살펴보니, 창문마다 모두 두꺼운 커튼이 쳐져 있었어. 심지어 1층 창문은 벽으로 막아놓은 것 같고, 현관문이기도 한, 옆에 있는 대문에는 흔히 있는 초인종도 없고, 자물쇠나 문을 두드리는 쇠고리도 없더라고. 그 집 앞을 자주 지나갔을뿐더러 하루 중 어느 시간에 가도 그 집 안에서 결코, 한 번도 사람이라곤 그림자도 보이지 않아서 나는 그 집에 아무도 살지 않는 게 분명하다고 확신하게 됐어.

도시의 이런 지역에 사람이 살지 않는 집이 있다니! 기이한 일이기는 하지만, 어쩌면 자연스럽고 단순한 이유가 있을지도 모른다, 집주인이 오랫동안 여행 중이거나 멀리 떨어진 곳에 있는 영지에서 살기 때문에 베를린에 돌아오면 이 집에서 기거하기 위해 세를 놓거나 팔지 않는지도 모른다고 생각했어. 하지만 그 적막한 집 앞을 지날 때면 나도 모르게 늘 마술에 걸린 듯 꼼짝 못 하고 멈춰 서서 이상한 생각에 잠겼어. 아니, 잠긴다기보다 휩쓸려 들어가곤 했어. 내 즐거운 젊은 날의 성실한 친구인 너희 모두는, 내가 예전부터 몽상가인 체했고, 너희의 명철한 이성이 부인하는 경이로운 세상의 특이한 현상이 내게 곧잘 나타났다는 걸 잘 알지! 그래! 야릇한 표정을 지어도 좋아. 마음대로 하라고. 내가 지나치게 환각에 잘 빠지다 보니 그 적막한 집에 대해서도 그런 이상한 환상을 품었을지 모른다는 점은 인정하겠어. 하지만 결국 너희의 기가 꺾일 만한 교훈이 나타날 테니 잘 들어봐! 아무튼 본론으로 들어갈게!

어느 날 거리에 행인이 많아서 점잖게 걸어야 할 그런 시간에, 나는 그 적막한 집 앞에서 늘 그러했듯 깊은 생각에 잠긴 채 그 집을 응시하며 서 있었어. 그런데 갑자기 돌아보지 않고도 누군가가 내 옆에 서서 나를 쳐다보고 있다는 걸 알아차렸어. P백작이었어. 그는 많은 점에서 나와 기질이 비슷하다는 걸 이미 알고 있었으므로, 나는 곧 그도 틀림없이 그 집의 비밀스러움에 대해 관심을 갖고 있으리라고 생각했지. 내가 이런 번화가에 이렇게 퇴락한 집이 있다니 이상한 느낌이 든다고 말하자, 그가 아주 냉소적으로 웃어서 더 이상하게 생각됐는데 곧 그 이유를 알게 됐어. P백작은 나보다 훨씬 더 많은 상상을 했고, 여러 가지 의견과 추측 등으로 그 집의 특징적인 상황을 찾아내서 생생한 상상력을 가진 작가나 생각해낼 수 있는 아주 특이한 이야기를 만들었던 거야. 내가 아직도 분명하게 기억하고 있는 백작의 이야기를 너희에게 들려주는 게 옳겠지만, 그보다 내게 실제로 일어난 일이 더 흥미진진하니 그 얘기를 계속할게.

그건 그렇고 그 적막한 집이 다름 아닌 바로 옆에 멋지게 가게를 차려놓은 제과점 주인의 과자 공장이라는 얘기를 듣고 자신이 상상해온 이야기를 모두 집어치워야 했다니, 그 착한 백작의 기분이 어땠겠어. 그래서 과자 굽는 화덕이 있는 1층 창문을 벽으로 막았고, 과자를 저장하는 2층 방들은 햇빛과 날벌레들이 들어오지 못하게 두꺼운 커튼으로 가렸다는 거야. 백작이 이 이야기를 해줬을 때 그 못지않게 나도 찬물이 끼얹어진 기분이었고, 마치 온갖 시적인 것에 적대적인 악마가 달콤한 꿈을 꾸는 사람의 코를 아프게 힘껏 잡아당기는 것 같았어. 하지만 그런 평범한 설명에도 불구하고 그곳을 지날 때면 그 집을 쳐다보지 않을 수 없고, 여전히 서늘한 한기에 팔다리가 떨리고 그 집 안에 갇힌 온갖 이상한 형상들이 떠오르더군. 그 집 안에 과자나 초콜릿, 사탕, 케이크, 과일 절임 등등이 있다는 생각에는 도무지 적응이 안 되는 거야. 여러 이상한 상상이 떠올라 그 이야기는 그저 진정시키려고 하는 달콤한 핑계같이 여겨졌어. 말하자면, "놀라지 마시오, 친구! 우리 모두는 착하고 귀여운 아이들이지만 곧 천둥이 칠 거요." 그런 이야기처럼 말이야. 그러다가 또 이런 생각도 들었어. '넌 정말 머리가 돈 바보가 아니냐. 평범한 것을 경이로운 것으로 만들려고 하니, 네 친구들이 너를 지나친 몽상가라고 비난하는 것도 당연하지 않은가?'

그 집은 P백작의 설명대로 과자 공장이 분명할 테고,

여전히 그 상태로 변함이 없어서 나도 그 집을 그런 식으로 바라보는 데 익숙해졌지. 전에는 정말 담 밖으로 어른대는 것 같던 이상한 형상들도 차츰 사라지게 됐어. 그런데 우연한 일이 일어나 그동안 사그라졌던 모든 것을 다시 일깨웠어. 나는 가능한 한 일상적인 일을 잘 해나갔어. 하지만 그 수수께끼 같은 집을 잊지 못하고 있었다는 것은, 경이로운 일에 순진하고 성실하게 집착하는 내 성격을 아는 너희라면 충분히 상상할 수 있을 거야.

어느 날, 여느 때처럼 낮 시간에 그 거리를 산책하다가 나는 커튼이 쳐진 그 적막한 집의 창문들을 쳐다보았어. 그런데 제과점 바로 옆에 있는 창문의 커튼이 움직이는 거야. 손과 팔도 보였어. 얼른 오페라 안경을 꺼내서 보니 눈부시게 희고 아름다운 여자 손이 분명하게 보였어. 작은 손가락에는 다이아몬드가 너무도 강렬하게 반짝이고, 둥글고 통통한 아름다운 팔에는 화려한 팔찌가 빛나더군. 그 손은 이상하게 생긴 수정으로 된 기다란 병을 창문턱에 올려놓더니 커튼 뒤로 사라졌어. 나는 그 자리에 선 채 꼼짝하지 못하고 있었는데, 이상하게 불안하면서도 황홀한 느낌이 전기처럼 따스하게 온몸에 퍼졌어. 그 운명의 창문을 뚫어져라 쳐다보며 아마도 동경에 찬 한숨을 쉬었을 거야. 정신을 차리고 보니 온갖 신분의 많은 사람들이 나를 둘러싸고 서서 호기심 어린 눈길로 나처럼 위를 쳐다보고 있더군. 나는 기분이 언짢았지만, 곧 대도시 사람들은 6층에서 모자가 떨어져도 집 앞에 모여 서서 땅에 떨어진 모자가 찢어지지 않은 것에 입을 크게 벌리고 감탄하는 사람들 같다는 생각이 들었지. 나는 조용히 그곳을 빠져나왔어. 그런데 냉소적인 악마가 내 귀에 대고 아주 또렷하게 속삭이는 것 같았어. 방금 내가 본 것은 제과점 주인의 아내가 화려하게 차려입고 빈 향수병을 창문턱에 올려놓은 것이라고 말이야. 참 이상한 일이지! 문득 좋은 생각이 떠올라 나는 돌아서서 그 적막한 집 옆에 있는, 거울처럼 반짝이는 제과점 안으로 곧장 들어갔어. 뜨거운 코코아의 거품을 입김으로 불어 식히며 주인에게 가볍게 말을 걸었지.

"공장을 옆집까지 정말 아주 멋지게 넓혔군요."

주인은 알록달록한 사탕을 봉지에 얼른 넣어서 기다리고 있는 귀여운 소녀에게 건네주고는, 카운터 위에 팔을 받치고 몸을 앞쪽으로 내밀며 내 말을 전혀 이해할 수 없다는 듯이 이상하게 웃으면서 의아한 눈빛으로 나를 바라보더군. 나는 이렇게 활기찬 거리에 저런 퇴락한 집이 있어서 우중충하고 우울해 보이기는 하지만, 바로 옆에 과자 공장을 갖고 있어서 무척 편리하겠다고 다시 말했어. 그러자 제과점 주인은 "저런, 선생님!" 하고 그제야 대꾸하더군.

"옆집이 우리 거라고 대체 누가 그러던가요? 우리도 저 집을 사들이려고 갖은 애를 썼지만 애석하게도 뜻을 이루지 못했답니다. 그래도 괜찮아요. 옆집은 특별한 사정이 있으니까요."

주인의 대답에 내가 얼마나 놀랐는지, 그 집에 대해 더 얘기해달라고 얼마나 졸랐을지 너희는 상상할 수 있겠지.

"그래요, 선생님! 정말 이상하겠지만 나도 잘 모른답니다. 하지만 저 집이 폰 S백작 부인의 소유인 것만은 확실해요. 백작 부인은 영지에 살고 있는데 몇 해 전부터 베를린에는 오지 않아요. 지금은 이 거리가 호화스러운 건물로 둘러싸여 있지만 사람들 얘기로는 그런 건물이 하나도 없었을 때부터 저 집은 지금의 저 모습대로, 완전히 무너질 지경인 상태로 있었다는 거예요. 저 집에는 살아 있는 생물이라곤 단둘만, 즉 아주 늙은 관리인과, 사는 데 지친 성가신 개가 살고 있는데 늙은 관리인은 사람을 싫어하고, 개는 이따금 뒤뜰에서 달을 보고 짖어대죠. 파다한 소문으로는 저 퇴락한 집엔 무서운 유령이 나온다는데, 사실 이 가게 주인인 우리 형과 나는 고요한 밤에, 특히 크리스마스에, 여기 가게에 앉아 있으면 분명히 옆집 벽 뒤에서 나는 이상한 울음소리를 자주 듣는답니다. 그러다가 지독하게 긁어대는 시끄러운 소리가 시작되는데, 그러면 우리 둘은 너무 무서운 생각이 들죠. 얼마 전에도 밤에 아주 이상한 노랫소리가 들렸는데 뭐라 설명할 수가 없어요. 분명 늙은 여자의 목소리였는데 음색이 아주 가늘고 맑고 화려한 카덴차와 길고 날카로운 트릴로 이어지더군요. 이탈리아나 프랑스, 독일의 많은 가수들 노래를 들었지만 이제껏 들어본 적 없는 고음이었어요. 프랑스어 가사의 노래인 듯했지만 정확하게 알아들을 수는 없었어요. 도대체 머리칼이 곤두서서 그 미친 귀신 같은 노래를 오래 듣고 있을 수가 없더라고요. 거리가 조용해지면 이따금 뒷방에서 깊은 한숨 소리와 바닥에서 울려오는 듯한 둔한 웃음소리도 들려요. 하지만 벽에 귀를 대보면 한숨과 웃음소리는 바로 옆집에서 나는 소리예요. (그는 나를 뒷방으로 데려가 창밖을 가리켰어.) 보세요, 저기 담 위로 솟아 나온 철관이 보이지요? 저기서 가끔 짙은 연기가 나요. 난로를 피우지 않는 여름에도 말이에요. 우리 형은 불이 날까 봐 벌써 여러 번 그 늙은 관리인과 다퉜어요. 하지만 관리인은 요리를 해서 그렇다나요. 하지만 뭘 먹는지는 몰라도 저 철관에서 아주 짙은 연기가 날 때는 이따금 정말 이상한 냄새까지 풍긴답니다."

가게 유리문이 열리는 소리가 나자 주인은 얼른 안으로 들어갔어. 들어오는 사람에게 인사하며 내게 의미심장한 눈길을 던지더군. 나는 그 뜻을 곧 이해했어. 도대체 그 이상한 사람이 그 수상한 집의 관리인이 아니고 누구겠어? 작고 야윈 체격에 미라 같은 안색의 얼굴, 뾰족한 코, 꽉 다문 입술, 고양이처럼 불타는 녹색 눈, 이상하게 경직된 미소, 짙은 향수를 뿌린 구식 머리 모양, 곤두선 앞머리와 커다란 뒷

머리 가발, 가슴에 매단 리본, 낡았지만 정성 들여 솔질한 색이 바랜 낡은 갈색 옷, 회색 양말, 버클이 달린 커다랗고 낡은 구두를 상상해봐. 작고 야위었지만 아주 큰 손과 길고 굵은 손가락은 특히 억세 보였는데, 카운터로 힘차게 걸어와서는 계속 미소 지으며 과자가 담긴 수정 병들을 뚫어져라 쳐다보면서 작고 울먹이는 목소리로 애절하게 "설탕에 절인 오렌지 두 개, 아몬드 과자 두 개, 밤 사탕 두 개……" 하고 말하더군. 그 모습을 한번 상상해보고 이상한 예감이 들 이유가 있는지 없는지 스스로 판단해봐.

주인은 노인이 주문한 것을 모두 꺼냈어.

"무게를 달아보세요. 존경하는 이웃집 아저씨."

그 이상한 사람은 처량하게 말하더니, 숨을 헐떡이고 신음하며 주머니에서 작은 가죽 지갑을 빼내 간신히 돈을 꺼냈어. 그가 카운터 위에서 돈을 셀 때, 나는 그 돈이 옛날 동전들임을 알아차렸어. 이미 통용되지 않는 돈도 있더군. 그는 슬픈 목소리로 중얼거렸어.

"자, 모든 게 아주 달콤해야 해요. 달콤해야 해. 악마는 그의 신부의 입 주위에 꿀을 바르지, 순수한 꿀을."

주인은 웃으며 나를 보더니 노인에게 말했어.

"몸이 별로 좋지 않은 모양이로군요. 노령이시니. 늙으면 점점 기력이 없어지죠."

노인은 표정 하나 변하지 않고 목소리를 높여 외치더군.

"노령? 늙어? 기력이 없어져? 허약하고 쇠약해져! 하하, 하하, 하하!"

그러면서 그는 뼈마디가 솟아 나올 정도로 주먹을 불끈 쥐고 두 발로 힘차게 공중으로 뛰어올랐는데, 어찌나 힘차게 발을 굴렀는지 가게 전체가 진동하고 유리병이 온통 흔들리며 울릴 정도였어. 그러나 그 순간 무서운 비명 소리가 났는데, 노인을 뒤따라 들어와 바로 그의 발 옆에 달라붙어 누워 있던 검은 개를 밟은 거였어.

"빌어먹을 개 같으니! 지옥의 악마의 개 같으니라고!"

노인은 전처럼 낮은 소리로 신음하듯 말하며 봉투를 열어 개에게 커다란 과자를 내밀었어. 그러자 사람 같은 울음소리를 내던 개는 곧 조용해지며 다람쥐처럼 뒷발을 바닥에 대고 앞발로 과자를 받아먹었지. 개는 금방 과자를 다 먹어 치웠지만, 노인은 더 줄 생각이 없다는 듯 봉투를 닫아 집어넣었어.

"안녕히 계세요, 이웃집 아저씨."

그렇게 말하며 노인은 주인에게 손을 내밀었는데, 손을 너무 세게 잡았는지 주인이 아파서 큰 소리로 비명을 질렀어. "늙고 쇠약한 노인네가 이웃 제과점 주인에게 편안한 밤 보내시라고 인사드립니다" 하고 다시 한번 인사한 다음, 노인은 가게를 나갔어. 검은 개는 입 주위에 붙은 과자 부스러기를 혀로 핥으며 그를 뒤쫓았고 말이야. 노인은 내가 옆에 있는 걸 전혀 알아차리지도 못한 것 같았어. 나는 너무 놀라 완전히 굳은 자세로 서 있었지. 제과점 주인이 말했어.

"알겠어요? 저 기이한 노인은 가끔 여기 와요. 적어도 한 달에 두세 번. 하지만 아무것도 알아낼 수 없어요. 전에 폰 S백작의 하인이었다는데, 지금은 여기에서 저 집을 관리하며 벌써 여러 해 전부터 매일 S백작의 가족을 기다리고 있는 형편이라 집을 세줄 수도 없지요. 언젠가 우리 형이 기이한 소리 때문에 밤에 직접 찾아갔을 때, 그는 아주 태연하게 '그래! 사람들이 모두 이 집에 유령이 있다고 말하죠. 그러나 사실이 아니니 믿지 마슈'라고 말하더래요."

가게에 사람이 몰리는 시간이 되어 우아한 차림의 손님들이 밀려 들어오는 바람에, 나는 더 이상 물어볼 수 없었어.

이제 그 집의 소유자와 용도에 대한 P백작의 이야기가 틀렸다는 게 확실해졌어. 늙은 관리인 자신은 부인하지만 혼자 사는 게 아니고, 세상에 알려지지 않은 비밀이 그 집에 감추어져 있는 게 분명했어. 그렇다면 그 이상하고 무서운 노래에 대한 이야기와 창문에 나타났던 아름다운 팔을 연관 지어야 할까? 그 팔은 늙고 쪼그라든 여자의 것이라곤 할 수 없었는데, 제과점 주인 말로는 꽃다운 젊은 처녀의 노랫소리는 아니더래. 그러나 나는 팔의 특징을 믿기로 했어. 어쩌면 멀리서 들어서 늙고 날카로운 목소리라고 착각할 수도 있고, 제과점 주인이 공포에 사로잡힌 나머지 잘못 들었을지도 모른다고 나 자신을 쉽게 납득시킬 수 있었지. 그리고 연기와 이상한 냄새와 내가 목격한 기이한 모양의 수정병을 생각해보니, 무서운 마법에 사로잡힌 아름다운 여자의 모습이 눈앞에 생생하게 떠오르더군. '노인은 어쩌면 백작 가족과 아무 상관없는 존재인지도 몰라. 내가 보기에 그 자신이 바로 저 적막한 집에서 해로운 짓을 하고 있는 저주받은 마술사나 불길한 요술사 같았어.' 내 상상력은 활발히 움직여 그날 밤에도 꿈이라기보다 잠들기 전의 몽롱한 상태에서, 빛나는 다이아몬드 반지를 낀 손과 찬란한 팔찌를 낀 팔을 또렷하게 보았어. 옅은 안개 속에서 나오듯 슬피 애원하는 푸른 눈을 가진 아름다운 얼굴이 희미하게 보이더니, 마침내 너무도 아름답고 우아하고 꽃다운 젊은 처녀의 모습이 눈앞에 나타나더군. 안개라고 생각했던 것은, 사실 그녀가 두 손에 들고 있던 수정으로 만든 병에서 소용돌이치며 솟아오르는 옅은 수증기였어.

"오, 그대, 아름다운 요정이여."

나는 완전히 매료되어 소리쳤지.

"그대는 어디에 있으며, 무엇이 그대를 붙잡고 있는지 내게 말해주오. 오, 그대는 슬픔과 사랑으로 가득 찬 눈길로 나를 바라보는군요! 검은 마술이 그대를 가두고 있으며, 그대는 사악한 악마의 가련한 노예임을 나는 알고 있어요. 그 악마는 가발을 쓰고 갈색 옷을 입고 가게를 돌아다니며 힘찬 뜀박질로 모든 것을 부수고, 날카롭고 성급한 소리로 짖어대는 지옥의 개를 발로 밟고는 아몬드 과자를 먹이지요. 오, 나는 모든 것을 알고 있어요. 그대, 아름답고 우아한 존재여! 다이아몬드는 내면의 불길의 반영이에요! 아, 그대가 그 불길을 그대 심장의 피와 함께 마시지 않았다면 어떻게 이제껏 어떤 사람도 보지 못한 가장 아름다운 사랑의 빛으로, 수천 가지 색으로 빛나겠어요? 그러나 그대의 팔에 감긴 팔찌가 사슬이라는 걸 나는 잘 알아요. 갈색 옷을 입은 사람은 그것이 자석이라고 말했겠죠. 아름다운 이여, 그 말을 믿지 말아요. 나는 그것이 푸른 불꽃으로 불타는 증류기 안으로 떨어지는 걸 봅니다. 내가 그것을 던져버리면 그대는 자유로워질 겁니다! 이렇게 나는 모든 것을 알고 있죠. 사랑스러운 그대여! 그러나 처녀여! 이제 장밋빛 입을 열어, 오 말해줘요."

그 순간 내 어깨 위로 거친 손이 나타나 수정 병을 낚아채는 바람에, 수정 병은 산산조각이 나 허공으로 먼지처럼 날아갔어. 그리고 그 아름다운 여자는 희미한 탄식과 함께 어두운 밤 속으로 사라졌어. 그래! 너희가 미소 짓는 걸 보니 너희는 또 내가 환영을 보는 몽상가라고 생각하는 거지. 너희가 꿈이라고 부르고 싶어 할 이 모든 꿈은 물론 완전히 환영적인 특징을 갖고 있어. 하지만 너희가 그렇게 다른 평범한 사람들처럼 나를 불신하며 계속 비웃으니 그에 대해서는 더 이상 말하지 않겠어. 얼른 이야기나 계속할게.

다음 날 아침이 되자마자 나는 초조와 동경으로 가득 차 거리로 달려가 그 적막한 집 앞에 가서 섰어! 창문에 달린 커튼 외에 두꺼운 덧문도 닫혀 있더군. 거리엔 아직 사람들이 다니지 않았어. 나는 1층 창문에 바싹 다가가 귀를 기울여보았지만, 아무 소리도 들리지 않고 깊은 무덤처럼 고요했어. 날이 밝아 상점들이 문을 열기 시작해서 나는 그곳을 떠나야 했지. 며칠 동안 수시로 그 집 주위를 서성거렸지만 아무것도 발견하지 못했고, 이런저런 탐문과 탐색도 아무 소용이 없었어. 결국 내 환영 속의 아름다운 모습도 희미해지기 시작했다고 이야기해봤자 너희는 피곤하기만 할 거야. 아무튼 마침내 어느 날 저녁 늦게 산책에서 돌아가는 길에 그 집 앞을 지나는데, 대문이 반쯤 열려 있는 걸 발견했어. 내가 다가가니 관리인이 밖을 내다보더군. 나는 굳은 결심을 하고 램프가 희미하게 비치는 현관 안으로 노인을 거의 밀어붙이다시피 하며 물었지.

"이 집에 재무장관 빈더 씨가 살고 있지 않나요?"

노인은 경직된 미소로 나를 바라보더니 낮고 느리게 말했어.

"아니요, 여기 그런 사람은 산 적도 없고, 살지도 않고, 앞으로도 안 살 거요. 게다가 이 거리 어디에도 그런 사람은 살지 않소. 사람들은 이 집에서 유령이 나온다지만 그게 사실이 아니라는 걸 내 장담하지. 여긴 조용하고 아름다운 집이고, 내일 폰 S백작 부인이 올 거요. 잘 가시오, 젊은이!"

그러면서 노인은 나를 밀어내고 대문을 닫았어. 그가 숨을 헐떡이고 기침을 하며 열쇠 꾸러미를 철걱대면서 복도를 지나 층계를 걸어가는 소리가 들렸는데, 내 생각에는 층계를 내려가는 것 같았어. 그 짧은 순간에 나는 복도에 알록달록한 양탄자가 걸려 있고 홀에는 붉은색 비단을 씌운 커다란 안락의자들이 있다는 걸 알아차렸지. 아무튼 아주 이상해 보이더군.

그 비밀스러운 집 안을 들여다보니 잠에서 깨어난 듯 모험이 시작되었어! 생각해봐. 다음 날 정오에 나는 그 거리를 걸어가며, 멀리서부터 나도 모르게 그 적막한 집을 쳐다봤어. 2층 끝에 있는 창문에서 무엇인가 반짝이는 게 보이더라고. 가까이 다가가 보니 바깥 덧문이 완전히 걷히고 안쪽 커튼도 반쯤 젖혀 있었는데, 다이아몬드가 내 쪽으로 빛나고 있었어. 오, 하느님! 팔을 창턱에 기대고 환영 속의 그 슬피 애원하는 얼굴이 나를 바라보고 있는 거야. 내가 오가는 군중 속에서 가만히 서 있을 수 있었겠나? 그 순간 그 집 맞은편에 있는, 산책하는 사람들을 위한 벤치가 눈에 띄었어. 벤치는 집을 등지고 있기는 했지만, 나는 얼른 달려가 벤치 등 너머로 몸을 내밀고 이제 방해받지 않고 그 운명의 창문을 쳐다볼 수 있었어. 그래! 그녀였어. 모든 특징이 내 환영 속의 아름답고 우아한 그 처녀였어! 다만 그녀의 시선은 초점이 없었어. 전처럼 나를 쳐다보는 게 아니라 어쩐지 죽은 듯 꼼짝 않고 있어서, 팔과 손을 이따금 움직이지 않았다면 생생하게 그린 그림이라고 착각했을 거야. 내 마음속 깊은 곳을 묘하게 흥분시키는 그 기이한 사람의 모습에 완전히 넋을 잃은 나머지, 내 옆에서 소리치는 이탈리아 행상인의 목소리를 듣지 못했어. 그는 아마 한참 동안 물건을 사라고 계속 졸라댄 모양인데, 마침내 내 팔을 잡아당겼어. 얼른 돌아서서 나는 화를 내며 몹시 거칠게 거절했어. 그러나 그는 계속 졸라대며 괴롭히더군.

"오늘 아직 아무것도 팔지 못했어요. 연필 두 자루와 이쑤시개 한 다발밖에는요."

초조해진 나는 그 성가신 상인을 얼른 쫓아버리려고 주머니에서 지갑을 꺼냈어. "여기 또 좋은 물건이 많아요!"라고 말하며 그는 목에 걸고 있던 상자의 아래 서랍을 열고, 여러 가지 유리 제품 가운데 작고 둥근 손거울을 꺼내 옆으로 내밀더군. 거울 속으로 등 뒤에 있는 적막한 집과 창문과 천사처럼 아름다운 내 환상의 여인이 아주 선명하게 보이는 거야. 나는 얼른 그 작은 거울을 샀어. 이제 편안한 자세로, 지나가는 사람들 눈에 띄지 않고 창문을 바라볼 수 있게 됐지. 그러나 창문에 보이는 그 얼굴을 오래 보면 볼수록 전혀 묘사할 수 없는, 깨어 있는 상태에서 꾸는 꿈이라고나 부를 만한 이상한 느낌에 사로잡혔어. 일종의 경직증으로 마비된 것처럼, 그렇다고 몸을 움직일 수 없다는 게 아니라, 이제 결코 거울에서 눈을 뗄 수 없을 것만 같은 느낌이었어.

부끄럽지만 너희에게 고백하는데, 어렸을 때 내가 아버지 방에 있는 커다란 거울 앞에 서서 거울을 들여다보고 있으면 유모가 나를 얼른 침대에 눕히려고 들려주던 동화가 생각나더군. 유모는 아이들이 밤에 거울을 들여다보면 거울 속에서 어떤 낯선 사람의 얼굴이 내다보이고, 그러면 아이의 눈이 굳어버린다는 거야. 그 이야기는 아주 무서웠지만, 공포에 떨면서도 그 낯선 얼굴이 어떻게 생겼을까 하는 호기심에 가끔 거울을 힐끗 쳐다보지 않을 수 없었어. 그런데 한번은 거울에서 무섭게 빛나는 두 개의 눈이 쏘아보는 것만 같아 나는 비명을 지르며 기절해버렸어. 그 사건으로 오랫동안 앓았는데, 지금도 그 눈이 정말 나를 쏘아본 것 같아. 아무튼 어렸을 때 있었던 그 이상한 일이 떠올라서 온몸이 서늘한 한기로 떨렸지. 거울을 던져버리려고 했지만 할 수 없었고, 이제는 그 아름다운 여자의 하늘처럼 푸른 눈이 나를 바라보고 있었어. 그래, 그녀의 시선은 나를 향해 있었고 가슴속까지 비춰 들어왔어. 갑자기 엄습하던 공포가 사라지고, 달콤한 갈망의 황홀한 고통이 전류처럼 따스하게 온몸을 태웠어.

"예쁜 거울을 갖고 있군요."

옆에서 목소리가 들려왔어. 나는 꿈에서 깨어나 양옆에서 묘한 미소를 지으며 나를 쳐다보는 얼굴들을 보고 적잖이 당황했어. 여러 사람이 벤치에 앉아 있었는데, 내가 거울을 뚫어지게 들여다보며 흥분한 상태로 이상한 표정까지 지었을 테니 그들로서는 상당히 재미있는 광대 짓을 구경한 게 분명해.

"예쁜 거울이군요."

내가 대답하지 않자 그 사람이 또 그렇게 말하더군. "하지만 왜 그렇게 미친 듯이 거울을 들여다보는 거요. 거울 속에 유령이라도 있소?" 하는 듯한 눈길이었어. 나이도 지긋하고 옷차림도 아주 단정한 그 사람은 매우 친절하고 신뢰감을 느끼게 하는 말투와 눈길을 가졌더군. 나는 주저하지 않고 거울로 저 뒤 적막한 집 창문에 있는 너무도 아름다운 여자를 보고 있노라고 말했어. 심지어 당신에게도 저 아름다운 얼굴이 보이지 않느냐고 물었지.

"저 위에요? 저 낡은 집 제일 끝에 있는 창문에?"

노인은 아주 이상하다는 듯이 다시 물었지. "네, 네" 하고 대답하자, 노인은 만면에 미소를 지으며 "그건 기이한 착각이오. 내 늙은 눈은 — 하느님, 내 늙은 눈을 보호하소서 — 자, 자, 젊은이, 나는 눈으로 직접 저기 창문의 아름다운 얼굴을 보았지만 내가 보기에 저건 유화로 아주 생생하게 잘 그린 초상화 같구려" 하고 말하더군. 나는 얼른 얼굴을 돌려서 창문을 보았어. 그러나 덧문이 닫혀 있어 아무것도 보이지 않았어. "그래요!" 노인은 계속했어. "젊은이, 이젠 확인하기에 너무 늦었소. 하인이 그림의 먼지를 털고 창문에서 치운 다음 덧문을 닫았지요. 내가 알기로 그 하인은 폰 S백작 부인이 잠시 들르는 저 집 관리인이라던데, 저기서 혼자 살고 있죠."

"정말 그림이었어요?"

나는 놀라서 다시 물었어.

"내 눈을 믿어요."

노인이 대답했어.

"당신은 거울에 비치는 그림의 영상만을 보았으니 시각적 착각이 분명 더 증폭되었을 거요. 당신 나이였을 때 나도 내 환상의 힘으로 아름다운 여자의 모습을 실제 삶 속에 불러낸 적이 있다오."

"하지만 손과 팔이 움직였다고요."

나는 노인의 말을 가로막았어.

"암, 움직였지. 모든 게 살아 움직였지."

노인은 웃으며 내 어깨를 부드럽게 두드리면서 말했어. 그러고는 일어나 정중하게 인사하며 "그런 심한 거짓말을 하는 거울을 조심해요. 그럼 안녕히"라고 말하고는 가버렸어. 그렇게 어리석고 미친 몽상가 취급을 받고 내 기분이 어땠을지 상상할 수 있겠지. 노인의 말이 맞고, 부끄럽게도 내 머릿속에 미친 환각이 나타나 그 적막한 집에 대해 나 자신을 야비하게 우롱한 게 분명하다는 생각이 들었어.

너무 화가 나고 불쾌해서 나는 집으로 달려갔어. 그 적막한 집의 비밀에 대한 모든 생각을 완전히 몰아내기로, 적어도 며칠간은 그 거리로 가지 않기로 굳게 결심했어. 나는 그 결심을 성실하게 지켰지. 게다가 낮에는 책상 앞에 앉아 급한 업무를 보고 밤에는 재치 있고 유쾌한 친구들 옆에 붙어 지내며, 더 이상 그 비밀에 대해서는 거의 생각하지 않게 됐어. 다만 그러는 동안 이따금 누가 흔드는 것처럼 갑자기 잠에서 깨어나곤 했는데, 내가 환상에서, 또한 그 적막한 집의 창문에서 본 그 수수께끼의 존재에 대한 생각이 나를 깨웠음을 곧 깨달았지. 그래, 일하는 동안에도, 친구들과 활기차게 이야기하는 동안에도 이따금 갑자기 아무런 계기도 없이 번개처럼 그 생각이 떠오르는 거야. 그러나 그것은 곧 사라지곤 했어. 내가 그렇게 속을 정도로 그 아름다운 초상을 비춰준 작은 손거울을 집 안에서 일상적인 일에 사용하기로 하고, 그 앞에서 넥타이를 매곤 했지.

그러던 어느 날 거울이 흐린 것 같아 닦으려고 거울에 입김을 불었어. 그 순간 갑자기 맥박이 멈추고 황홀한 전율로 온몸이 떨렸지! 그래, 내 입김이 거울에 닿자 푸르스름한 안개 속에서 가슴을 에는 듯한 슬픈 눈으로 나를 바라보는 그 아름다운 얼굴이 나타났을 때 엄습한 느낌을 그렇게밖에 표현할 수 없어. 웃기지? 너희는 내가 정말 구제할 길 없는, 가망 없는 몽상가라고 생각하지? 너희 맘대로 생각하고 마음대로 말해도 좋아. 아무튼 거울에서 그 아름다운 여자가 나를 바라보았어. 그러나 입김이 없어지자 거울이 반짝이며 그 얼굴도 사라졌어. 너희를 피곤하게 하고 싶지는 않으니까 모든 과정을 자세히 이야기하지는 않겠어. 다만 내가 끊임없이 거울에 입김을 불어 그 사랑스러운 얼굴을 다시 나타나게 하려고 계속 시도해서 성공한 적도 많았지만, 때로는 아무리 애를 써도 성공하지 못할 때도 있었다는 이야기만 할게. 그러다가 이따금 나는 미친 듯이 그 적막한 집 앞으로 달려가 창문을 노려보았지. 하지만 사람 그림자도 나타나지 않더군.

나는 오로지 그녀만을 생각하며 살았어. 다른 모든 것엔 아무 관심도 없었고, 친구들도 만나지 않았으며, 공부도 등한히 했어. 그러자 고통도 어느 정도 누그러지고 그녀에 대한 동경 또한 몽상적이 되어, 상상 속 그녀의 모습은 예전과 달리 생기나 힘을 잃는 것 같았어. 하지만 이따금 어떤 순간에는 너무 심할 정도로 괴로워서 지금도 그때를 생각하면 몹시 겁이 나. 나를 파멸시킬 수도 있었을 어떤 정신 상태에 대해 이야기하고 있으니까, 믿지 못하겠더라도 조소하거나 조롱하지 말고 내가 겪은 고통이 어떤 것이었는지 잘 듣고 느껴봐.

이미 말했듯이, 가끔 거울 속 얼굴이 완전히 사라지면 내 몸은 무슨 병에 걸린 것 같은 상태가 되어, 오히려 그녀의 형상이 그 어느 때보다 생생하고 현란하게 나타나서 그것을 손으로 붙잡을 수 있을 것 같은 착각에 빠지곤 했어. 그러다 문득 그 형상이 거울의 안개에 둘러싸여 가려진 나 자신이 아닐까 하는 무서운 생각이 들었어. 가슴에 날카로운 통증이 느껴지다가 그 괴로운 상태는 결국 완전한 무감각 상태가 되어 끝나고, 늘 가슴속 깊이 사무치는 허탈감을 남겼지. 그럴 때는 거울 앞에서 아무리 애를 써도 소용없었어. 그러나 다시 기운을 차려 시도하면 그 모습이 다시 생생하게 거울에 나타나는데, 거기에 어떤 알 수 없는 특별한 물리적 구속력이 결합되어 있음을 부인할 수 없었어. 이 영원한 긴장은 나를 완전히 파멸시킬 듯이 작용해서, 결국 나는 마치 죽은 사람처럼 창백한 얼굴로 심신이 피폐해진 채 비틀거리며 다니게 되었지. 그런 나를 보고 친구들이 병에 걸렸다고 생각하고 끊임없이 충고를 해서, 나도 나 자신의 상태에 대해 가능한 한 심각하게 숙고하게 되었어.

약학을 전공하는 친구가 어느 날 나를 찾아왔다가 우연이었는지 고의였는지 정신착란에 대한 라일*의 책을 놓고 갔어. 나는 그 책을 읽기 시작했는데, 저항할 수 없이 그 책에 이끌렸지만 광적인 고정관념에 대해 서술한 모든 것에서 바로 나 자신의 상태를 발견했을 때 기분이 어땠겠나! 내가 정신병원으로 가는 길 위에 있다는 걸 깨닫고 너무 놀라서 정신을 차리고 굳은 결심을 한 다음, 곧 실행에 옮겼지. 나는 손거울을 주머니에 넣고 얼른 의사 K에게 갔어. 그는 정신 질환자들을 치료하며, 흔히 육체적인 질병까지 일으키지만 다시 정상적인 상태로 치유될 수 있는 심리적 병인을 깊이 탐구한 것으로 유명하지. 나는 아주 사소한 부분까지 감추지 않고 모두 털어놓고서 나를 위협하는 이 무서운 운명에서 구해달라고 애원했어. K는 아주 조용히 내 말을 경청했지만, 나는 그의 눈빛에서 깊은 경악을 알아차릴 수 있었어. 그는 내게 설명하기 시작했어.

"아직은 당신이 생각하는 것만큼 그렇게 위험한 상태는 아닙니다. 내가 당신을 완전히 낫게 할 수 있다고 확실하게 말씀드릴 수 있습니다. 당신의 경우 이제껏 들어보지 못한 정신장애인 것은 분명하지만, 당신 자신이 어떤 사악한 원리에 사로잡혀 있다는 점을 분명하게 인식하고 있으므로 당신은 그것에 대항할 수 있는 무기를 손에 쥐고 있는 것입니다. 그 손거울을 내게 주세요. 그리고 정신을 긴장시키는 일을 억지로라도 하고, 그 거리에는 가지 마세요. 아침 일찍부

* Johann Christian Reil. 독일의 의사. 의학사에서 최초의 정신과 의사로 인정될 만큼 정신병 연구에 몰두하여 자신의 진료 체험에 대한 논문을 남겼다.

터 일을 시작해서 견딜 수 있을 때까지 계속하세요. 그러나 산책을 충분히 하고 오랫동안 만나지 않았던 친구들과 어울리십시오. 영양가 있는 음식을 먹고, 생기를 주는 독한 술을 마시세요. 지금 내가 당신의 고정관념, 즉 그 적막한 집의 창문과 거울에서 본, 당신을 현혹시키는 그 얼굴을 머릿속에서 지우고 다른 일에 정신을 쏟아 육체를 건강하게 하려는 것임을 아시겠지요? 그러니 당신도 내 의도에 성실하게 협조하십시오."

나는 그 거울을 내주는 게 내키지 않았는데, 거울을 받아 든 의사도 그것을 알아차렸는지 거울에 입김을 불고 내 앞으로 내밀며 물었어.

"뭐가 보입니까?"

"아무것도 안 보여요."

사실 아무것도 없었기 때문에 그렇게 대답했지. 그러자 의사는 "당신이 거울에 입김을 불어보세요" 하고 말하며 거울을 건네더군. 내가 입김을 부니, 그 놀라운 얼굴이 어느 때보다도 선명하게 나타났어.

"그 얼굴이 나타났어요."

나는 큰 소리로 외쳤어. 의사는 거울을 들여다보더니 말하더군.

"아무것도 없는데요. 하지만 내가 거울을 들여다보는 순간 두려운 공포를 느꼈다는 걸 숨길 수 없군요. 곧 사라지기는 했지만. 내가 아주 솔직하다는 것을 알겠지요. 그러니 나를 완전히 신뢰할 수 있죠? 다시 한번 해보세요."

나는 다시 입김을 불었고 의사는 나를 감싸 안아 내 등뼈*에 손을 대고 있었어. 여자의 모습이 다시 나타났어. 나와 함께 거울을 들여다보던 의사의 얼굴이 창백해졌어. 그는 내 손에서 거울을 빼앗아 다시 한번 들여다보고는 거울을 책상 서랍 안에 넣었어. 그런 다음 잠시 이마에 손을 대고 아무 말 없이 그대로 서 있더니 내게로 돌아와서 이렇게 말했어.

"내 지시를 정확하게 따르세요. 당신이 이성을 잃고 당신의 자아가 육체적인 고통을 느낀 그 순간들이 내게는 매우 불가사의하게 생각된다는 점을 인정하지 않을 수 없지만, 곧 그에 대해 더 많은 설명을 해드릴 수 있게 되겠지요."

물론 어렵기는 했지. 하지만 변함없이 확고한 의지를 갖고 의사의 처방에 따라 생활하고, 다른 일에 정신적인 긴장을 쏟고, 또 정해진 대로 식이요법을 했더니 곧 매우 유익한 효과가 나타난다는 걸 느끼게 되었지. 하지만 정오가 되면, 그리고 자정에는 훨씬 더 심하게 일어나곤 하는 그 무서운 발작에서 벗어나진 못했어. 술 마시고 노래하는 유쾌한 모임에서조차 종종 갑자기 불에 달군 날카로운 비수로 가슴

* (원주) 클루게에 따르면, 자기 요법을 행할 때 환자를 만지면 의사도 같은 고통을 느낄 수 있으며 척수가 자력에 가장 민감한 곳이라고 한다.

을 찌르는 것 같아 모든 정신력으로도 저항하지 못하고, 나는 그곳을 나와 혼수상태에 빠졌다가 다시 깨어나서야 겨우 정신을 차릴 수 있었어.

한번은 저녁 모임에 참석한 사람들 사이에서 정신적 영향력과 작용, 자기력磁氣力의 신비로운 영역에 대한 이야기가 나왔어. 특히 멀리 떨어진 곳에서 행하는 정신적인 영향력의 가능성에 대해서 이야기했지. 그것을 입증하는 많은 예가 제시되고, 특히 자기력을 연구하는 한 젊은 의사가 다른 많은 사람들, 더 정확하게는 자기력을 가진 모든 유능한 사람들처럼 그 자신 역시 확고하게 생각을 집중하면, 의지력만으로 멀리에서도 몽유병자에게 영향을 줄 수 있다고 말하더군. 클루게,* 슈베르트,** 바르텔스,*** 그 밖의 많은 사람들이 자기력에 대해 이야기한 모든 것이 차츰 화제에 올랐지. 마침내 참석자 중 명석한 관찰자로 유명한 어떤 의사가 말했어.

"내가 보기에 가장 중요한 것은, 우리가 그저 일반적이

* Carl Alexander Ferdinand Kluge(1782~1844). 독일의 의사. 동물 자기력, 최면술 요법 연구에 대한 저서를 발표했다.

** Gotthilf Heinrich von Schubert(1780~1860). 독일의 의사. 자연과학의 어두운 측면에 대해 고찰했으며, 『꿈의 상징』 등의 저서가 있다.

*** Ernst Daniel August Bartels(1774~1838). 독일의 의사. 저서로 『생리학과 동물 자기 물리학의 기본 개념』이 있다.

고 단순한 삶의 경험으로 치부하면서 미처 비밀이라고 생각하지도 못한 많은 비밀들을 자기력이 해명해준다는 것입니다. 물론 신중하게 작업해야겠지요. 외적 혹은 내적인 그 어떤 동기 부여도 없이 우리 관념의 고리를 끊고 어떤 사람이나 어떤 사건의 정확한 모습이 아주 생생하게, 스스로가 놀랄 정도로 우리의 전 자아를 지배하며 머릿속에 떠오를 때가 있지요. 정말 놀라운 것은 우리가 이따금 꿈속에서 마주치는 장면이에요. 모든 꿈의 장면이 어두운 심연으로 가라앉고, 그 장면들과는 완전히 무관한 새로운 꿈에서 생명력으로 가득 찬 어떤 장면이 나타나 우리를 멀리 떨어진 장소로 옮겨놓고 오랫동안 생각하지 않아 서먹서먹해진 사람들을 만나게 하죠. 그보다 더 이상한 일도 있어요! 전혀 알지 못하는 어떤 사람, 어쩌면 몇 년 후에나 알게 될 사람을 꿈에서 미리 보기도 하니까요. 맙소사, 저 사람을 아는 것 같아, 어디선가 본 것 같아, 그런 생각이 들 때가 있는데 그런 일이 전혀 없었을 때는 어쩌면 꿈에서 본 모습에 대한 희미한 기억일지도 몰라요. 이렇게 갑자기 우리의 관념 연합 안으로 뛰어 들어와, 곧 특별한 힘으로 사로잡곤 하는 이러한 낯선 모습들은 바로 어떤 알 수 없는 정신적 원리에 의해 유발된 것이 아닐까요? 우리가 모르는 사람이 아무 준비도 되지 않았는데 자기력으로 우리 정신에 작용을 해서, 우리가 어쩔 수 없이 그 사람에게 복종해야 하는 어떤 상황이 온다면 어떡하죠?”

그러자 한 사람이 웃으며 말했어.

“그렇다면 우리가 이미 오래전에 사라진 어리석은 시대의 마법이나 요술, 신기루, 그 밖의 어리석은 미신적인 환상에서 그다지 진보하지 못했다는 얘기로군요.”

의사는 그의 말을 가로막았어.

“아, 어느 시대도 사라진다고 할 수는 없어요. 더욱이 사람들이 생각할 능력을 갖고 있었던 시대를 어리석었다고 치부해버리지 않는다면 어느 시대나, 우리 시대도 포함해서, 어리석은 시대는 없어요. 무엇인가를 곧장 부정하려고 하는 것은, 심지어 법적으로 엄격히 증명되어 확정된 것까지 부정하려고 하는 것은 독선적인 짓이에요. 그리고 나는 우리 정신의 고향인 어둡고 비밀스러운 왕국 안에서 우리의 어리석은 눈에 상당히 밝게 빛나는 단 하나의 램프가 불타고 있다고 생각하지는 않습니다. 그러나 자연이 우리에게 두더지의 능력이나 성향을 준 것은 확실합니다. 우리는 눈이 멀었어도 어두운 길 위에서 계속 나아가려고 시도하지요. 눈먼 사람이 나무가 흔들리며 속삭이는 소리를 듣고 그를 차가운 그늘로 맞이해줄 숲이 가까이 있음을 알게 되고, 시냇물이 졸졸 흐르는 소리를 듣고 목마른 그를 시원하게 해줄 시내가 가까이에 있다는 것을 알게 됨으로써 자신이 동경하는 목표에 이르듯, 우리는 날갯짓 소리에서 정신의 숨결로 우리와 접촉하는 미지의 존재를 예감하고 순례자의 길이 우리를 빛의 근원으로 이끈다는 것을 예감하지요. 그 빛의 근원 앞에서 우리는 눈을 뜨게 될 테고요!"

나는 더 이상 참을 수 없어서 그 의사를 바라보며 말했어.

"그럼 당신은 어쩔 수 없이 복종해야 하는 미지의 정신적 원리의 영향력을 인정합니까?"

의사는 대답했어.

"논의가 너무 광범해지지 않도록 하기 위해 말하겠는데, 나는 그러한 영향력만 가능한 게 아니라 자기력적인 상태에 의해 더 분명해지는 심리적인 원칙의 과정도 완전히 동일하다고 생각합니다."

"그렇다면," 나는 계속 말했어. "악마적인 힘이 우리에게 해롭고 파멸적으로 작용할 수도 있겠군요?"

"그런 건 타락한 정신의 가련한 요술일 뿐이죠."

의사는 웃으며 대답했어.

"아니요, 나는 그런 요술에는 굴복하지 않습니다. 그리고 부디 내 말을 암시 이외의 다른 무엇으로 받아들이지 말기를 바랍니다. 거기에 덧붙이자면, 나는 어떤 정신적인 원리의 절대적인 지배를 믿지 않습니다. 오히려 그것은 그러한 지배력을 허용하는 상호작용이나 의존, 내적 의지의 나약함 같은 것 때문이라고 생각합니다."

그러자 이제까지 아무 말 없이 주의 깊게 듣고만 있던

나이 든 한 사람이 말했어.

"우리에게 알려지지 않은 비밀에 대한 당신의 독특한 생각을 이제야 어느 정도 이해할 수 있겠습니다. 우리를 위협적으로 공격하는 비밀스러운 강한 힘들이 있다면, 반대로 정신 기관의 어떤 병적 상태만이 그것에 저항해 이길 수 있는 힘과 용기를 우리에게서 빼앗아갈 수 있겠지요. 한마디로, 정신병이나 죄악이 우리를 악마적인 원리에 복종하게 만드는 겁니다. 이상하게도 아주 오랜 옛날부터 악마적인 힘은 인간 내면에서 가장 혼란스러운 정서에 그 힘을 작용하려고 시도해왔습니다. 내 말은 바로 사랑의 마술을 뜻하는데, 모든 연대기는 그런 이야기로 가득 차 있지요. 광적인 마녀재판에는 언제나 그와 같은 이야기가 나오고, 심지어 매우 계몽된 국가의 법률서에도 사랑의 묘약에 대한 규정이 있습니다. 일반적으로 사랑의 욕망을 자극하는 약이 아니라 어느 특정한 사람을 저항할 수 없게끔 사로잡으려는, 순전히 심리적으로 영향을 주려는 묘약에 대해 말입니다.

지금 이야기를 듣는 동안, 바로 얼마 전 우리 집에서 일어났던 비극적인 사건이 생각났어요. 나폴레옹이 군대를 이끌고 쳐들어왔을 때, 이탈리아 친위대 연대장이 우리 집에 기거한 일이 있었지요. 그는 조용하고 겸손하고 고귀한 행동으로 유명한, 이른바 위대한 군대의 소수 장교 중 한 사람이었죠. 생기 없이 창백한 얼굴과 우울한 눈이 무슨 병이 있거나 깊은 슬픔이 있는 것 같아 보였어요. 우리 집에 머문 지 며칠 안 됐을 때 그가 앓고 있는 특이한 발작이 일어났어요. 마침 내가 장교의 방에 있었는데, 갑자기 그는 치명적인 통증을 느끼는 듯 가슴에, 아니 가슴이라기보다는 위장 부분에 손을 대고 깊은 신음을 내뱉더군요. 그러고는 말도 하지 못하고 소파에 쓰러지더니 갑자기 눈에 초점을 잃고 의식 없이 조각처럼 굳어졌어요. 그러다 갑자기 꿈에서 깨어나듯 눈을 떴지만, 너무 기운이 없어서 몇 시간 동안 움직이지 못했죠. 나는 의사를 불러 그를 진찰하게 했어요. 의사는 갖가지 방법을 써도 소용이 없자 자기 요법을 시도했는데 효과가 있는 것 같았대요. 그러나 의사 자신이 견딜 수 없는 괴로움을 느끼게 되어 곧 그만두어야 했대요. 그때 의사를 신뢰하게 된 장교가 말하길, 통증을 느끼는 순간 자신이 피사에서 만났던 여자의 모습이 나타난다고 했대요. 그녀의 불타는 시선이 가슴을 파고드는 것 같아 참을 수 없는 고통을 느끼고 완전히 정신을 잃는다는 것이었어요. 그 상태에서 벗어나면 그는 무거운 두통과 사랑의 향락 이후와도 같은 이완감을 느낀대요. 그녀와 얼마나 가까운 관계였는지에 대해서 장교는 아무 말도 하지 않았어요. 부대가 철수하게 되어 장교의 마차가 준비를 끝내고 문 앞에 서 있고, 아침 식사를 마친 장교가 마데라* 한 잔을 마시려고 술잔을 입에 가져가는데 그 순간 갑자기 둔한 비명을 지르며 의자에서 굴러떨어졌어요. 죽은 거예요. 의사들은 신경 발작이라고 했죠. 그로부터 몇 주 후 그 장교 앞으로 편지 한 통이 도착했어요. 나는 혹시 장교의 친척에 대해 알 수 있지 않을까, 그의 갑작스러운 죽음을 알릴 수 있지 않을까 해서 주저하지 않고 편지를 뜯었지요. 편지는 피사에서 왔는데 서명 없이 짧게 몇 마디만 씌어 있었어요.

'불행한 자여! 오늘, 7일 낮 12시에, 사랑스러운 팔로 너를 껴안으며 미혹하는 초상, 안토니아가 쓰러져 죽었도다!'

나는 장교가 죽은 날을 표시해둔 달력을 보고, 피사의 여인 안토니아가 죽은 시간이 바로 그가 죽은 그날 그 시간임을 알았어요."

나는 그의 이야기를 더 이상 듣지 않았어. 내 상태가 그 이탈리아 장교와 같다는 것을 깨닫고 공포에 사로잡혀 심한 고통을 느낀 동시에, 미지의 여자에 대한 미칠 듯한 동경이 솟구쳐 벌떡 일어나서 그 저주스러운 집으로 달려가야 했기 때문이야. 멀리서 굳게 닫힌 덧문 사이로 불빛이 반짝이는 게 보이는 것 같았어. 그러나 가까이 다가가니 불빛은 사라졌어. 목마른 사랑의 욕구로 미친 나는 문에 몸을 던졌지. 그 바람에 문이 열리고, 흐린 불빛이 비치는 현관 안에 들어서자 무겁고 후텁지근한 공기에 휩싸였어. 이상한 불안과

* 마데라 지역에서 나는 와인을 말한다.

초조로 인해 가슴이 두근거리는데 길고 날카로운 여자 목소리가 집 안에 울리더군. 어찌 된 영문인지 나 자신도 모르게 갑자기 수많은 촛불이 밝게 비치는 어느 방에 들어갔어. 금박을 입힌 가구와 진기한 일본 화병으로 고풍스럽고 화려하게 장식된 방이었지. 푸른 안개구름 속에서 강한 향기가 풍겨왔어.

"어서 와요, 어서 와요. 사랑스러운 신랑이여, 시간이 됐어요. 결혼식이 다가왔어요!"

여자의 목소리가 점점 더 큰 소리로 그런 말을 외쳤는데, 어떻게 갑자기 그 방 안에 들어갔는지 모르듯이 어떻게 갑자기 안개 속에서 화려한 옷을 입은 키가 크고 젊은 여자가 나타났는지도 알 수 없었어. 그녀는 날카로운 목소리로 "어서 와요, 사랑스러운 신랑이여!" 하고 계속 외치며 두 팔을 펼치고 내게 다가왔어. 그런데 늙고 광기로 추하게 일그러진 누런 얼굴의 노파가 내 눈을 쳐다보는 거야. 나는 너무 놀란 나머지 몸을 떨고 비틀거리며 뒤로 물러섰어. 꿰뚫는 듯한 불타는 뱀의 눈초리에 나는 마술에라도 걸린 듯 무서운 늙은 여자에게서 눈을 떼지 못하고 한 발자국도 움직일 수 없었어. 점점 더 가까이 다가오는 그녀의 끔찍한 얼굴은 얇은 가면을 쓴 것 같았는데, 거울에 나타났던 그 아름다운 얼굴이 가면 사이로 내다보는 듯했어. 늙은 여자가 두 손으로 나를 만지려는 순간, 그녀는 큰 소리로 비명을 지르며 바닥에 쓰러졌어. 내 뒤에서 "저리 가, 저리 가. 악마가 또 영원한 은총으로 염소놀이를 하는구나. 돌아가요. 침대로 돌아가요, 마님. 그러지 않으면 심하게 맞아요!" 하는 소리가 들렸어. 얼른 돌아보니 늙은 관리인이 잠옷을 입은 채 머리 위로 굵은 채찍을 휘두르며 서 있었어. 그는 바닥에서 몸을 비틀며 울부짖는 노파를 때리려고 했어. 관리인의 팔을 붙잡자 그가 나를 밀치며 소리쳤어.

"이런 세상에, 내가 오지 않았다면 늙은 사탄이 당신을 죽일 뻔했잖소. 저리 가요, 저리 가."

나는 방 밖으로 뛰쳐나왔지만, 짙은 어둠 속에서 대문을 찾지 못했어. 그때 채찍을 내려치는 소리와 노파의 비명소리가 들렸어. 나는 소리쳐 도움을 청하려고 했지만, 그때 발밑의 바닥이 사라지더니 층계 밑으로 굴러떨어져 어느 문에 세게 부딪혔어. 그 바람에 문이 열리고 작은 방 안으로 떨어졌어. 누군가 방금 전까지 누워 있었던 듯한 침대와 의자에 걸려 있는 갈색 옷으로 보아 늙은 관리인의 방이라는 걸 곧 알 수 있었지. 잠시 후 층계를 쿵쿵거리며 내려오는 소리가 들리더니 관리인이 급히 들어와 내 발밑에 쓰러져 두 손을 쳐들고 애원하는 거야.

"제발, 제발, 당신이 누구인지는 모르지만, 저 늙은 마녀가 어떻게 당신을 여기로 꾀었는지는 모르지만, 여기에서 일어난 일을 아무에게도 말하지 말아주세요. 그러지 않으면 나는 밥줄이 끊어집니다! 저 미친 마님은 벌을 주고 침대에 묶어놨어요. 오, 존경하는 선생님! 돌아가서 편히 주무세요. 네, 네, 제발 그렇게 하세요. 아름답고 따스한 7월 밤에 달빛은 없어도 은총의 별들이 빛나는군요. 자, 편안하고 행복한 밤 보내세요."

이런 말을 하며 노인은 일어나 촛불을 들고 나를 지하실에서 데리고 나와 대문 밖으로 밀어내고는 문을 단단히 잠갔어. 완전히 정신이 나간 상태로 나는 급히 집으로 돌아왔지. 무서운 비밀에 깊이 사로잡힌 내가 처음 며칠 동안 사건의 합리적인 어떤 맥락도 생각할 수 없었으리라는 것은 너희도 상상할 수 있겠지. 다만 오랫동안 나를 사로잡고 있던 사악한 마술이 이제는 사라진 것만은 확실했어. 거울 속의 마술적인 모습에 대한 괴로운 동경은 모두 사라지고, 곧 그 적막한 집 안으로 들어간 것이 뜻밖에 정신병원으로 들어간 것과 같다는 생각이 들었지. 그 미친 여자는 귀족 태생이지만 아마 세상에 그녀의 존재를 숨겨야 하는 모양이고, 그 관리인은 그녀를 무자비하게 감시하는 직책을 맡은 게 틀림없었어. 그러나 거울은, 그 이상한 마술적 존재는 무엇일까? 아무튼 계속 이야기할게!

어느 날 많은 사람들이 모인 자리에서 나는 P백작을 발견했는데, 그가 나를 한쪽 구석으로 끌고 가더니 웃으며 말했어.

“우리의 그 적막한 집의 비밀이 드러나기 시작한 걸 알고 있어요?”

나는 몹시 놀랐지만 백작이 이야기를 계속하려고 할 때 마침 식당 문이 열리고 사람들은 식사를 하러 가게 됐어. 백작이 알려주려던 비밀에 대한 생각에 깊이 잠긴 나는 옆에 있는 어느 젊은 여자에게 내 팔을 붙잡게 하고 엄숙한 의식처럼 열을 지어 아주 천천히 걸어가는 사람들을 기계적으로 따라갔지. 우리에게 배정된 자리로 간 다음에야 비로소 그녀를 자세히 보았는데, 그녀는 착각할 수 없으리만치 거울 속에 나타나던 여자와 아주 똑같이 생긴 거야. 얼마나 놀랐을지 너희도 상상할 수 있겠지만, 내가 거울에 입김을 불어 그 경이로운 여자를 불러낼 때 나를 완전히 사로잡았던 그 파멸적이고 미칠 듯한 사랑의 광기는 전혀 일어나지 않았다는 걸 분명히 말해야겠어.

내 눈빛에 담긴 의아함, 아니 그보다는 경악을 알아차렸는지 그녀가 나를 아주 이상하게 쳐다보았으므로 나는 할 수 있는 대로 정신을 가다듬고, 그녀를 어디에선가 본 기억이 너무도 생생하다고 가능한 한 태연하게 말했지. 그녀는 그럴 리 없다고 부인하며, 자신은 어제 난생처음 베를린에 왔다고 말하더군. 나는 정말 문자 그대로 당황해서 입을 다물었어. 다만 그녀가 아름다운 눈으로 천사 같은 눈길을 던져서 다시 기운을 차릴 수 있었지. 그럴 때는 마음의 촉각을 곤두세워서 어떻게 말을 꺼낼지 아주 조용히 탐색해야 한다는 걸 너희도 알지. 그래서 그렇게 하다 보니 내 옆에 있는 여자가 아름답고 섬세하지만, 어떤 심리적인 과민 상태에 시달리고 있다는 걸 곧 알아차렸어. 나는 유쾌한 이야기를 하며 매운 후추처럼 흥을 돋우기 위해 익살맞고 대담한 말을 했어. 곧 그녀는 미소 지었지만, 너무 세게 건드린 것처럼 이상하게 고통스러운 미소였어. 그다지 멀지 않은 곳에 앉아 있던 장교가 그녀에게 "기분이 좋지 않은 것 같군요, 아가씨. 오늘 아침의 방문 때문인가요?" 하고 물었어. 그 순간 옆에 앉은 사람이 얼른 장교의 팔을 붙잡으며 귀에 대고 무언가를 말하고, 맞은편에 앉은 부인은 뺨이 빨개지고 눈을 빛내며 큰 소리로 오페라 이야기를 시작했어. 파리에서 본 훌륭한 공연과 그날 본 공연을 비교하더군. 내 옆에 앉은 그녀의 눈에 눈물이 맺혔어. 그녀는 나를 쳐다보며 "내가 어리석은 아이 같죠" 하고 말하더군. 그녀는 처음부터 두통이 있었다고 말했지. "늘 신경성 두통이 있나 보군요"라고 나는 자연스럽게 물은 다음, "거기엔 이 시인의 음료 거품 속에 흐르는 유쾌하고 생기 있는 정기精氣보다 더 효과적인 게 없죠" 하고 말하며 그녀의 잔에 샴페인을 따랐어. 그녀는 처음엔 거절하다가 맛을 보더니, 숨기지 못한 눈물을 두통 탓으로 해석해준 데 대해 감사하는 눈빛이더군. 그녀의 기분이 좀 밝아진 듯했고 모든 게 잘될 것 같았는데, 그만 내가 부주의해서 앞에 있는 술잔을 건드리는 바람에 날카로운 소리가 났어. 그러자 그녀의 얼굴이 몹시 창백해졌고, 나도 그 소리가 그 적막한 집의 미친 노파 목소리 같아 갑자기 공포가 엄습하더군. 커피를 마실 때 나는 기회를 봐 P백작에게 다가갔어. 그는 내가 왜 왔는지 잘 알고 있었지.

"당신 옆에 앉았던 사람이 폰 S백작의 딸 에드비네라는 걸 압니까? 그 적막한 집에 그녀의 이모가 벌써 여러 해 전부터 불치의 광인이 되어 유폐되어 있는 걸 압니까? 오늘 아침에 어머니와 딸이 그 불쌍한 이모에게 갔대요. 늙은 관리인만 백작 부인의 무서운 광적인 발작을 통제할 수 있어서 그녀를 감시하라고 맡겼는데, 지금 그 관리인이 죽을 지경으로 아파 누워 있다는군요. 그래서 동생이 결국 K의사에게 비밀을 털어놓았고, K의사는 환자를 완전히 고치지는 못하더라도 이따금 일으키는 끔찍한 발광에서 구할 수 있는 마지막 방법을 시도할 거래요. 현재로선 나도 그 이상은 모릅니다."

다른 사람들이 들어와서 대화는 중단되었어. K의사는 내가 나의 수수께끼 같은 상태 때문에 찾아갔던 바로 그 사람이야. 너희도 상상할 수 있겠지만, 나는 가능한 한 빨리 K의사에게 가서 그동안 일어난 모든 일을 자세히 이야기했어. 나는 그에게 내가 진정할 수 있도록 그 미친 노파에 대해 알고 있는 것을 모두 이야기해달라고 청했고, 내가 반드시 비밀을 지키겠다고 약속하니 주저하지 않고 다음과 같은 사실을 털어놓았어.

폰 Z백작의 딸 안젤리카는(의사는 이렇게 이야기를 시작했어) 서른이 넘었는데도 놀랄 만큼 아름다웠어. 그래서 이곳 베를린 궁정에서 그녀를 본 폰 S백작이 그 매력에 사로잡혀 열렬히 구애를 했대. 그녀보다 훨씬 나이가 어렸음에도 불구하고 말이지. 이윽고 백작의 딸이 여름에 아버지의 영지로 돌아가자, 그녀의 태도로 보아 희망이 전혀 없을 것 같지는 않아서 노老백작에게 소원을 털어놓으려고 그녀를 뒤쫓아 갔다는 거야. 그러나 S백작은 그곳에 도착하자마자 안젤리카의 동생 가브리엘레를 보고, 이제껏 안젤리카에게 홀려 있던 상태에서 벗어났대. 가브리엘레 옆에서 안젤리카는 시들고 퇴색한 모습이었지. 가브리엘레의 아름다움과 우아함에 저항할 길 없이 이끌린 S백작은 안젤리카에 대한 관심은 온데간데없이 사라져서 가브리엘레에게 청혼을 했어. 가브리엘레도 S백작을 매우 좋아했으므로 아버지인 Z백작은 그 둘의 결혼을 기꺼이 허락했대. 그런데도 안젤리카는 연인의 배신에 전혀 실망감을 내비치지 않았다고 해.

"그는 자신이 나를 버렸다고 생각하겠지. 어리석은 놈! 내가 아니라 바로 그가 내 장난감이었고 내가 던져버렸다는 걸 알지 못하는군!"

안젤리카는 거만하게 비웃으며 그렇게 말하고, 불성실한 백작을 진심으로 경멸하고 있음을 모든 면에서 나타냈대. 게다가 가브리엘레와 폰 S백작의 약혼이 발표되자, 안젤리카는 사람들 앞에 잘 나타나질 않았다는군. 그녀는 식사시간에도 나오지 않고, 사람들 말로는 오래전부터 산책길로 정한 가까운 곳에 있는 숲을 돌아다녔대. 그 무렵 이상한 사건이 일어나 성을 지배하던 변함없는 고요가 깨진 거야. 얼마 전부터 그 지역에서 살인과 도둑질이 횡행하여 사람들이 집시들의 소행이라며 분노하자, 폰 Z백작의 사냥꾼들이 수많은 농부들의 자원을 받아 마침내 그 집시 무리를 붙잡았대. 남자들은 긴 사슬에 묶고 여자들과 아이들은 마차에 실어 성 안뜰로 데려왔다는군. 붙잡힌 호랑이처럼 사나운 눈을 빛내며 대담하게 이리저리 둘러보는 그들의 거만한 모습은 정말 도둑과 살인자라고 부를 법했는데, 특히 키가 크고 야윈, 피처럼 붉은 숄을 머리부터 발끝까지 휘감은 소름 끼치는 여자가 눈에 띄었대. 그녀는 마차 위에 똑바로 서서 거만한 목소리로 자신을 내려달라고 외쳤대. 어차피 그들 모두를 내리게 할 생각이었지. 폰 Z백작은 성 안뜰에서 나와 집시 무리를 나눠 성의 감옥에 가두라고 명령했는데, 그때 안젤리카가 공포와 경악으로 창백해진 얼굴을 하고 머리칼을 휘날리며 문에서 뛰쳐나와 무릎을 꿇고는 날카로운 목소리로 외쳤다는 거야.

"이 사람들을 놓아주세요. 이 사람들을 풀어주세요. 이 사람들은 죄가 없어요, 죄가 없어요. 아버지, 이 사람들을 놓아주세요! 이들 중 누군가가 한 방울이라도 피를 흘리면 저는 이 칼로 가슴을 찌르겠어요!"

안젤리카는 번쩍이는 칼을 허공에 휘두르더니 기절해 쓰러졌대. 그러자 그 붉은 숄을 걸친 노파가 "그래, 내 귀여운 아가야, 내 사랑하는 소중한 아가야. 네가 견딜 수 없으리라는 걸 잘 알고 있었다!" 하고 중얼거리더래. 그러고는 안젤리카 옆에 웅크리고 앉아 그녀의 얼굴과 가슴에 역겨운 키스를 퍼부으며 계속 중얼거렸대.

"순결한 딸아, 순결한 딸아. 일어나라, 일어나라. 신랑이 온다. 그래, 그래, 눈부신 신랑이 온다."

노파는 작은 금붕어가 들어 있는 은색 약물 병을 꺼내 위아래로 흔들다가, 그걸 안젤리카의 가슴에 댔대. 그러자 안젤리카가 곧 눈을 뜨고 집시 여자를 보자마자 벌떡 일어나 격렬하게 껴안더니, 그녀와 함께 성안으로 뛰어 들어가더래. 그사이 가브리엘레와 그녀의 신랑도 나왔는데, 그들과 폰 Z백작은 이상한 공포에 사로잡혀 몸이 굳은 채 모든 것을 바라보고만 있었지. 집시들은 완전히 무관심한 태도로 조용히 있었는데, 이제 사슬에서 풀려나 한 사람씩 묶여 성의 감옥에 갇혔지. 다음 날 아침 폰 Z백작은 마을 사람들을 모아놓고 집시들을 앞으로 끌고 나오게 한 다음, 마을에서 일어난 모든 도둑질에 대해 집시들은 아무 죄가 없다고 큰 소리로 밝히면서 영지를 자유로이 지나가도록 허가증을 주고 그들을 풀어주었대. 모두 놀랐지. 붉은 숄을 두른 여자는 보이지 않았대. 사람들은 집시 대장이—금 목걸이를 하고 두 겹으로 접은 스페인 모자에 붉은 깃털을 달고 있어서 알아볼 수 있었지—밤에 백작의 방에 갔었다고 말했지. 실제로 얼마 후 집시들은 도둑질과 살인에 전혀 관여하지 않았다는 사실이 분명하게 밝혀졌대. 가브리엘레의 결혼식이 다가온 어느 날, 그녀는 가구와 옷가지와 시트 등 살림살이를 완전하게 갖춘 여러 대의 짐마차가 떠난 걸 알아차렸대. 이튿날 가브리엘레는 안젤리카가 S백작의 하인 그리고 붉은 숄을 걸친 집시 여자와 비슷하게 생긴, 변장한 여자와 함께 간밤에 떠난 것도 알게 됐어. Z백작이 설명해서 수수께끼는 풀렸지. 안젤리카가 베를린에 있는 집을 자기에게 달라고 하고, 거기서 혼자 지내겠다며 가족 누구도, 백작조차 그녀의 허락 없이는 그 집에 들어와서는 안 된다고 했대. 물론 이상하기는 했지만, 백작은 무슨 이유에선지 그럴 필요가 있다고 생각해서 그녀의 소원을 들어주었다는 거야. 폰 S백작은 안젤리카가 절박하게 간청해서 그의 하인을 그녀에게 넘겨줬으며, 하인은 안젤리카와 함께 베를린으로 떠났다고 말하더래.

결혼식이 거행되고 S백작은 아내와 D로 갔고 순수한

행복 속에서 1년이 흘렀지. 그런데 백작이 아주 이상하게 아프기 시작했어. 어떤 알 수 없는 고통이 그에게서 모든 삶의 욕구와 힘을 앗아간 듯했는데, 그의 아내는 내면을 파괴하고 파멸시키는 비밀로부터 그를 구해내려고 애썼으나 온갖 노력도 소용이 없었대. 마침내 백작은 깊은 혼수상태에 빠져 목숨이 위독해지는 바람에 의사들의 권유에 따라 피사로 떠나게 됐지. 가브리엘레는 몇 주 후 분만할 예정이어서 같이 갈 수 없었어. K의사는 "이 부분부터 가브리엘레 폰 S백작 부인의 이야기가 너무 산만해서 깊이 통찰해야 자세한 맥락을 이해할 수 있어요"라고 하더군. 아무튼 그녀가 낳은 딸이 영문을 알 수 없이 요람에서 사라졌는데, 백방으로 수소문해도 찾을 수 없었다는 거야. 그녀는 너무 슬퍼서 절망에 빠졌지. 그때 폰 Z백작에게서 놀라운 소식이 담긴 편지가 왔대. 피사로 간 줄 알았던 사위가 베를린의 안젤리카 집에서 신경 발작으로 죽은 채로 발견되었으며, 안젤리카는 끔찍한 광기에 빠졌고, 백작 자신은 이런 슬픔을 오래 견디지 못하리라는 이야기가 씌어 있었대. 가브리엘레 폰 S는 겨우 기운을 차려 아버지의 영지로 급히 갔지. 잃어버린 남편과 아기의 모습이 눈앞에 어른거려서 잠을 이루지 못하고 있었는데, 침실 문밖에서 희미한 울음소리가 들리는 것 같더래. 그녀는 용기를 내 촛불을 켜 들고 밖으로 나갔대. 하느님 맙소사! 붉은 숄을 휘감은 집시 여자가 바닥에 웅크리고 앉아 생기 없는 눈으로 멍하니 백작 부인을 쳐다보고 있는데, 품에는 불안하게 우는 아기를 안고 있더래. 백작 부인은 심장이 마구 뛰었어. 그것은 그녀의 아기, 잃어버린 딸이었어! 그녀는 집시 여자의 품에서 아기를 낚아챘지. 그 순간 집시 여자는 생명 없는 인형처럼 나동그라지더래. 백작 부인의 비명 소리에 모두 일어나 급히 달려가 보니, 집시 여자는 바닥에 누워 죽어 있었대. 여러 가지 약을 써보았으나 효과가 없었고 백작은 사람들을 시켜 그녀를 묻어주었지. 베를린에 있는 미친 안젤리카에게 급히 가는 것 외에 무슨 다른 일이 있겠나. 어쩌면 거기서 아기에 대한 비밀을 알아낼지도 모른다고 생각했지. 베를린 집은 사정이 완전히 변해 있었어. 안젤리카의 사나운 발광 때문에 하녀들은 모두 나가버리고 남자 하인만 남아 있더래. 안젤리카가 이성을 되찾아 조용해졌을 때, 백작이 가브리엘레의 아기에 대한 이야기를 했대. 그랬더니 안젤리카가 손뼉을 치고 큰 소리로 웃으며 말했대.

"인형이 왔다고요? 제대로 갔나요? 묻었다고요, 묻었어요? 오, 세상에. 황금 공작은 얼마나 화려하게 몸을 흔드는지요! 불타는 푸른 눈의 녹색 사자를 아시나요?"

백작은 놀랍게도 안젤리카의 얼굴이 집시 여자의 표정으로 변하는 걸 보고, 그녀가 다시 광기에 빠진 것을 깨달았지. 그는 불쌍한 딸을 영지로 데려가기로 결심했는데 늙은 하인이 말리더래. 사실 그녀를 집에서 데리고 나가려고 하자, 그녀는 곧 분노와 광기로 날뛰었지. 잠시 제정신이 들었을 때 안젤리카는 뜨거운 눈물을 흘리며 아버지에게 이 집에서 죽게 해달라고 애원했고, 마음이 움직인 아버지는 그것을 허락했지. 다만 그 순간 그녀가 털어놓은 고백은 또다시 일어난 광기로밖에 볼 수 없었지. 그녀는 S백작이 자신의 품으로 돌아왔으며, 집시 여자가 폰 Z백작의 집에 데려간 아기는 자신과 S백작의 아이라고 말한 거야. 사람들은 폰 Z백작이 불쌍한 딸을 영지로 데려갔다고 생각했지만, 사실은 이곳에 깊숙이 숨겨놓고 그 적막한 집에서 하인을 시켜 감시하게 한 거야. 폰 Z백작이 얼마 전에 죽어서 가브리엘레 폰 S백작 부인은 에드몬데*와 집안일을 정리하기 위해 이곳으로 왔대. 그녀는 불쌍한 언니를 만나지 않을 수 없었지. 이 방문에서 기이한 일이 일어난 게 틀림없지만, 백작부인은 K의사에게 털어놓지 않았대. 다만 이젠 언니를 늙은

* (원주) 식탁에서 테오도어의 옆자리에 앉았던 여자의 이름은 에드비네였다. 연구자들은 호프만이 실수로 이름을 잘못 썼다기보다 테오도어가 아직도 혼란스러운 상태에 있음을 나타내거나, 의사가 착각하고 있는 것으로 해석한다. 의사가 적막한 집을 둘러싼 사정을 밝히고 있는 바로 그 순간에 착각을 한다는 것은, 마지막에 안젤리카, 에드몬데, 테오도어 사이의 수수께끼 같은 관계가 밝혀지지 않는 것과 마찬가지로 인물들의 정체가 모호함을 나타낸다.

관리인에게서 떼어놓을 필요가 있다고 피상적으로만 말했다고 해. 이미 아는 바와 같이 한번은 하인이 광기 어린 발작을 일으킨 안젤리카를 무자비하게 학대하려고 하자, 안젤리카가 자신은 금을 만들 줄 안다고 속여 하인으로 하여금 그녀와 온갖 이상한 실험을 하고 거기에 필요한 물건들을 구해 오게 했대. K의사는 "당신에게, 바로 당신에게 이 모든 이상한 사건들 사이의 더 깊은 연관성을 생각해보라고 할 필요는 물론 없겠지요. 그러나 그 노파가 회복되거나 곧 죽게 될 수도 있는 큰 변화를 당신이 가져온 것만은 분명하다고 생각돼요. 그리고 당신과 자기 요법을 시도했을 때, 나도 거울 속에서 여자의 모습을 보고 적잖이 놀랐다는 걸 이젠 숨기지 않겠어요. 그것이 에드몬데였음을 이제 우리 둘 다 알게 되었죠" 하고 이야기를 끝맺었어.

의사의 생각처럼 나도 더 이상 덧붙일 게 없고, 안젤리카와 에드몬데, 나, 늙은 하인이 어떤 비밀스러운 관계에 있었는지, 신비로운 상호작용이 어떤 악마적인 유희를 했는지에 대해 더 자세히 이야기할 필요는 전혀 없다고 생각해. 다만 그 사건 후 어떤 두려운 감정에 억눌려서 나는 그 도시를 떠나지 않을 수 없었는데, 그 감정은 한참 지나서야 갑자기 사라지더군. 어느 순간 마음속 깊이 아주 특별한 편안함이 가득 찼어. 내 생각엔 그 순간에 그 노파가 죽은 것 같아.

테오도어는 이렇게 이야기를 마쳤다. 친구들은 테오도

어의 모험에 대해 이런저런 이야기를 하며, 그가 겪은 사건에 기이함과 경이로움이 독특하고 무서운 방식으로 뒤섞여 있음을 인정했다. 친구들과 헤어질 때 프란츠는 테오도어의 손을 잡고 가볍게 흔들며 거의 슬픈 미소를 띠고 말했다.

"안녕, 이 스팔란차니의 박쥐야!"

장자 상속

발트해 해안에서 멀지 않은 곳에 폰 로시텐 남작 가문 대대로 내려오는 로시텐 성城이 있다. 풀 한 포기 나지 않는 황량하고 적막한 끝없는 모래벌판에, 대저택에는 으레 정원이 꾸며져 있건만 이곳은 정원도 없이 그대로 드러난 담벼락이 육지 안쪽 삭막한 소나무 숲으로 이어져 있다. 늘 어둡고 음산한 숲에는 봄의 화려한 색채라곤 찾아볼 수 없고, 새로운 기쁨을 위해 깨어난 작은 새들의 즐거운 지저귐 대신 까악까악거리는 까마귀들의 소름 끼치는 울음소리와 폭풍우를 예고하며 어지러이 날아다니는 갈매기들의 날카로운 울음소리만 메아리친다. 거기서 15분쯤 가면 요술이라도 부린 듯 갑자기 풍경이 변하여 꽃이 만발한 들판, 풍요로운 밭과 목초지가 나타나고 크고 화려한 마을에 널찍한 장원 감독관의 집이 보인다. 쾌적한 오리나무 숲 끝에 커다란 성의 기초가 있는데, 그것은 로시텐 성의 이전 소유자 중 누군가가 지으려다 만 것이다. 후손들은 쿠를란트의 영지에 살면서 이 성을 그대로 내버려 두었다.

로데리히 폰 로시텐 남작은 다시 성에 들어가 살았지만, 사람을 싫어하는 음울한 그의 성격대로 외따로 떨어진 옛 성에서 살았으므로 성을 새로 짓고 싶어 하지 않았다. 그는 낡은 성을 보수하여 관리인과 하인 몇 사람만 두고 성안에 칩거했다. 그는 마을에 오는 일이 아주 드물었다. 반면 종종 해안을 이리저리 거닐거나 말을 타고 달리기도 하고, 파도에 대고 무슨 말을 하기도 하고, 바다 귀신의 대답이라도 듣는 듯 부서지는 파도 소리에 귀 기울이는 모습을 사람들은 멀리서 목격하곤 했다. 남작은 망루 꼭대기에 작은 방을 만들어 망원경과 천문 기구들을 제대로 갖추어놓고, 낮에는 바다를 바라보며 이따금 하얀 바닷새처럼 멀리 수평선을 지나가는 배들을 관찰하고, 별이 밝은 밤에는 늙은 관리인의 도움을 받아 천문학이나 점성술을 연구했다. 남작이 살아 있는 동안 그가 비밀스러운 학문, 이른바 마술에 몰두한다느니, 어느 높은 제후의 가문을 심하게 모욕한 실수 때문에 쿠를란트에서 추방당했다느니 하는 소문이 널리 떠돌았었다. 쿠를란트에서 살던 때의 일이 아주 조금이라도 떠오르면 남작은 기겁을 했다. 하지만 그의 삶을 혼란스럽게 만든 그곳에서 일어난 모든 일을, 그는 오로지 가문 대대로 내려오던 성을 악의적으로 떠난 선조의 탓으로 돌렸다. 앞으로는 가족의 우두머리라도 이 성에 붙잡아두기 위해 남작은 성을 장자 세습지로 정했다. 국왕은 그러한 가문의 법을 매우 환영하여 승인했다. 기사적인 덕목을 갖춘 가문의 자손들이 외국에 나가 있는 상황에서, 그러한 가문을 조국 편으로 끌어들일 수 있었기 때문이다. 그러나 로데리히의 아들 후베르트도, 할아버지와 같은 이름인 현재의 상속자도 성에서 살기를 원하지 않아 두 사람 다 쿠를란트에 머물렀다. 사람들은 황량하고 음산한 성을 싫어한 두 사람이 우울한 전임자보다 더 명랑하고 삶에 대한 활기로 가득 차 있으리라고 생각했다. 로데리히 남작에겐 결혼하지 않은 늙은 고모가 둘 있었다. 그들은 세습지에서 머물며 생계를 유지할 수 있도록 허락받아 보잘것없는 부양을 받으면서 옹색하게 살고 있었다. 성 옆채의 작고 따뜻한 방에서 늙은 하녀와 살고 있는 그들과 1층 부엌 옆 큰 방에 사는 요리사를 제외하고, 본채의 천장이 높은 방들과 넓은 홀에는 늙은 사냥꾼만 비틀거리며 돌아다녔다. 그는 관리인의 임무도 맡고 있었다. 나머지 하인들은 마을에 있는 장원 감독관의 집에서 살고 있었다.

첫눈이 내리기 시작하고 늑대들이 돼지 사냥을 다니는 늦가을에만 이 황량하고 적막한 성은 활기를 띠었다. 그때는 로데리히 남작이 그의 아내와 친척, 친구들, 수많은 사냥꾼들을 데리고 쿠를란트에서 이곳으로 오기 때문이었다. 이웃에 사는 귀족들과 가까운 도시에 사는 사냥을 좋아하는 친구들까지 몰려와 본채와 옆채는 밀려오는 손님을 모두 수

용할 수 없을 정도였고, 모든 난로와 벽난로에 가득 피워진 불이 소리 내며 타오르고, 희미하게 동이 트기 시작하는 아침부터 밤중까지 고기 굽는 기구가 달그락달그락 돌아가고, 주인과 하인들 수백 명이 신나게 층계를 오르내리고, 여기저기 술잔 부딪히는 소리, 즐거운 사냥 노래, 시끄럽게 울려 퍼지는 음악에 맞춰 춤추는 발소리, 사방에서 환호성과 웃음소리가 크게 들리며 4주에서 6주 동안 성은 영주의 집이라기보다는 번화한 길가에 놓인 호화스러운 여관 같았다.

로데리히는 이 기간 동안 손님들 무리에서 물러나 가능한 한 상속자로서의 의무를 수행하며 중요한 업무에 전념했다. 수입을 꼼꼼히 계산할 뿐만 아니라 개선을 위한 제안이나 영지 주민들의 어려움은 아무리 하찮은 것일지라도 경청하고, 할 수 있는 한 모든 일을 처리하고 부당하거나 불합리한 모든 일을 바로잡으려고 노력했다. 그 모든 일을 처리하는 데 늙은 변호사 V가 남작을 성실하게 도왔다. 그는 로데리히의 아버지 때부터 로시텐 집안의 대리인이었으며 P에 있는 영지의 법률 고문이었다. 그래서 V는 남작이 상속지에 도착하기 일주일 전에 그곳으로 가곤 했다.

179×년에 늙은 변호사가 남작의 성으로 떠나야 할 때가 되었다. 일흔 살이 된 노인은 매우 원기 왕성했지만, 그의 일을 도와줄 사람이 있으면 좋으리라고 생각하게 되었다. 그래서 그는 어느 날 농담처럼 내게 말했다.

"사촌 아우야."

조카 손자인 나는 작은할아버지의 이름을 물려받았으므로 그는 나를 사촌 아우라고 불렀다.

"너도 윙윙대는 바닷바람을 좀 쐴 겸 나와 함께 로시텐에 가는 게 어떻겠니? 게다가 이따금 일이 힘들 때 나를 도와줄 수도 있고, 아침에는 딱딱한 문서를 작성한 후 너도 한번 거친 사냥에 참가해서 털이 긴 회색 늑대나 이빨을 드러낸 산돼지 같은 사나운 짐승의 이글거리는 눈을 똑바로 마주 보고 엽총으로 솜씨 좋게 쏘아 쓰러뜨리는 법도 배우고 말이야."

로시텐에서 벌어지는 즐거운 사냥철의 신기한 이야기를 자주 듣지 않았다면, 그리고 훌륭한 작은할아버지를 진심으로 좋아하지 않았다면, 그가 이번에 나를 데려간다는 말에 그렇게 기뻐하진 않았을 것이다. 이미 그런 종류의 일을 상당히 연습했으므로, 나는 할아버지의 수고와 걱정을 덜어주겠다고 정성을 다해 약속했다. 다음 날 우리는 두꺼운 털옷으로 온몸을 감싸고 마차에 앉아 겨울을 알리는 심한 눈보라를 헤치며 로시텐으로 향했다. 가는 길에 할아버지는 고인이 된 로데리히 남작에 관한 기이한 이야기를 많이 들려주었다. 남작은 장자 상속 제도를 제정하고, 그 당시 할아버지가 젊은 나이였음에도 불구하고 그를 법률 고문 및 유언 집행인으로 지명했다. 할아버지는 작고한 남작의 격렬하고 사나운 성격에 대해 이야기하며 그 집안사람들 모두 그런 성격을 물려받은 것 같다고 했다. 현재 상속자도 젊었을 때는 온순하고 유약한 성격이었는데, 해가 갈수록 그런 성격을 드러낸다는 것이었다. 할아버지는 내가 남작의 눈에 들도록 쾌활하고 솔직하게 처신해야 한다고 가르쳐주었다. 그러고는 성에서 할아버지가 늘 기거하는 방에 대해 이야기 했다. 그 방은 따뜻하고 아늑하고 외따로 떨어져 있어서, 정신없이 떠들어대는 사람들의 소동을 피해 우리가 원할 때는 언제라도 조용히 지낼 수 있다고 했다. 늙은 고모들이 살고 있는 옆채 방 맞은편에는 커다란 법률 사무실이 있고, 그 바로 옆에 따뜻한 융단을 둘러친 두 개의 작은 방이 매번 할아버지의 숙소로 마련된다는 것이었다. 빨리 달리기는 했지만 힘든 여정 끝에 우리는 한밤중이 되어서야 마침내 로시텐에 도착했다. 마을을 지나는데 마침 일요일이어서 술집에서 무도곡과 즐거운 환호성이 들렸다. 장원 감독관의 집에서도 불을 환히 밝힌 가운데 음악과 노랫소리가 들려왔다. 그래서 성을 에워싼 적막한 분위기는 더욱 소름 끼쳤다. 바닷바람이 처절하게 한탄하듯 울부짖고, 그 소리에 음산한 소나무 숲이 깊은 마술의 잠에서 깨어난 듯 우울한 탄식이나 신음 같은 소리를 냈다. 눈 덮인 땅 위에 나무 한 그루 없는 검은 성벽이 갑자기 나타나더니, 마침내 우리는 닫힌 성문 앞에 멈춰 섰다. 그러나 아무리 부르고 채찍이나 망치로 두드려도 소용없었다. 모두가 죽은 듯이 어느 창문에서도 불빛이 새어 나오지 않았다. 할아버지는 쩌렁쩌렁 울리는 목소리로 외쳤다.

"프란츠, 프란츠! 대체 어디 숨은 거야? 빌어먹을, 빨리 나와! 여기 문 앞에서 얼어 죽겠어! 눈보라가 얼굴을 때려서 피가 날 지경이야. 빨리 나와, 빌어먹을."

개가 낑낑거리기 시작하고, 1층에서 흔들리는 불빛이 보이고, 쩔렁거리는 열쇠 소리가 나더니 곧이어 무거운 성문이 삐걱거리며 열렸다.

"아, 어서 오십시오. 어서 오세요, 변호사님. 아니, 이런 험한 날씨에 오시다니!"

늙은 프란츠가 그렇게 말하며 램프를 공중에 높이 쳐들어 그의 주름진 얼굴을 환히 비췄다. 다정하게 웃느라 그의 얼굴은 이상하게 일그러졌다. 마차가 안마당으로 들어가고 우리는 마차에서 내렸다. 그제야 나는 많은 끈으로 이상하게 장식된 헐렁한 구식 사냥복을 입은, 늙은 하인의 특이한 모습을 제대로 볼 수 있었다. 넓고 흰 이마 위에 회색 머리카락이 몇 가닥만 남아 있고, 얼굴 아랫부분은 건장한 사냥꾼의 모습이지만 찡그린 근육에도 불구하고 얼굴은 거의 기괴한 가면 같았다. 그러나 빛나는 눈과 입 주위에 감도는 약간 멍청할 정도로 사람 좋아 보이는 표정이 그러한 인상을 지워주고 있었다. 할아버지는 현관에서 외투에 묻은 눈을 털며 말했다.

"자, 친애하는 프란츠, 모든 게 준비되었나? 내 방 양탄자 먼지도 털고 침대도 들여놓고 어제와 오늘 난로도 제대로 피웠겠지?"

"아니요."

프란츠는 아주 태연하게 대답했다.

"존경하는 변호사님, 그 모든 게 전혀 준비되지 않았습니다."

"이런 세상에!"

할아버지가 깜짝 놀라 외쳤다.

"내가 충분히 시간에 맞춰 편지를 보냈는데. 나는 항상 약속한 날짜에 오지 않나? 이건 정말 어이없는 일이야. 그럼 추운 방에서 지내야 한단 말인가?"

"네, 존경하는 변호사님."

프란츠는 타버린 양초 심지의 끝부분을 작은 가위로 매우 조심스럽게 잘라내 발로 밟아버리며 말했다.

"그 모든 게 말하자면, 우선 난로가 별 도움이 되지 않을 겁니다. 깨진 유리창으로 눈보라가 너무 밀려 들어오고, 게다가……"

"뭐라고?"

할아버지가 외투를 넓게 펼쳐 두 손을 허리에 대며 그의 말을 가로막았다.

"창문이 깨졌다고? 그런데도 관리인인 자네가 아무 대처도 안 했단 말인가?"

"네, 존경하는 변호사님."

노인은 태연하고 침착하게 계속 말했다.

"제대로 할 수가 없었습니다. 벽돌과 돌 조각이 방 안에 잔뜩 널려 있거든요."

"도대체 어디서 벽돌과 돌 조각이 방에 들어온 거야?"

할아버지가 소리쳤다. 그때 마침 내가 재채기를 했더니 노인은 공손하게 허리를 굽히고 "항상 건강하고 행복하시길 빕니다, 젊은 나리!" 하고 말한 다음, 곧이어 할아버지에게 대답했다.

"집이 크게 흔들릴 때 박공벽에서 벽돌과 돌 조각이 떨어진 겁니다."

"지진이 났나?"

할아버지가 화가 나서 물었다.

"아닙니다, 존경하는 변호사님."

노인은 만면에 미소를 띠고 말했다.

"사흘 전 법률 사무실의 무거운 널빤지 천장이 엄청난 소리를 내며 무너졌습니다."

"그랬었군."

할아버지는 왼손으로 여우털 모자를 이마 뒤로 밀며 오른손을 쳐들고 성급하고 격렬한 성미대로 심한 욕설을 퍼부으려다가, 갑자기 나를 돌아보더니 큰 소리로 웃으며 말했다.

"정말이지 얘야! 우린 입을 다물어야겠다. 더 이상 물어선 안 되겠어. 그랬다간 더 지독한 재앙이 일어나거나 아예 성 전체가 머리 위로 무너져 내리겠다."

그는 노인을 돌아보며 계속했다.

"하지만 프란츠, 도대체 자넨 얼른 다른 방을 청소하고 난로를 피워둘 생각은 못 했나? 본채 아무 방이나 빨리 법률 사무를 위해 준비할 순 없었나?"

"물론 그렇게 했습죠."

그렇게 말하고 노인은 층계를 가리키더니 곧 올라가기 시작했다.

"그 참 이상한 친구구먼."

노인을 따라가며 할아버지가 말했다. 천장이 높고 둥근 긴 복도를 걸어가는데, 프란츠가 들고 있는 촛불이 깜박이며 짙은 어둠 속으로 이상한 빛을 던졌다. 기둥과 기둥 위 장식, 채색된 아치가 이따금 허공에 떠 있는 듯 나타나고 너무나 큰 우리의 그림자가 옆에서 따라오며 벽에 걸린 이상한 그림 위에 어른거려, 그 형상들 자체가 움직이고 떨리는 것 같았다. 우리의 발소리가 쿵쿵 울리는 가운데 그 형상들의 목소리가 속삭이는 듯했다.

"우릴 깨우지 마라. 이상한 마술에 걸려 여기 오래된 돌

속에서 잠자고 있는 우릴 깨우지 마라!"

춥고 어두운 방들을 지나 마침내 프란츠는 어느 방의 문을 열었다. 벽난로에서 밝게 타오르는 나무의 경쾌하게 탁탁거리는 소리가 다정한 인사처럼 우리를 맞이했다. 들어가자마자 나는 곧 기분이 아주 아늑해졌지만, 할아버지는 방 한가운데 서서 주위를 둘러보며 매우 심각하고 엄숙한 목소리로 "그래, 여기를 법률 사무실로 쓰라고?"라고 말했다. 프란츠가 촛불로 허공을 비추자 어두운 넓은 벽에 방문만 한 크기의 밝고 밋밋한 부분이 눈에 띄었다. 프란츠는 작은 소리로 괴로운 듯이 말했다.

"물론 전에 여기서 심판이 있었지요!"

"여보게, 무슨 생각을 하는 건가?"

할아버지는 외투를 얼른 벗어 던지고 벽난로 앞으로 가며 말했다.

"저도 모르게 나온 말입니다."

프란츠는 그렇게 말하고는 불을 켜고 옆방 문을 열었다. 그곳은 아주 아늑하게 우리를 맞이할 준비가 되어 있었다. 오래지 않아 노인은 벽난로 앞 식탁에 잘 준비된 식사를 차리고, 북유럽식으로 만든 맛있는 펀치를 커다란 잔에 담아 왔다. 할아버지와 나는 펀치를 제법 많이 마셨다. 여행으로 피로해진 할아버지는 식사가 끝나자마자 침실로 갔다. 새롭고 신기한 성에서 펀치까지 마신 나는 오히려 생동감을 느끼고, 너무 흥분한 나머지 자고 싶은 생각이 들지 않았다. 프란츠는 식탁을 치우고 벽난로 불을 높이고 나서 내게 허리를 굽혀 다정하게 인사한 다음 방을 나갔다.

나는 천장이 높고 넓은 기사들의 방에 혼자 앉아 있었다. 눈보라와 윙윙대던 바람 소리가 그치고 하늘이 맑게 개어 밝은 보름달이 넓은 아치형 창문으로 흘러들어와, 촛불과 벽난로 불의 희미한 빛이 미치지 못하는 어두운 구석들을 마술처럼 밝게 비췄다. 오래된 성이 흔히 그렇듯이 벽과 천장이 특이하고 고풍스러웠는데, 천장은 두꺼운 판을 댔고 벽은 환상적인 그림과 화려하게 채색한 조각이나 금색 칠을 한 조각으로 장식되어 있었다. 주로 거칠고 피 흘리는 곰 사냥이나 늑대 사냥의 소란스러운 장면이 그려진 커다란 그림들로, 몸은 물감으로 그리고 짐승과 사람의 머리는 나무로 조각한 것을 덧붙여 돌출되어 있는 데다 깜박이고 흔들리는 불빛과 달빛이 비쳐 그 모든 게 진짜 살아 있는 것처럼 무시무시했다. 이런 그림들 사이에 사냥복을 입고 걸어가는 실물 크기의 기사들 그림이 있었다. 아마 사냥을 좋아한 선조들의 그림인 모양이었다. 그림이나 조각 모두 오랜 세월의 흔적을 지닌 어두운 색채를 띠고 있었다. 그래서 옆방으로 가는 두 개의 문이 있는 벽 한쪽의 밝고 밋밋한 부분이 더욱 눈에 띄었다. 나는 곧 그 부분이 전에는 문이었음을 알아차렸다. 나중에 벽을 쌓아 그 문을 막아버리면서 벽의 다른 부분과 똑같이 칠하거나 조각으로 장식하지 않고 그대로 내버려 둔 모양이었다. 비밀스러운 힘을 지닌 이상하고도 신기한 성이 내 마음을 사로잡았다. 아무리 둔감한 사람일지라도 기이한 바위로 둘러싸인 골짜기나 교회의 어두운 담 안에서는 상상력이 풍부해져서, 전에는 결코 체험하지 못한 것을 상기하게 된다는 걸 누구나 잘 알 것이다. 이제 덧붙이건대 당시 내가 스무 살이었던 데다 독한 펀치를 여러 잔 마신 걸 감안한다면, 그 어느 때보다 이 기사의 방에서 이상한 기분이 든 걸 이해할 수 있을 것이다. 밤의 정적 속에서 우울하게 들려오는 파도 소리와 유령들이 치는 오르간처럼 힘차게 울리는 이상한 바람 소리를 상상해보라. 덜컹거리는 창문을 거인이 들여다보고 지나가는 것처럼, 구름이 이따금 밝게 빛나며 지나갔다. 사실 나는 이제 낯선 왕국이 보이고 들리게 될 것 같은 약간의 공포를 느끼지 않을 수 없었다. 그러나 이런 느낌은 생생하게 묘사된 유령 이야기에서 느끼거나 즐기기도 하는 오싹함 같은 것이었다. 그러면서 호주머니에 넣어둔 책을 읽기에 이보다 더 좋은 분위기는 없으리라는 생각이 들었다. 당시 낭만적인 소설을 좋아하는 사람이라면 누구나 갖고 다니던 실러의 『유령을 보는 사람』이었다. 책을 읽으며 나의 환상은 점점 더 커졌다. 마술처럼 강하게 독자를 사로잡는 백작의 결혼 피로연 부분에 이르렀다. 제로니모의 피 흘리는 모습이 등장하는 순간, 대기실로 가는 문이 큰 소리를 내며 열렸다. 나는 너무 놀라 펄쩍 뛰었다. 손에서 책이 떨어졌다. 그러나 곧 사방이 조용해져서 유치하게 놀란 나 자신이 부끄러웠다! 세차게 지나가는 바람이나 무슨 다른 이유로 문이 갑자기 열린 것이리라. 아무것도 아니다. 환상적인 이야기에 너무 심취한 나머지, 자연스러운 현상을 유령 같은 일로 상상한 것이다! 그렇게 진정하고 바닥에서 책을 주워 다시 안락의자에 앉았다. 그때 방 안을 가로질러 걸어가는, 느리고 규칙적이며 낮은 발소리가 들렸다. 그리고 발소리 사이로 한숨 소리와 신음 소리가 들렸는데, 그것은 인간적인 깊은 고통과 절망적인 비탄이 담겨 있는 소리였다. 그래! 지하실에 갇힌 병든 짐승일 거야. 밤에는 청각이 착각을 일으켜 멀리서 나는 소리도 가까이에서 나는 소리처럼 들리는 수가 있지. 누가 이따위 일로 공포를 느끼겠는가. 그렇게 나 자신을 다시 진정시켰다. 그러나 죽음의 고통에 처한 무서운 공포에서 나오는 듯한 그 크고 깊은 한숨 소리와 함께, 예전에 문이 있던 자리를 벽으로 막아놓은 곳에서 긁는 소리가 났다.

'그래, 불쌍하게 갇힌 짐승이야. 이제 발로 바닥을 두드리며 큰 소리로 외쳐야지. 그럼 곧 조용해질 거야. 아니면 지하실에 있는 짐승이 자연스러운 소리를 더 분명하게 내겠지!'

생각은 그렇게 했지만 혈관의 피가 빠른 속도로 흐르고

이마에 식은땀이 솟아나서, 소리치기는커녕 일어나지도 못하고 안락의자에 꼼짝 않고 앉아 있었다. 소름 끼치는 긁는 소리가 마침내 멎더니 발소리가 다시 들렸다. 몸 안의 생기와 활기가 다시 깨어난 것처럼 벌떡 일어나 나는 두 걸음 앞으로 걸어갔다. 그러나 그때 얼음처럼 차가운 바람이 방을 지나가는 동시에 밝은 달빛이 아주 심각한, 거의 무섭게 보이는 남자의 초상화를 환하게 비췄다. 거센 파도 소리와 날카로운 바람 소리 사이로 그림 속 남자가 경고하는 목소리가 또렷하게 들렸다.

"더 이상 오지 마라, 더 이상 오지 마라. 그러지 않으면 넌 유령들 세계의 무서운 공포 속에 빠져들게 돼!"

그러더니 전과 마찬가지로 큰 소리를 내며 문이 닫혔다. 대기실에서 발소리가 또렷하게 들렸다. 그 소리는 층계를 내려갔다. 성문이 삐걱거리며 열리더니 다시 닫혔다. 곧이어 마구간에서 말을 끌어내는 소리가 나고, 잠시 후 말을 다시 마구간으로 끌고 가는 소리가 났다. 그러고는 사방이 고요해졌다! 그 순간 옆방의 할아버지가 불안하게 한숨을 쉬고 신음하는 소리가 들렸다. 그 소리에 정신을 차린 나는 촛불을 들고 얼른 그 방으로 갔다. 할아버지는 무서운 악몽과 싸우고 있는 듯했다.

"일어나세요, 일어나세요."

나는 큰 소리로 외치며 할아버지의 손을 부드럽게 잡고

밝은 촛불을 그의 얼굴에 비췄다. 할아버지는 무거운 신음을 내뱉으며 벌떡 일어나 다정한 눈으로 나를 보며 말했다.

"잘했다, 얘야! 잘 깨웠다. 아, 정말 무서운 꿈을 꿨어. 그건 순전히 이 침실과 저 커다란 방 때문이야. 여기 있으니까 지난날 이곳에서 일어난 많은 기이한 일들이 생각나거든. 하지만 이젠 편히 푹 자자!"

그러면서 이불을 덮은 할아버지는 곧 잠이 든 것처럼 보였다. 촛불을 끄고 침대에 누웠는데, 할아버지가 낮은 목소리로 기도하는 소리가 들렸다. 다음 날 일이 시작되었다. 장원 감독관이 계산서를 가져오고, 분쟁을 조정하려는 사람들과 업무를 처리하려는 사람들이 몰려왔다. 정오에 할아버지와 나는 옆채로 가 온갖 형식을 갖춰 늙은 두 남작 부인을 알현했다. 프란츠가 남작 부인들에게 우리가 왔다고 전하자, 잠시 후 남작 부인들의 시녀라는 부인이 나왔다. 화려한 비단옷을 입고 예순 살쯤 된, 허리가 굽은 부인이었다. 그녀는 우리를 남작 부인들의 방으로 데리고 갔다. 오래전 유행하던 이상한 양식으로 치장한 노부인들이 우스꽝스러운 의식으로 우리를 맞이했다. 특히 할아버지가 자기 일을 돕는 법률가라고 자랑스럽게 나를 소개했을 때 그들은 놀라워했다. 나 같은 애송이가 로시텐 영지 주민들의 안전을 위험하게 만들지나 않을까 염려하는 표정이었다. 노부인들 곁에서 겪은 모든 광경은 너무 우스꽝스러웠지만, 간밤의 공포는 여전히 오싹하게 마음속에 남아 있었다. 어떤 미지의 힘이 나를 만진 듯한, 아니 그보다는 오히려 한 발자국만 가면 구원될 길 없이 빠져버릴 어떤 영역에 이미 가닿은 듯한 느낌이었다. 회복될 수 없는 광기로 이끌어갈 공포에 대항해 나 자신을 지키기 위해서는, 내 안에 있는 모든 힘을 쏟아부어야 할 것 같았다. 머리를 이상하게 높이 올리고, 화려한 꽃과 리본으로 장식한 이상한 천으로 만든 옷을 입은 늙은 남작 부인들도 내겐 우스꽝스럽다기보다 아주 무시무시한 유령 같아 보였다. 노랗게 쪼그라든 늙은 얼굴과 깜박거리는 눈, 꽉 다문 푸른 입술과 뾰족한 코 사이로 중얼거리는 서툰 프랑스어에, 혹시 노부인들이 성에서 배회하는 무서운 유령들과 사이가 좋거나 유령들을 당황케 하고 놀라게 하는 능력이 있는지 알아보려고 애썼다. 할아버지는 즐거운 기분으로 농담을 던지며 노부인들을 어처구니없이 수다 떨게 만들어서, 다른 분위기였다면 터져 나오는 웃음을 어떻게 삼켜야 할지 몰랐을 것이다. 그러나 이미 말했듯이 남작 부인들은 아무리 수다를 떨어도 여전히 유령 같았다. 내게 특별한 즐거움을 마련해주려던 할아버지는 이따금 아주 이상하다는 듯이 나를 쳐다보았다. 식사 후 우리 방에 단둘이 남았을 때 할아버지가 말했다.

"테오도어, 대체 왜 그러니? 웃지도 않고 말도 없고 먹지도 않고 마시지도 않는구나. 어디 아프니? 아니면 뭐가 잘

못됐니?"

나는 주저하지 않고 간밤에 있었던 놀랍고 무서운 일을 아주 자세하게 이야기했다. 아무것도 숨기지 않고, 특히 펀치를 너무 많이 마셨으며 실러의 『유령을 보는 사람』을 읽고 있었다는 것도 빠뜨리지 않았다. "그건 고백해야겠어요. 상상력이 너무 예민해져서 내 머릿속에서만 존재하는 그 모든 현상을 만들어냈을지도 모르니까요" 하고 나는 덧붙였다. 나는 이제 할아버지가 유령을 보았다느니 하는 내 이야기를 비웃는 말을 맹렬히 퍼부으리라고 생각했으나, 오히려 매우 심각해져서 마루를 뚫어져라 바라보았다. 그러다가 갑자기 머리를 쳐들고 불타는 시선으로 나를 쳐다보며 말했다.

"나는 그 책은 모른다, 얘야! 하지만 네가 유령을 본 것은 그 책이나 펀치 탓이 아니다. 네게 일어난 것과 똑같은 장면을 나도 꿈에서 봤단다. 꿈속에서 나는 너처럼 벽난로 옆의 안락의자에 앉아 있었던 것 같은데, 너는 소리로만 들었지만 나는 눈으로 분명히 보았다. 그래! 무서운 악령이 방 안으로 들어와 벽으로 막은 저 문 앞으로 살금살금 걸어가서 끝없이 절망적으로 벽을 긁고, 찢어진 손톱 밑에서 피가 흐르고, 그다음엔 아래로 내려가 마구간에서 말을 끌어내더니 다시 마구간에 갖다놓는 것을 보았다. 멀리 마을 농가에서 닭 우는 소리를 들었니? 그때 네가 나를 깨워서 나는 곧 그 악령에서 벗어났지. 즐거운 삶을 무섭게 교란시킬 힘이 아직 있는 그 무서운 인간의 사악한 유령."

할아버지는 말을 멈췄다. 그러나 그가 내게 말해주는 게 좋겠다고 생각하면 모든 것을 설명해주리라는 걸 잘 알고 있었으므로 나는 더 이상 묻지 않았다. 할아버지는 한참 깊은 생각에 잠겨 앉아 있다가 말을 이었다.

"테오도어, 이젠 너도 다 보았으니 그 유령을 다시 한번 견딜 용기가 있니? 나와 함께 말이야."

나는 물론 이젠 힘이 솟는다고 말했다.

"그럼 오늘 밤 우리 함께 밤을 새우자. 내 마음속의 목소리가 말하는구나. 그 악령이 내 정신력이나 확고한 신념에 근거한 용기에 물러설지는 모르겠지만, 여기 선조들의 성에서 아들들을 쫓아내려는 그 악령을 물리치기 위해 내가 신명을 다한다면 그것은 경솔한 시작이 아니라 경건하고 용감한 과업이라고 말이야. 하지만! 물론 문제는 용기가 아니야. 내 안에 있는 이처럼 경건한 신념과 이처럼 확고하고 정직한 이성을 지녀야만, 승리의 영웅이 될 수 있는 거란다. 그럼에도 불구하고 사악한 힘이 나를 공격해 이기는 게 신의 뜻이라면, 너는 내가 여기서 혼란을 일으키는 지옥의 유령과 기독교인답게 성실히 싸우다 쓰러졌노라고 사람들에게 알려야 한다! 하지만 너는 멀찌감치 떨어져 있거라! 그러면 네겐 아무 일도 일어나지 않을 거야!"

여러 가지 산만한 일을 하는 동안 저녁이 되었다. 프란츠는 어제처럼 저녁 식사 후에 펀치를 가져다주었다. 빛나는 구름 사이로 보름달이 밝게 비치고, 파도 소리가 철썩이고 바람이 포효하며 아치형 창문의 유리를 흔들어 창문이 덜컹거렸다. 불안해진 우리는 억지로 아무 이야기나 해댔다. 할아버지는 괘종시계를 책상 위에 올려놓았다. 시계가 12시를 알렸다. 그때 무서운 소리와 함께 문이 덜컥 열리고, 어제처럼 낮고 느린 발소리가 방을 가로질러 갔으며 신음 소리와 한숨 소리도 들렸다. 할아버지는 창백해졌지만 눈을 비상하게 빛내며 안락의자에서 일어났다. 그 큰 체구로 똑바로 서서, 왼손은 허리에 대고 오른손은 방 한가운데를 향해 쭉 펼치고 있는 모습은 오만한 영웅 같았다. 그러나 한숨 소리와 신음 소리가 점점 더 커지더니, 어제보다 더 무섭게 벽 여기저기를 긁기 시작했다. 그러자 할아버지는 마룻바닥이 쿵쿵 울리도록 힘찬 걸음으로 벽으로 막아놓은 문을 향해 곧장 걸어갔다. 점점 더 미친 듯이 긁어대는 지점 바로 앞에 가서 멈춰 서더니, 이제껏 들어본 적 없는 크고 엄숙한 목소리로 "다니엘, 다니엘! 이 시간에 여기서 뭘 하는 거냐!" 하고 말했다. 그러자 무섭고 끔찍한 비명 소리와 함께 무거운 짐이 바닥에 떨어지는 듯한 둔중한 소리가 났다.

"지고한 왕좌 앞에서 은총과 자비를 구해라. 거기가 네가 있어야 할 곳이야! 이젠 네가 결코 속할 수 없는 이승의 삶에서 썩 나가거라!"

할아버지는 전보다 더 큰 소리로 외쳤다. 낮은 흐느낌 소리가 허공에서 들리는 듯하더니 거세게 불기 시작한 폭풍 소리에 사라져버렸다. 할아버지는 문 쪽으로 걸어가 문을 쾅 닫았다. 그 소리가 적막한 대기실에 크게 울려 퍼졌다. 할아버지의 말과 태도에는 어딘가 초인적인 데가 있어서 나는 심한 두려움을 느꼈다. 할아버지가 안락의자에 앉았을 때 그의 시선은 밝게 빛났다. 두 손을 마주 잡고 할아버지는 속으로 기도를 드렸다. 그렇게 몇 분이 지난 후 그의 특별한 능력인, 마음 깊이 파고드는 부드러운 목소리로 물었다.

"아우야, 괜찮니?"

공포와 경악과 불안과 성스러운 경외감과 사랑으로 몸이 떨려, 나는 무릎을 꿇고 할아버지가 내민 손에 뜨거운 눈물을 흘렸다. 할아버지는 나를 품에 꼭 껴안으며 매우 부드럽게 말했다.

"이제 우리도 편안히 자자, 테오도어!"

정말 우리는 편안히 잤고, 다음 날 밤에도 무서운 일은 전혀 일어나지 않았으므로 곧 예전의 명랑함을 되찾았다. 불행히도 늙은 남작 부인들은 이상한 거동 때문에 여전히 약간 유령 같았다. 그러나 할아버지가 우스꽝스러운 방법으로 흥분시킬 줄 아는 재미있는 유령이었다.

며칠 후 마침내 남작이 부인과 수많은 사냥꾼들을 데리

고 도착했다. 초대받은 손님들이 모여들어 갑자기 활기를 띤 성에서는, 이미 묘사한 대로 시끄럽고 법석대는 소동이 시작되었다. 남작은 도착하자마자 우리 방으로 왔는데, 우리가 여느 때와 다른 방에서 묵는 것을 보고 이상하게 놀라는 듯했다. 그는 벽으로 막아놓은 문에 우울한 시선을 던지더니, 얼른 돌아서며 어떤 나쁜 기억을 털어버리려는 듯 손으로 이마를 쓸었다. 할아버지가 법률 사무실과 옆방들이 썰렁하다고 말하자 남작은 프란츠가 우리를 더 좋은 방에 묵게 하지 않았다고 책망하고, 할아버지에게 전에 묵던 방보다 새 방이 훨씬 못하지만 불편한 점이 있으면 분부만 하시라고 상당히 친절하게 권유했다. 할아버지를 대하는 남작의 태도는 진심일뿐더러 할아버지가 남작의 존경스러운 친척이기라도 하듯 순진한 경외심도 섞여 있었다. 그러나 그것이 내가 남작의 성격을 참을 수 있는 유일한 점이기도 했다. 남작은 점점 거칠고 거만한 성격을 드러냈기 때문이다. 그는 나를 거의, 아니 전혀 신경 쓰지 않고 그저 평범한 서기 정도로 생각하는 듯했다. 내가 처음으로 조서를 작성하자마자, 남작은 곧 서식에서 잘못된 점을 찾아내려고 했다. 피가 거꾸로 솟는 것 같아 날카로운 대꾸를 하려는데, 할아버지가 얼른 남작의 뜻대로 모든 것을 바로잡을 것이며 이곳의 법률상 조서는 남작만이 결정할 수 있다고 말했다. 우리만 남았을 때 나는 남작이 근본적으로 마음에 들지 않는

다고 신랄하게 불평했다.

"날 믿어라, 아우야!"

할아버지가 말했다.

"남작은 불친절한 성격이지만 세상에서 가장 훌륭하고 마음씨 좋은 사람이란다. 전에도 말했듯이 남작은 장자 상속인이 된 이후 그렇게 변한 거지, 그전에는 온화하고 겸손한 젊은이였단다. 하지만 넌 남작에게 화가 난 게 아니야. 남작이 왜 그렇게 네게 반감을 일으키는지 알고 싶구나."

할아버지는 마지막 말을 하며 상당히 조소하듯 웃었다. 나는 얼굴에 피가 몰려 화끈거렸다. 이 이상한 증오는 내가 이제까지 세상에서 본 사람들 중 가장 아름답고 우아한 어떤 사람을 사랑하는, 아니 더 정확하게 말하면 짝사랑하는 데서 나온 감정임이 점점 분명해져서 그런 내 마음을 확실하게 깨닫지 않을 수 없었다. 그 사람은 다름 아닌 남작 부인이었다. 러시아 담비 코트로 아름다운 몸을 전부 감싸고 화려한 베일로 얼굴을 가린 그녀가 도착해 방들을 걸어 다니는 것을 보자마자, 그 모습은 저항할 수 없는 강렬한 마술처럼 나를 사로잡았다. 그렇다, 이상한 옷을 입고 두건 같은 머리 장식을 한 늙은 고모들이 남작 부인 양편에서 총총히 걸어가며 프랑스어로 환영 인사를 수다스럽게 늘어놓았으나, 남작 부인은 말할 수 없이 부드러운 눈길로 주위를 둘러보면서 이 사람 저 사람에게 다정하게 고개를 숙여 인사하며 순수하게 울리는 쿠를란트 사투리 독일어로 낭랑하게 몇 마디 말을 건넬 뿐이었다. 그 신기하고 아름다운 모습을 보자, 나도 모르게 그 두려운 유령의 모습이 떠올랐고 남작 부인이 그 유령의 사악한 힘을 굴복시킬 빛의 천사처럼 여겨졌다. 너무도 아름다운 여자가 내 마음의 눈앞으로 생생하게 걸어온 것이다. 당시 그녀는 열아홉 살도 채 안 되었을 텐데, 그녀의 자태는 너무나 섬세하고 얼굴은 천사처럼 온유한 표정을 짓고 있었다. 특히 검은 눈의 시선이 말할 수 없이 매력적이었으며 그 속에는 젖은 달빛 같은 우울한 동경이 담겨 있었다. 또한 그녀의 아름다운 미소에도 하늘을 가득 채우는 환희와 매력이 있었다. 이따금 그녀는 완전히 자신 속으로 침잠하곤 했는데, 그럴 때는 그녀의 아름다운 얼굴에 어두운 구름 그림자가 어리곤 했다. 어떤 혼란스러운 고통이 그녀를 사로잡는다고 생각할 수도 있었지만, 내 생각엔 그런 순간에 그녀를 사로잡는 것은 음울한 불행을 품고 있는 미래에 대한 어두운 예감인 듯했다. 그리고 뭐라 설명할 수는 없지만, 이상하게도 그것이 성의 유령과 관련 있을 것 같다는 생각이 들었다.

남작이 도착한 다음 날 아침에 사람들이 아침 식사를 하기 위해 모였다. 할아버지는 남작 부인에게 나를 소개했는데, 기분이 그러하다 보니 나는 말할 수 없이 멍청하게 굴었다. 아름다운 부인이 묻는, 성이 마음에 드느냐 따위의 단순한 질문에도 이상하게 어리석은 대답을 했다. 늙은 고모들은 내가 순전히 남작 부인에 대한 깊은 존경심 때문에 당황한 것이라고 생각하고 자비롭게도 나를 도와주려고, 프랑스어로 아주 얌전하고 총명한 젊은이며 아주 잘생긴 청년이라고 나에 대한 칭찬을 늘어놓았다. 그러나 그 말에 화가 난 나는 갑자기 아주 침착해져서 노부인들보다 더 나은 프랑스어로 재치 있는 말을 했다. 노부인들은 눈을 크게 뜨고 나를 쳐다보더니 길고 뾰족한 코로 코담배를 잔뜩 들이마셨다. 남작 부인이 더 진지한 시선으로 나를 쳐다보고는 다른 부인 쪽으로 얼굴을 돌리는 것을 보고, 내 딴에는 재치 있는 말이라고 생각했으나 그 역시 멍청한 말이었다는 걸 깨닫고 더 화가 나서 지옥 밑바닥에나 떨어지라고 노부인들을 저주했다. 할아버지는 이미 내가 애타는 그리움과 사랑의 불행을 유치한 자기기만으로 위장하는 것을 빈정댔지만, 이제껏 어떤 다른 여자보다 남작 부인이 더 깊고 강렬하게 마음속 깊이 나를 사로잡았음을 깨달았다. 나는 그녀만 쳐다보고 그녀의 말에만 귀 기울였으나 어떤 연애 유희를 감행하는 것이 어리석고 미친 짓임을 분명하고 확실하게 의식하고 있었다. 불가능한 걸 알지만 짝사랑하는 소년처럼, 멀리에서 감탄하고 숭배하는 것도 스스로가 부끄러워해야 할 일이었다. 내 감정을 숨기면서 아름다운 여인에게 더 가까이 다가가 그녀의 눈길과 말의 달콤한 독을 마신 후 그녀를 떠나 오랫동안, 어쩌면 영원히 그녀를 가슴에 품고 사는 일을 나는 하려고 했으며 또한 할 수 있었다. 잠 못 이루는 밤 내게 다가온 이 낭만적인, 정말 기사적인 사랑은 나를 흥분시켜서, 유치하게도 비장하게 혼잣말을 하고 결국 슬픈 탄식까지 하게 만들었다.

"세라피네, 아 세라피네!"

그래서 할아버지가 깨어나 나를 불렀다.

"얘야! 아우야! 너는 상상을 머릿속으로 하지 않고 너무 큰 소리로 하는 것 같구나! 가능하면 낮에 하고 밤에는 잠 좀 자게 조용히 해라!"

할아버지는 남작 부인이 왔을 때부터 내가 흥분한 것을 이미 눈치챘고, 이제 내가 남작 부인의 이름을 부르는 것까지 들었으니 신랄한 조소를 퍼붓지 않을까 적이 걱정했지만 다음 날 아침 할아버지는 아무 말도 하지 않았다. 다만 법률 사무실에 들어가면서 이렇게 말했을 뿐이다.

"하느님은 모든 올바른 사람에게 이성을 주시고 이성을 지키도록 신중함을 주신다. 그렇게 간단하게 비겁한 사람으로 변하는 건 나쁜 일이다."

그러곤 커다란 책상 앞에 앉으며 "사랑하는 아우야! 내가 불편 없이 잘 읽을 수 있게 글씨를 또렷하게 쓰렴" 하고 말했다.

남작이 할아버지에게 보이는 존경심, 거의 순진한 경외감은 모든 면에서 나타났다. 그래서 남작은 식탁에서도 많은 사람들이 부러워하는 남작 부인 옆자리에 할아버지를 앉게 했다. 나는 정해진 자리 없이 여기저기 앉았지만, 대개 가까운 수도에서 온 두 명의 장교 옆에 앉게 되었다. 장교들은 수도에서 일어난 온갖 새롭고 재미있는 일을 떠들어대며 과도하게 술을 마셨다. 며칠 동안 나는 남작 부인에게서 멀리 떨어져 식탁 말석에 앉았는데, 마침내 우연히 그녀 가까이에 앉을 기회가 생겼다. 사람들이 모여 식당으로 들어갈 때 남작 부인의 시녀가 내게 말을 건 것이다. 그녀는 그다지 젊지는 않았으나, 추하지도 지성이 없지도 않았다. 그녀는 나와 이야기하는 것이 재미있었던 모양이다. 풍습에 따라 나는 그녀에게 내 팔을 잡게 하고 같이 걸어갔다. 그녀가 남작 부인 바로 옆에 자리를 잡았을 때 나는 적잖이 기뻤다. 남작 부인은 시녀에게 다정하게 고개를 끄덕여 인사했다. 이제 내가 시녀와 대화를 나누며 하는 모든 말은 그녀에게 하는 말이 아니라 사실은 남작 부인을 향한 것이었음을 알 수 있을 것이다. 마음속 깊이 품고 있는 열정이 내 말에 특별한 생기를 띠게 했는지, 시녀는 점점 더 주의 깊게 듣더니 내가 그녀에게 펼쳐 보이는 변화하는 형상의 다채로운 세계에 결국 어쩔 수 없이 빠져들었다. 이미 말했듯이 그녀는 지적이어서 손님들이 나누는 이런저런 이야기에서 빠져

나와 우리끼리만 대화를 나누고 있었는데, 마침내 내가 원하는 곳으로 신호가 몇 번 갔다. 말하자면 시녀는 남작 부인에게 의미 있는 시선을 던졌고, 남작 부인이 우리 이야기를 들으려고 애쓰게 된 것이다. 화제가 음악으로 넘어갔으므로, 나는 매우 열광적으로 그 아름답고 신성한 예술에 대해 이야기했다. 내가 건조하고 지루한 법학에 몰두하고는 있지만 피아노 치는 솜씨가 상당하며 노래도 하고 이미 많은 노래를 작곡했다는 것을 숨기지 않았을 때, 남작 부인은 특히 우리 이야기에 귀를 기울였다. 사람들은 커피와 술을 마시려고 다른 방으로 자리를 옮겼다. 나도 모르게 나는 시녀와 이야기하고 있는 남작 부인 앞에 가서 섰다. 남작 부인은 곧 내게 말을 걸며, 친한 사람에게 말하듯이 다정한 어조로 성에서 지내기가 어떠냐는 등등의 질문을 되풀이했다. 나는 처음 며칠간은 주위가 황량하고 무섭고 고풍스러운 성도 이상하게 생각됐다고 고백했다. 하지만 바로 이런 분위기에서 많은 멋진 일들이 일어났으며, 다만 내겐 익숙하지 않은 거친 사냥은 하고 싶지 않다고 덧붙였다. 남작 부인은 미소 지으며 말했다.

"우리 소나무 숲에서 하는 난폭한 활동이 당신에겐 즐겁지 않으리라는 걸 잘 알 수 있어요. 당신은 음악가고 내 생각이 틀리지 않다면 당신은 또한 분명히 시인일 거예요! 나는 음악과 시를 열정적으로 사랑한답니다! 하프도 약간 연주할 줄 아는데 남편이 로시텐에 하프를 가져오는 걸 싫어해서 이곳에선 연주할 수 없지요. 부드러운 하프 소리가 사냥꾼들의 사나운 외침이나 날카로운 사냥 나팔 소리와 어울리지 않는다나요. 여기에서 들리는 건 오로지 그런 소리뿐이니까요! 오, 하느님! 여기에서 음악을 듣는다면 얼마나 기쁠까요!"

나는 성에 하다못해 낡은 피아노나 무슨 악기라도 틀림없이 있을 테니 그녀의 소원이 이루어지도록 솜씨를 다해 보겠다고 말했다. 그러나 남작 부인의 시녀 아델하이트 양이 큰 소리로 웃으며, 성에는 날카로운 트럼펫이나 환호하며 울려대는 사냥 나팔, 유랑 악사들의 귀에 거슬리는 바이올린, 음이 안 맞는 콘트라베이스, 불평하듯 울리는 오보에밖에 없다는 걸 모르느냐고 물었다. 남작 부인은 음악, 정확히 말하면 내가 연주하는 음악을 듣고 싶다는 소원을 버리지 못해 아델하이트와 적당한 피아노를 가져올 방법을 생각하느라 고심했다. 그때 방 안을 지나가던 늙은 프란츠가 보였다.

"저기 뭐든 다 아는 사람이 오네요. 저 사람은 뭐든지, 이제까지 보지도 듣지도 못한 물건까지 구해 올 수 있는 사람이에요."

그렇게 말하며 아델하이트 양이 프란츠를 불렀다. 그녀가 프란츠에게 문제를 설명하는 동안, 남작 부인은 두 손을 모아 쥐고 머리를 앞으로 숙인 채 온화하게 웃으며 프란츠의 눈을 바라보았다. 그녀는 열망하던 장난감을 손에 쥐고 좋아하는 예쁘고 귀여운 아이처럼 사랑스러웠다. 프란츠는 말을 장황하게 늘어놓는 그의 성격대로 그런 귀한 악기를 얼른 가져오기가 왜 불가능한지 여러 이유를 열거하더니, 마침내 기분 좋게 웃으며 수염을 쓰다듬고 말했다.

"하지만 저 윗마을 장원 감독관님 부인은 쳄발로—요즘엔 무슨 외국 이름으로 부르는 모양이지만—를 굉장히 잘 친답니다. 쳄발로를 치면서 노래도 부르는데 얼마나 아름답고 슬픈지, 양파 껍질을 벗길 때처럼 눈물이 나고 두 발을 구르고 싶을 정도랍니다."

"피아노를 갖고 있다고요!"

아델하이트 양이 그의 말을 가로막았다.

"네, 물론이죠."

노인이 계속했다.

"드레스덴에서 직접 가져온 거예요."

"오, 잘됐어요."

남작 부인이 말했다.

"좋은 악기예요."

노인이 계속했다.

"하지만 약간 약해서 얼마 전 오르가니스트가 「나의 모든 행위에서」라는 노래를 연주하려는데 완전히 부서져버렸지요."

"어머나, 저런."

남작 부인과 아델하이트 양이 동시에 외쳤다.

"그래서 돈을 많이 들여 R로 가져가서 고쳤대요."

"그럼 피아노는 다시 여기 있나요?"

아델하이트 양이 조바심이 나서 물었다.

"아, 그럼요. 감독관님 부인은 자랑스럽게 생각하죠."

그때 남작이 지나가다 의아한 듯 우리를 둘러보며 부인에게 조롱하듯 웃으면서 속삭였다.

"또 프란츠의 좋은 충고가 필요해?"

남작 부인은 얼굴을 붉히며 눈을 내리깔았다. 늙은 프란츠는 놀란 나머지 말을 그치고, 머리를 똑바로 든 채 늘어뜨린 두 팔을 몸에 꼭 붙이고는 군인 같은 자세로 서 있었다. 비단옷을 입은 고모들이 다가와 남작 부인을 데려갔다. 아델하이트 양도 남작 부인을 따라갔다. 나는 마술에 걸린 듯 그대로 서 있었다. 내 온 존재를 지배하는, 숭배하는 여인에게 이제 다가갈 수 있다는 환희가 난폭한 폭군으로 보이는 남작에 대한 분노와 어두운 우울과 싸웠다. 그가 폭군이 아니라면 백발의 늙은 하인이 그렇게 노예처럼 굴었겠는가?

"얘야, 내 말 좀 들어봐라."

할아버지가 내 어깨를 두드리며 말했다. 우리는 우리

방으로 올라갔다. 방에 들어서자 할아버지가 말했다.

"남작 부인을 그렇게 쫓아다니지 말거라. 왜 그러니? 그런 일은 아침꾼 젊은이들에게 맡겨. 멍청이들이 많으니까."

나는 무슨 일인지 모두 설명하고 내가 비난받을 짓을 했는지 말해달라고 했다. 그러나 할아버지는 거기에 대해서는 그저 "으흠"이라고만 할 뿐이었다. 잠옷으로 갈아입고 파이프에 불을 붙인 할아버지는 안락의자에 앉아, 어제 사냥에서 있었던 일을 이야기하며 내가 총을 잘못 쏜 것을 놀렸다.

성안은 고요해지고 신사 숙녀들은 방에서 야회夜會를 위해 치장하기 바빴다. 아델하이트 양이 말했던 귀에 거슬리는 바이올린, 음이 맞지 않는 콘트라베이스, 불평하듯 울리는 오보에를 가진 악사들이 도착해 오늘 밤에 다름 아닌 가장 멋진 무도회가 있을 예정이었던 것이다. 그런 멍청한 소동보다 조용히 자는 게 더 좋은 할아버지는 방에 남고, 나는 무도회에 가기 위해 옷을 입고 있는데 방문을 낮게 두드리는 소리가 나더니 프란츠가 들어왔다. 그는 기분 좋게 웃으며 방금 장원 감독관 부인의 쳄발로를 썰매로 실어와 남작 부인에게 가져갔으며, 아델하이트 양이 곧 건너오라고 나를 초대했다고 전했다. 맥박이 마구 뛰고 얼마나 달콤한 내면의 전율을 느끼며 피아노가 있는 방의 문을 열었는지는 상상할 수 있을 것이다. 아델하이트 양은 기뻐하며 다가왔다. 무도회를 위해 완벽하게 치장한 남작 부인은 깊은 생각에 잠긴 채, 소리가 잠자고 있는 신비한 상자 앞에 앉아 있었다. 그 상자의 소리를 깨우기 위해 내가 불려온 것이다. 남작 부인이 일어났다. 나는 아무 말도 하지 못하고 찬란한 아름다움으로 빛나는 그녀를 응시했다. 북쪽 지방의 상냥한 풍습대로 — 먼 남쪽 지방에서도 그렇지만 — 그녀는 모든 사람을 성이 아닌 이름으로 불렀다.

"자, 테오도어. 악기가 왔어요."

그녀는 다정하게 말했다.

"당신의 예술을 손상시키지 않을 만한 악기이길 바라요."

뚜껑을 열자 풀어진 현이 잔뜩 튀어나왔다. 화음을 한 구절 치려니, 아직 붙어 있는 현들도 음이 전혀 맞지 않아 귀에 거슬리는 불쾌한 소리를 냈다.

"그 오르가니스트가 섬세한 손으로 또 만졌나 봐요."

아델하이트 양이 웃으며 말했다. 그러나 남작 부인은 아주 우울하게 말했다.

"이건 정말 불행이야! 아, 여기선 이제 아무 기쁨도 누릴 수 없어!"

나는 피아노 의자 속에서 다행히 현 몇 벌을 발견했지만 조율 마치가 없었다! 또다시 탄식! "줄감개에 맞는 열쇠 걸림쇠가 있으면 될지도 몰라요" 하고 내가 설명했다. 그러자 남작 부인과 아델하이트 양이 기뻐하며 이리저리 뛰어다니더니, 곧 번쩍이는 열쇠가 가득 담긴 상자를 내 앞의 공명판 위에 놓았다.

나는 부지런히 일을 시작했다. 아델하이트 양과 남작 부인이 나를 도와주었다. 이런저런 줄감개를 시험해보니 헐거운 열쇠 중 하나가 맞았다.

"돼요, 돼요!"

두 사람은 기뻐 소리쳤다. 그러나 거의 순수한 소리에 이르렀을 때 현이 소리 내며 튀어 올랐다. 두 사람은 놀라 뒤로 물러섰다! 남작 부인은 작고 부드러운 손으로 섬세한 금속 현을 만지며 내가 요구하는 번호를 주고, 내가 현을 풀면 조심스럽게 붙잡고 있었다. 갑자기 현 하나가 풀어지자 남작 부인은 초조하게 "아!" 하고 탄식했다. 아델하이트 양이 큰 소리로 웃었다. 나는 헝클어진 다발을 주우러 방의 구석까지 따라갔다. 그리고 그 속에서 아직 구부러지지 않은 곧은 현을 찾아내 감았으나 유감스럽게도 다시 튀었다. 그러나 마침내, 마침내 알맞은 현을 찾아 현이 고정되기 시작하더니 귀에 거슬리던 소리에서 차츰 맑고 순수한 화음이 울려 나왔다!

"아, 됐어요. 조율이 됐어요!"

남작 부인이 아름다운 미소를 띠고 나를 쳐다보며 말했다! 이렇게 함께 노력하다 보니 인습이 요구하는 냉정하고 공적인 관계의 서먹함이 모두 사라졌다. 우리 사이에 생긴

친근한 신뢰감이 전류처럼 내 온몸을 뜨겁게 해서, 가슴 위에 얼음처럼 놓여 있던 절망적인 답답함이 이내 사라졌다. 내가 빠져 있는 이런 짝사랑에서 곧잘 생기는 이상한 격정에서 완전히 벗어났고, 이제 피아노가 어지간히 조율되자 전처럼 내 감정을 환상곡으로 강렬하게 표현하기보다 남쪽 지방에서 들려오는 달콤하고 사랑스러운 칸초네*를 노래했다.

「당신 없이는」「나의 우상이여」「내 말을 들으소서」「적어도 내가 할 수 없다면」「죽음이 가까워 옴을 나는 느낀다」「안녕」「오, 하느님」 등등을 노래하는 동안, 세라피네의 시선은 점점 더 빛났다. 그녀가 내 옆에 바싹 붙어 앉아 있어서 그녀의 숨결이 내 뺨에 닿았고, 내 의자 등받이에 팔을 올려놓고 있어서 그녀의 우아한 무도복에서 늘어진 하얀 리본이 내 어깨에 닿았다. 그것은 피아노 소리와 세라피네의 낮은 한숨 소리에 흔들려 사랑의 전령처럼 이리저리 나풀거렸다! 내가 이성을 유지하고 있는 게 신기했다! 다음엔 무슨 노래를 할까 생각하며 화음을 더듬고 있는데, 방 한쪽 구석에 앉아 있던 아델하이트 양이 벌떡 일어나 남작 부인 앞에 무릎을 꿇더니 두 손을 마주 잡아 가슴에 대고 "오, 사랑하는 남작 부인, 세라피네, 당신도 노래하세요, 제발!"

* 14세기부터 18세기까지 이탈리아에서 유행한, 서정시를 가사로 하는 가곡과 소기악곡小器樂曲을 말한다.

하고 말했다. 남작 부인은 “무슨 소리야, 아델하이트! 우리의 대가에게 어떻게 내 초라한 노래를 들려주라는 거야!” 하고 대답했다. 그녀가 순진하고 부끄러워하는 아이처럼 눈을 내리깔고, 하고 싶기도 하고 수줍기도 해서 얼굴이 빨개져 망설이고 있는 모습은 사랑스러웠다. 나 역시 그녀에게 간청하며 짧은 쿠를란트 민요를 제안했더니, 마침내 그녀는 왼손으로 건반을 만지며 전주前奏처럼 몇 음을 쳐보았다. 나는 그녀가 피아노를 치도록 자리를 내어주려고 했으나 그녀는 화음을 하나도 모른다며 허락하지 않았다. 그리고 바로 그렇기 때문에 반주가 없으면 자신의 노래는 매우 초라하고 불안정하게 들릴 것이라고 말했다. 이윽고 세라피네는 가슴 깊은 곳에서 울려 나오는, 종소리처럼 맑고 부드러운 목소리로 노래 부르기 시작했다. 그 노래의 소박한 곡조는 내면에 너무도 밝게 빛나는 민요의 성격을 완벽하게 담고 있어서, 우리를 감싸고 도는 밝은 빛 속에서 우리의 보다 높은 시적 본질을 인식하게 했다. 특별한 의미가 없는 노래 가사에는 말로 표현할 수 없는 상형문자처럼, 우리의 가슴을 가득 채우는 비밀스러운 마술이 담겨 있었다. 스페인 민요 “내 소녀와 함께 배를 타고 바다로 나갔네. 그런데 폭풍우가 일어나 나의 소녀는 겁에 질려 이리저리 비틀거린다. 안 돼! 다시는 내 소녀와 배를 타고 바다로 나가지 않겠어!”라는 노래 가사에서 그 이상의 내용을 생각할 사람이 어디 있겠는가.

남작 부인의 노래에도 그 이상의 의미는 담겨 있지 않았다.

"며칠 전 내 사랑과 결혼식에서 춤을 추었는데 머리에 장식한 꽃이 떨어져 내 사랑이 그것을 주워 내게 주면서 '나의 소녀여, 언제 또 결혼식에 갈까?' 하고 말했다."

화음을 연속적으로 울리는 방식으로 2절을 반주하다가 너무나 도취된 나는 노래의 다음 곡조를 남작 부인이 부르기도 전에 불렀다. 남작 부인과 아델하이트 양은 내가 마치 음악의 대가처럼 보였는지 온갖 찬사를 보냈다. 무도회가 열리는 옆채 홀에 켜진 불빛이 남작 부인의 방 안까지 비쳐 들어왔고, 트럼펫과 나팔의 불협화음이 무도회를 위해 모여야 할 시간임을 알렸다.

"아, 이제 가야겠어요."

남작 부인이 말했다. 나는 피아노에서 일어났다.

"당신은 내게 멋진 시간을 마련해주었어요. 여기 로시텐에서 경험한 가장 유쾌한 시간이었어요."

이렇게 말하며 남작 부인은 내게 손을 내밀었다. 환희와 황홀감에 취해 그녀의 손에 입술을 댔을 때, 내 손에 닿은 그녀의 손가락이 세차게 맥박 치는 것을 느꼈다! 할아버지 방에 들른 다음 무도회장으로 갔는데, 어떻게 갔는지 스스로도 의식할 수 없었다. 가스코뉴의 허풍쟁이*는 전투를

* 프랑스 남서부 지방 설화의 주인공.

두려워한다. 그는 온몸이 심장이므로 어떤 상처든 그에겐 치명적이기 때문에! 나도 그와 같은 심정이었다. 나와 같은 상태에서는 누구나 그와 같을 것이다! 만지기만 해도 치명적이었다. 남작 부인의 손과 맥박 치는 손가락은 독이 묻은 화살처럼 내게 꽂혀 혈관의 피가 불탔다!

할아버지는 내게 직접 묻지 않고도, 다음 날 아침 내가 남작 부인과 함께 보낸 저녁 시간의 일을 알아냈다. 명랑한 목소리로 웃으며 말하던 할아버지가 갑자기 심각해졌을 때, 나는 적이 당황했다.

"아우야, 너를 사로잡고 있는 어리석음에 온 힘을 다해 저항하기 바란다! 네 시작은 아주 순진해 보이지만 무서운 결과를 초래할 수도 있다. 너는 부주의한 망상 때문에 지금 살얼음 위에 서 있어. 네가 알아차리기도 전에 얼음판은 깨지고 너는 풍덩 빠질 거다. 나는 네 옷소매를 꼭 붙잡고 너를 지키마. 너 스스로 다시 빠져나올 테지만, 죽도록 아픈데도 '꿈에서 감기에 약간 걸렸었어요'라고 말하리라는 걸 난 알기 때문이야. 하지만 심한 열병은 네 삶의 근원을 갉아먹고 여러 해가 지난 다음에야 너는 겨우 기운을 차릴 거다. 네가 음악으로 감상적인 여자들을 평온한 휴식에서 끌어내는 것보다 더 나은 일을 할 줄 모른다면, 악마가 네 음악을 가져가버릴 거다."

나는 할아버지의 말을 가로막으며 "하지만 내가 남작

부인과 사랑 장난을 하려는 생각을 하게 될까요?" 하고 말했다.

"이런 멍청이!"

할아버지가 소리쳤다.

"네가 그런 생각을 한다면 널 여기 창밖으로 던져버리겠다!"

남작이 와서 이 괴로운 대화는 중단되었다. 업무가 시작되어 오직 세라피네만 보고 생각하는 사랑의 꿈에서 나를 끌어냈다. 사람들과 어울려 있을 때면 남작 부인은 아주 가끔 나와 몇 마디 다정한 말을 나눴을 뿐이지만, 공공연한 전갈이 오지 않은 저녁은 거의 없었다. 아델하이트 양이 세라피네에게 오라고 나를 불렀다. 곧 음악에 관한 여러 이야기를 주고받게 되었다. 아델하이트 양은 순진하고 익살스러운 짓을 할 만큼 젊은 나이가 아닌데도, 세라피네와 내가 감상적인 예감과 꿈에 잠기려고 하면 얼른 온갖 우스운 이야기와 다소 혼란스러운 이야기를 꺼냈다.

남작 부인을 처음 보았을 때 그녀의 시선에서 곧장 읽었다고 생각했듯이, 실제로 그녀가 어떤 혼란스러운 생각을 하고 있다는 것을 나는 여러 가지 암시적인 일을 통해 알게 됐다. 그리고 집 안 유령이 끼치는 해로운 영향을 아주 분명하게 깨달았다. 어떤 무서운 일이 이미 일어났거나 앞으로 일어날 것이다. 보이지 않는 적이 어떻게 나와 접촉했는지,

또한 할아버지가 어떻게 그 적을 영원히 쫓아냈는지 세라피네에게 이야기하고 싶은 생각이 자주 치밀었으나 그때마다 스스로도 알 수 없는 공포 때문에 혀가 굳었다.

어느 날 점심 식사에 남작 부인이 나오지 않았다. 아파서 방에서 나올 수 없다고 했다. 사람들은 심각한 병인지 남작에게 걱정스럽게 물었다. 남작은 상당히 조소하듯 불쾌하게 웃으며 말했다.

"그저 가벼운 감기 정도입니다. 거친 바닷바람 때문이에요. 게다가 여긴 달콤한 분위기도 없고 사냥꾼들의 거친 외침 외에 다른 소리라곤 들리지 않으니까요."

이렇게 말하며 남작은 비스듬히 마주 보이는 자리에 앉아 있는 내게 날카로운 시선을 던졌다. 그는 질문을 한 옆 사람에게 대답한 것이 아니라 내게 말한 것이다. 내 옆에 앉아 있던 아델하이트 양의 얼굴이 빨개졌다. 그녀는 접시를 응시하며 포크로 접시를 이리저리 긁으면서 속삭였다.

"오늘도 당신은 세라피네와 만나 달콤한 노래로 병든 심장을 위로하겠죠."

아델하이트의 그 말도 나한테 하는 말이었는데, 그 순간 나는 남작 부인과 무서운 범죄로 끝날 수도 있는, 금지된 부정한 연애 관계에 있는 것 같은 생각이 들었다. 할아버지의 경고가 가슴을 무겁게 눌렀다. '이제 어떻게 해야 하나! 그녀를 다시는 만나지 말아야 하나?' 내가 성에 있는 한 그것은 불가능하고 또한 성을 떠나 K로 돌아갈 수도 없었다. 아! 환상적인 사랑의 행복으로 나를 우롱하는 꿈에서 나 자신을 흔들어 깨울 만큼 스스로가 강하지 못하다는 걸 너무나 잘 알고 있었다. 아델하이트는 비열한 뚜쟁이 같았다. 그래서 그녀를 경멸할 생각이었다. 그러나 다시 생각해보니 내 어리석음이 부끄러웠다. 그 행복한 저녁 시간에 적어도 풍습이나 예절이 허용하는 것 이상으로 세라피네와 보다 가까운 관계로 이끌어갈 만한 무슨 일이 있었단 말인가? 왜 남작 부인이 내게 어떤 감정을 갖고 있으며 내 처지가 위험하다는 생각이 들었을까! 성 바로 옆에 있는 소나무 숲으로 늑대 사냥을 나가야 했으므로 식사는 다른 때보다 일찍 끝났다. 상당히 흥분한 상태였던 나는 사냥이라도 하는 게 좋을 것 같아 할아버지에게 사냥에 따라가겠다고 말했다. 할아버지는 만족스러운 미소를 지으며 말했다.

"사냥을 가겠다니 장한 생각이다. 난 집에 있을 테니 내 엽총을 가져가거라. 그리고 사슴 사냥칼도 차고 가거라. 위급할 땐 그것도 도움이 되는 안전한 무기란다. 침착하기만 하면."

늑대가 숨어 있을 만한 곳을 사냥꾼들이 에워쌌다. 살을 엘 듯이 추운 데다 바람이 소나무를 흔들며 울부짖고 흰 눈가루가 얼굴에 부딪혔다. 황혼 무렵이 되었을 땐 대여섯 걸음 앞도 보이지 않았다. 나는 몸이 완전히 얼어서 배정된 자리를 떠나 숲속 깊숙이 들어가 숨을 곳을 찾았다. 나는 총을 옆구리에 끼고 나무에 기댔다. 어느새 사냥에 대해서는 잊고 생각은 저 멀리 세라피네의 아늑한 방 안으로 이끌려 갔다. 그때 아주 먼 곳에서 총소리가 들렸다. 그 순간 갈대숲에서 사각거리는 소리가 나더니 열 걸음도 채 안 되는 곳에서 뛰어 지나가는 사나운 늑대가 보였다. 나는 총을 조준하고 쏘았으나 빗나갔다. 늑대는 이글거리는 눈으로 내게 달려들었다. 나는 당황하여 정신없이 사냥칼을 빼 들고, 늑대가 나를 덮치려는 순간 늑대의 목을 깊숙이 찔렀다. 늑대의 피가 내 손과 팔에 쏟아졌다. 가까이에 있던 남작의 사냥꾼 중 한 사람이 소리치며 달려왔다. 그가 계속 소리치는 바람에 모든 사람이 우리 옆에 모여들었다. 남작이 급히 내게 달려왔다.

"이런 세상에, 피가 나요? 피가 나는군. 다쳤소?"

나는 아니라고 말했다. 그러나 남작은 내 옆에 있는 사냥꾼에게 내가 맞히지 못했을 때 얼른 총을 쏘지 않았다고 욕설을 퍼부었다. 사냥꾼은 그 순간 늑대가 달려드는 바람에 총을 쏘면 내가 맞을까 봐 쏠 수 없었다고 변명했으나, 남작은 경험이 없는 나를 특별히 보호하지 않았다고 계속 사냥꾼을 야단쳤다. 그러는 동안 사냥꾼들은 늑대를 밧줄로 묶었다. 오랫동안 보지 못한 매우 큰 늑대라고 말했다. 나는 목숨이 위험에 처했다는 생각을 전혀 하지 못했으며 지극히 자연스러운 반사 행동이었다고 말했으나, 모두 내 용기와 결단력에 감탄했다. 특히 남작이 관심을 보이며 늑대에게 상처 입지 않았는지, 무서운 결과에 대한 두려움은 없었는지 계속 물었다. 성으로 돌아오는 내내 남작은 사냥꾼에게 총을 들게 하고 친구처럼 내 팔을 잡고 걸었다. 남작이 내 영웅적인 행동에 대해 계속 말해서, 결국 나 자신도 내 행동이 영웅적이었다고 믿게 되었다. 나는 소심함에서 완전히 벗어나 남작에게까지 용기와 드문 결단력을 가진 사람이라는 게 확인됐다고 생각했다. 시험에 합격한 학생은 이제 학생이 아니므로 소심한 불안에서 벗어난다. 이제 나는 세라피네의 총애를 구할 권리가 있는 것 같았다. 사랑에 빠진 젊은이의 환상이 어떤 멍청한 생각으로 이어질 수 있는지 사람들은 잘 알 것이다.

성에 돌아와 벽난로 앞에서 펀치를 마시며 나는 그날의 영웅으로 떠올랐다. 나 외에는 남작만이 힘센 늑대 한 마리를 잡았을 뿐 나머지 사람들은 총이 빗나간 것을 날씨와 어둠 탓으로 돌리고, 전에 사냥에서 경험한 행운이나 위험을 넘긴 무서운 이야기를 하는 것으로 만족해야 했다. 나는 할아버지가 이제 나를 굉장히 칭찬하고 대견해할 줄 알았다. 그래서 나는 내 모험을 상당히 과장해서 이야기하고, 피에 굶주린 사나운 늑대의 무서운 모습을 생생한 색채로 묘사했다. 그러나 할아버지는 웃으며 말했다.

"하느님은 나약한 사람들에게 역사하신다!"

술과 사람들이 지겨워진 나는 법률 사무실로 가는 복도를 살금살금 걸어갔다. 촛불을 손에 든 사람이 방 안으로 들어가는 게 보였다. 들어가 보니 아델하이트 양이었다.

"용감한 늑대 사냥꾼님, 당신을 찾으러 유령이나 몽유병자처럼 돌아다녔잖아요!"

그녀가 내 손을 잡으며 말했다. '몽유병자, 유령'이라는 말을 여기 이 장소에서 말하니 가슴이 철렁했다. 그 순간 유령이 출현했던 이틀간의 밤이 머릿속에 떠올라 그때처럼 바닷바람이 깊은 오르간 소리처럼 울부짖고, 창문이 무섭게 덜컹거리고, 바로 그 비밀스러운 벽에 창백한 달빛이 비치며 벽을 긁는 소리가 들리는 듯하고, 거기에 핏자국이 있는 것 같은 생각이 들었다. 내 손을 잡고 있던 아델하이트 양은 내가 얼음처럼 차가운 한기에 온몸을 떠는 것을 느꼈는지 "왜 그래요, 왜 그래요?" 하고 낮은 소리로 물었다.

"완전히 얼었어요. 이제 내가 당신을 소생시키겠어요. 남작 부인이 당신을 다시는 볼 수 없다고 생각하는 걸 알아요? 그녀는 사나운 늑대가 당신을 정말 물어 죽이지 않았다는 걸 믿지 않아요. 그녀는 말할 수 없이 불안해해요! 그래요, 젊은이, 세라피네와 무슨 짓을 시작한 거예요? 이제껏 그녀의 그런 모습을 결코 본 적이 없어요. 휴! 이제야 맥박이 뛰기 시작하는군! 죽은 사람이 갑자기 깨어났어! 오세요,

아주 조용히. 우린 남작 부인에게 가야 해요!"

나는 말없이 끌려갔다. 아델하이트가 남작 부인에 대해 말하는 방식, 특히 우리 사이를 이해한다는 암시는 품위가 없었다. 내가 아델하이트와 함께 들어가자 세라피네는 낮은 소리로 "아!" 하며 서너 걸음 급히 다가오다가, 문득 정신이 든 듯 방 한가운데에 멈춰 섰다. 나는 감히 그녀의 손을 잡고 키스를 했다. 남작 부인은 내 손에 잡힌 채 가만히 있었다.

"하느님 맙소사, 늑대와 싸우는 게 당신 직업이에요? 오르페우스나 암피온*의 전설 시대는 오래전에 끝났고, 사나운 동물들은 훌륭한 가수에 대한 존경심을 완전히 잃은 걸 모르세요?"

남작 부인이 자신의 깊은 관심에 대해 어떤 오해의 여지가 없도록 우아하게 표현한 그 방법이 순간적으로 나를 정신 차리게 했다. 어찌 된 일인지 나 자신도 모르지만, 나는 습관대로 피아노 앞에 앉지 않고 긴 의자에 남작 부인과 나란히 앉았다. 남작 부인은 "어쩌다 위험에 빠졌어요?" 하고 말함으로써, 오늘은 음악이 아니라 대화를 하기로 서로 동의한 셈이 됐다. 숲에서의 모험을 이야기한 후 내가 남작

* 제우스와 안티오페의 아들이며 테베의 왕. 오르페우스처럼 무생물까지도 감응케 한 음악가. 그가 하프를 연주하자 돌들이 저절로 움직이며 쌓여 테베의 성벽이 되었다.

이 깊은 관심을 보였다는 것과 그에게 그런 성품이 있으리라고 생각하지 않았다는 암시를 약간 하자, 남작 부인은 아주 부드러우면서도 슬픈 목소리로 말했다.

"오, 남작이 그렇게 성급하고 격렬한 성격의 사람으로 보였는지 모르지만, 사실은 이 암울하고 기이한 성에 머물 때에만, 그리고 황량한 소나무 숲에서 사나운 사냥을 할 때에만 성격이 변하는 거예요. 적어도 외적인 행동 면에서는 완전히 변하죠. 그가 그렇게 불안해하는 이유는, 여기에서 어떤 무서운 일이 일어나리라는 생각이 항상 그를 쫓아다니기 때문이에요. 그래서 다행히 나쁜 결과로 이어지지 않은 당신의 모험도 그를 깊이 뒤흔들어놓은 거예요. 자기 하인들 중 누구든 작은 위험에라도 놓이지 않게 하려고 애쓰는데, 더욱이 새로 얻은 좋은 친구를 위험에 처하게 하고 싶겠어요? 당신을 위험에 빠지게 내버려 두었다고 비난받은 고트리프는 감옥에는 가지 않겠지만, 사냥꾼들의 수치스러운 벌을 받게 될 거예요. 무기 없이 손에 몽둥이를 들고 사냥을 따라가는 거죠. 여기서 하는 이런 사냥 자체가 이미 위험한 것이고, 때로는 사악한 악마까지도 즐거워할 만큼 기쁘고 유쾌한 순간에도 남작은 그의 삶을 파괴하고 내게도 해를 끼칠 어떤 불행이 일어나지나 않을까 늘 두려워해요. 사람들은 장자 상속법을 만든 선조에 대해 이상한 이야기를 떠들어대죠. 난 이 성안에 숨겨져 있는 가족의 어두운 비밀이 무서운 유령처럼 소유자를 몰아내려고 하기 때문에, 그들은 짧은 기간 동안 난폭하고 떠들썩한 소란 속에서 지내는 것만이 가능할 뿐임을 잘 알아요. 그러나 난! 이 소란 속에서 얼마나 외로운지! 모든 벽에서 스며 나오는 기이함이 나를 얼마나 불안하게 만드는지! 다정한 친구인 당신이 음악으로 여기서 처음 경험하는 유쾌한 시간을 마련해줬어요. 어떻게 감사드려야 할지 모르겠군요!"

나는 그녀가 내민 손에 키스하고 나서, 나도 성에 온 첫날 밤에 성의 기이함을 너무나 무섭게 느꼈다고 말했다. 내가 그 기이함을 성 전체의 건축양식, 특히 법률 사무실의 장식, 윙윙대는 바닷바람 등등 때문이었다고 설명하자 남작 부인은 내 얼굴을 뚫어져라 쳐다봤다. 내 목소리나 표정이 내가 말하지 않은 무언가가 아직 더 남아 있음을 암시했는지, 남작 부인은 격렬하게 외쳤다.

"아니에요, 아니에요. 그 방에서 틀림없이 어떤 무서운 일이 일어났을 거예요! 난 그 방에 들어갈 땐 늘 공포를 느꼈어요. 부탁이에요. 전부 얘기해주세요!"

세라피네의 얼굴은 죽은 사람처럼 창백해졌다. 나는 이제 내게 일어난 모든 일을 세라피네의 고조된 환상에 맡기는 것보다 사실대로 이야기하는 게 더 낫다는 것을 깨달았다. 어쩌면 아는 유령보다 알지 못하는 유령을 상상하는 게 더 무서울 수도 있었다. 그녀는 내 얘기를 들으며 점점 더 놀라고 불안해했다. 벽을 긁는 소리에 이르자 그녀는 비명을 질렀다.

"무서워요. 그래요, 그 벽에는 무서운 비밀이 숨어 있어요!"

할아버지가 강인한 정신력으로 유령을 쫓은 이야기를 하자, 그녀는 가슴을 누르던 무거운 짐에서 놓여난 듯 깊은 한숨을 쉬었다. 그녀는 뒤로 기대며 두 손으로 얼굴을 가렸다. 그제야 나는 아델하이트가 방에 없다는 걸 알아차렸다. 이야기가 끝난 지 오래지만 세라피네는 여전히 아무 말이 없었다. 나는 조용히 일어나 피아노 앞으로 가 강한 화음으로 활기찬 생명력을 불러일으켜서, 내 이야기가 세라피네를 끌고 간 어두운 왕국에서 그녀를 이끌어내려고 애썼다. 나는 곧 아고스티노 스테파니*의 신성한 가곡을 할 수 있는 한 아주 부드럽게 노래했다. 「눈이여, 왜 우는가」의 슬픈 음조가 울리는 가운데, 세라피네는 우울한 꿈에서 깨어나 부드럽게 웃으며 내 노래에 귀 기울였다. 그녀의 눈에서 눈물이 빛나고 있었다. 어떻게 해서 나는 그녀 앞에 무릎을 꿇고, 그녀는 내게 몸을 숙이고, 나는 두 팔로 그녀를 안고, 입술에 길고 불타는 키스를 했을까? 어떻게 해서 나는 정신을 잃지 않고, 그녀가 나를 꼭 껴안는 것을 느꼈을까? 어떻게 나

* Agostino Steffani(1654~1728). 이탈리아의 작곡가, 외교관.

는 그녀를 안은 팔을 풀고 얼른 일어나 피아노 앞으로 갔을까? 남작 부인은 얼굴을 돌리고 창문 쪽으로 몇 걸음 걸어가더니, 돌아서서 전에는 전혀 보지 못했던 당당한 태도로 내게 다가왔다. 그녀는 내 눈을 응시하며 말했다.

"당신의 할아버지는 내가 아는 사람 중 가장 존엄한 노인이에요. 우리 가족의 수호천사예요. 할아버지의 경건한 기도에 나도 포함시켜줬으면 좋겠어요!"

나는 아무 말도 할 수 없었다. 그 키스에서 내가 마신 파멸적인 독이 모든 맥박과 신경에서 불타며 끓어오르고 있었다! 아델하이트 양이 들어왔다. 내 마음속 갈등으로 인한 분노가 뜨거운 눈물이 되어 걷잡을 수 없이 흘러나왔다! 아델하이트 양은 이상하고 의아하다는 듯이 웃으며 나를 쳐다봤다. 나는 그녀를 죽일 수도 있을 것 같았다. 남작 부인은 내게 손을 내밀고는 말할 수 없이 부드럽게 말했다.

"안녕, 나의 다정한 친구! 잘 지내세요. 어쩌면 당신의 음악을 나보다 더 잘 이해하는 사람은 없을 거예요. 아! 이 음악은 내 마음속에 오래오래 메아리칠 거예요."

나는 두서없는 멍청한 말을 겨우 몇 마디 하고 방으로 급히 돌아왔다. 할아버지는 벌써 잠자고 있었다. 나는 침실로 가지 않고 큰 방에서 무릎을 꿇고 소리 내어 울었다. 나는 애인의 이름을 불렀다. 미칠 듯한 사랑의 어리석음에 몸을 맡긴 것이다. 내가 소란을 피우는 바람에 깨어난 할아버지가 침실에서 큰 소리로 말했다.

"아우야, 너 미친 것 같구나. 아니면 또 늑대와 싸우는 거니? 괜찮으면 얼른 잠이나 자거라."

그 말에 나는 침대로 가 오직 꿈속에서 세라피네를 만나리라는 굳은 결심으로 자리에 누웠다. 이미 자정이 지났을 무렵 아직 잠들지 않은 나는 멀리서 사람들이 두런거리는 소리, 이리저리 뛰어다니는 소리, 문 여닫는 소리를 들은 것 같았다. 귀를 기울이니 복도에서 다가오는 발소리와 법률 사무실의 문이 열리는 소리가 들렸고, 곧 우리 방을 두드리는 소리가 났다.

"누구세요?"

나는 큰 소리로 외쳤다. 그러자 밖에서 "변호사님, 변호사님, 일어나세요, 일어나세요" 하는 소리가 들렸다. 나는 그것이 프란츠의 목소리임을 알아차렸다. 나는 "성에 불이라도 났어요?" 하고 물었다. 그러자 할아버지가 깨어나 "어디 불이 났어? 또 저주받은 악마의 유령이 나타났어?" 하고 소리쳤다.

"아, 일어나세요. 변호사님."

프란츠가 말했다.

"일어나세요. 남작님께서 당신을 부르세요!"

"남작님이 왜 한밤중에 부르셔?"

할아버지가 물었다.

"변호사도 남작처럼 밤에는 잠을 자야 한다는 걸 모르시나?"

프란츠는 초조하게 말했다.

"아, 변호사님. 제발 일어나세요. 남작 부인께서 돌아가시려고 해요!"

나는 놀라 비명을 지르며 벌떡 일어났다.

"프란츠에게 문을 열어줘라."

할아버지가 내게 말했다. 나는 정신없이 비틀거리며 방안을 이리저리 헤맸지만, 문도 못 찾고 자물쇠도 못 찾았다. 할아버지가 나를 도와 문을 열자, 프란츠가 창백하고 당황한 얼굴로 들어와 촛불을 켰다. 우리가 옷도 채 입지 못했을 때 법률 사무실에서 남작이 부르는 소리가 들렸다.

"얘기 좀 할 수 있을까요, 변호사님?"

"넌 왜 옷을 입니? 남작님은 나만 부르시는데."

할아버지가 문 앞에서 물었다.

"나도 가야 해요. 난 그녀를 꼭 봐야만 해요. 그런 다음에 나도 죽을래요."

나는 절망적인 고통에 마비된 듯 제대로 들리지도 않게 중얼거렸다.

"아, 그래? 아주 이치에 닿는 말이구나!"

할아버지는 이렇게 말하며 내 얼굴 앞에서 문을 쾅 닫았다. 어찌나 세게 닫았는지 경첩이 삐걱거리며 흔들렸다.

그리고 할아버지는 밖에서 문을 잠갔다. 처음엔 이 강제적인 감금에 화가 나 몸을 던져 문을 부수려고 했지만, 이렇게 미쳐 날뛰는 짓은 파멸로 이르는 결과만 초래할 수 있다는 걸 얼른 깨닫고 할아버지가 돌아오길 기다리기로 했다. 그런 다음 어떤 대가를 치르더라도 할아버지의 감시를 피해 달아나기로 결심했다. 할아버지가 격렬한 어조로 남작과 말하는 소리가 들렸다. 내 이름이 여러 번 언급되는 게 들렸지만 나머지는 알아들을 수 없었다. 시간이 흐를수록 나는 더욱 절망적인 상태가 되었다. 마침내 누군가가 남작에게 무슨 전갈을 전하고 남작이 급히 달려가는 소리가 들렸다. 할아버지가 다시 방으로 들어왔다.

"남작 부인이 죽었죠!"

이렇게 외치며 나는 할아버지에게 달려들었다.

"이런 바보 같은 녀석!"

할아버지는 침착하게 말하고는 나를 붙잡아 의자에 앉혔다.

"내가 가봐야 해요, 내가 가봐야 한다고요. 목숨을 잃는다 해도 그녀를 봐야만 해요!" 하고 나는 소리쳤다. "그러렴" 하고 말하며 할아버지는 문을 잠그고 열쇠를 빼내 주머니에 넣었다. 나는 미칠 듯한 분노에 불타 장전된 엽총을 집어 들고 외쳤다.

"당장 문을 열지 않으면 지금 할아버지 눈앞에서 내 머리에 총을 쏘겠어요."

그러자 할아버지는 내 앞으로 바싹 다가와 찌를 듯한 눈으로 나를 쏘아보며 말했다.

"얘야, 그런 시시한 위협으로 날 겁나게 할 수 있을 것 같니? 네가 유치한 어리석음으로 목숨을 낡은 장난감처럼 버린다면, 내가 네 목숨을 가치 있게 생각할 것 같니? 네가 남작 부인과 무슨 할 일이 있니? 너 같은 성가신 놈이 갈 곳도 아니고 널 좋아하는 사람도 없는 곳에 뛰어 들어가겠다니, 누가 그런 권리를 네게 줬니? 심각한 임종 시간에 사랑 타령이나 할 셈이냐?"

나는 절망하여 의자에 쓰러졌다. 한참 후 할아버지는 누그러진 목소리로 계속했다.

"그리고 너도 알아야만 할 것은, 남작 부인이 죽을 지경이라는 말은 아무것도 아닌 일로 공연히 야단법석을 떠는 걸 거야. 아델하이트 양은 조그마한 일에도 곧 이성을 잃거든. 빗방울이 코에 떨어지기만 해도 '끔찍한 날씨야!' 하고 비명을 지르지. 불행히도 이 소동이 늙은 고모들한테까지 전해져서 지금 울고불고 온갖 강장제니 묘약이니 하는 걸 들고 와서 난리를 칠걸. 남작 부인은 그냥 갑자기 기절한 것뿐이야."

할아버지는 내가 마음속으로 심한 갈등을 겪고 있는 걸 알아차렸는지 말을 멈췄다. 그는 방 안을 이리저리 거닐다가 다시 내 앞에 와 서더니 큰 소리로 웃으며 말했다.

"아우야, 무슨 어리석은 짓을 하는 거냐? 자! 악마가 여기 여러 방식으로 나타났는데, 넌 완전히 신이 나 그의 손아귀로 곧장 뛰어 들어가 이제 악마와 춤을 추는 꼴이다."

그는 다시 몇 걸음 왔다 갔다 하다 계속 말했다.

"이제 잠을 자기는 틀렸고 파이프나 피우며 몇 시간 안 남은 밤과 어둠을 보내자!"

그러면서 할아버지는 벽장에서 도자기로 만든 파이프를 꺼내 노래를 흥얼거리며 천천히 조심스럽게 담배를 채우고, 종이 더미를 뒤져 한 장을 꺼내 불쏘시개를 만들어 불을 붙였다. 짙은 연기를 내뿜으며 그는 이 사이로 말했다.

"자, 얘야. 늑대와는 어땠니?"

할아버지의 이 침착한 행동이 내게 어떤 신기한 영향을 주었는지는 모르겠지만, 나는 더 이상 로시텐에 있지 않고 남작 부인은 아주 멀리 떨어져 있어서 생각의 날개를 달고서나 그녀에게 갈 수 있을 것 같은 기분이 되었다. 할아버지의 질문이 나를 언짢게 했다.

"내 사냥 모험이 그렇게 재미있는 조롱거리라고 생각하세요?"

내가 불쑥 말했다.

"아니다. 테오도어, 결코 아니야. 하지만 하느님이 너처럼 경험 없는 젊은이에게 어떤 특별한 일이 일어나도록 배

려해주면 어리석은 젊은이는 세상에 대해 어떤 우스꽝스러운 태도로 나오는지, 어떤 우스운 행동을 하는지 넌 잘 모를 거다. 대학 시절에 조용하고 침착하고 결단성 있는 친구가 있었어. 어느 날 그는 우연히 자신의 잘못도 아닌데 결투를 하게 됐어. 많은 친구들이 그를 겁쟁이나 멍청이라고 생각했는데, 그는 아주 진지하고 결연한 용기를 갖고 행동했어. 그래서 모두 무척 감탄했지. 그러나 그 이후 그는 변했어. 부지런하고 침착했던 사람이 허풍이나 떨고 상종 못 할 난폭한 싸움꾼이 된 거야. 그는 술을 퍼마시고 소리 지르고 때리고 온갖 멍청하고 유치한 짓만 하다가, 어느 날 동향 선배들을 야비하게 모욕하는 바람에 회장이 그와 결투를 벌여 그를 찔러 죽였단다. 이 얘길 하는 건, 네가 제멋대로 우쭐댈까 봐 그러는 거야! 자, 이제 남작 부인의 병에 대한 얘기로 돌아가서,"

그 순간 법률 사무실에서 낮은 걸음 소리가, 또 끔찍한 신음 소리가 나는 것 같았다! '그녀가 죽었다!'라는 생각이 섬광처럼 스치고 지나갔다. 할아버지는 얼른 일어나 큰 소리로 불렀다.

"프란츠, 프란츠!"

"네, 변호사님."

밖에서 정말 프란츠가 대답하는 것이었다!

"프란츠, 난로에 불을 지피고 가능하면 차 두 잔만 갖다

주게.”

그리고 할아버지는 나를 돌아보며 “너무 춥지? 바깥 벽난로 옆에서 얘기하는 게 낫겠다” 하고 말했다. 할아버지는 문을 열었고 나는 무의식적으로 그를 따라갔다.

“아래층은 어떤가?”

할아버지가 물었다.

“아, 그다지 심각한 건 아니에요. 남작 부인은 다시 생기를 찾으셨어요. 나쁜 꿈 때문에 잠깐 기절했대요!”

나는 기뻐서 환호성을 지르고 싶었지만, 할아버지가 아주 심각한 눈길로 조용히 하라는 듯 나를 힐끗 쳐다봤다.

“그래, 사실 한두 시간 자는 게 더 낫겠다. 차는 그만두게, 프란츠!”

“분부대로 하죠, 변호사님.”

프란츠는 대답하고, 벌써 닭이 우는데도 “편안한 밤 보내세요”라고 말하며 방을 나갔다. 할아버지는 파이프를 난로에 털면서 말했다.

“그래, 늑대든 장전된 엽총이든 불행한 결과를 가져오지 않았으니 다행이구나!”

이제 나는 모든 걸 이해하고 할아버지가 나를 버릇없는 아이로 대할 빌미를 제공한 게 부끄러웠다.

다음 날 아침 할아버지가 말했다.

“아우야, 얌전히 내려가서 남작 부인이 어떤지 알아봐

라. 아델하이트 양에게 물어보면 될 거다. 그녀가 자세한 소식을 알려줄 테니."

내가 얼마나 황급히 내려갔는지 상상할 수 있을 것이다. 그러나 남작 부인 방의 대기실 문을 낮게 두드리려는 순간, 안에서 남작이 급히 나왔다. 그는 놀라 멈춰 서서 꿰뚫는 듯한 언짢은 눈초리로 나를 위아래로 훑어보았다.

"여기서 뭐 하는 거요!"

남작이 불쑥 말했다. 가슴이 몹시 두근거렸지만 나는 정신을 가다듬고 당당하게 대답했다.

"할아버지께서 남작 부인의 상태를 알아보라고 하셨습니다."

"오, 아무것도 아니오. 늘 있는 신경 발작이지. 잘 자고 있어요. 식사 시간에 건강하고 활기찬 모습으로 갈 거요. 그렇게 전해요."

남작은 어떤 격렬한 열정을 갖고 말했는데, 그 태도는 그가 실제로 하는 말보다 남작 부인에 대해 더 많이 걱정하고 있음을 암시하는 듯했다. 돌아가려고 몸을 돌렸을 때, 갑자기 남작이 내 팔을 붙잡고 불타는 듯한 시선으로 말했다.

"자네와 할 얘기가 있네, 젊은이!"

심한 모욕을 당한 남편이 싸움을 벌이려는 게 아닐까? 어쩌면 이 싸움은 내게 불명예를 안겨주는 것으로 끝나지 않을까 봐 겁이 났다. 나는 무기도 없는데. 그러나 그 순간 할아버지가 로시텐에 와서 선물로 준 사냥칼이 호주머니에 있는 게 생각났다. 나는 이제 굴욕스러운 일을 당하는 위험에 빠지더라도 목숨을 아끼지 않으리라고 결심하고, 나를 급히 잡아당기는 남작을 따라갔다. 우리는 남작의 방으로 들어갔다. 남작은 뒤에서 문을 닫았다. 그는 팔짱을 끼고 이리저리 급히 걸어 다니다 내 앞에 서더니, 또 "자네와 할 얘기가 있네, 젊은이!" 하고 같은 말을 했다. 나는 무모한 용기가 생겨 큰 소리로 말했다.

"비난받지 않고 들어도 될 말이길 바랍니다!"

남작은 이해할 수 없다는 듯이 의아한 표정으로 나를 바라보았다. 그러다가 마룻바닥을 우울하게 내려다보더니 뒷짐을 지고 다시 방 안을 이리저리 걷기 시작했다. 그는 엽총을 하나 집어 들고 장전이 되어 있는지 알아보려는 듯 탄약꽂을대를 집어넣었다! 혈관에 피가 솟구쳐 나는 칼을 잡고 남작이 나를 겨누지 못하게 하려고 그에게 바싹 다가갔다. "좋은 무기야" 하고 말하며 남작은 엽총을 다시 구석에 세워놓았다. 나는 몇 걸음 뒤로 물러섰다. 남작이 내게 다가왔다. 그는 내 어깨를 필요 이상으로 힘차게 두드리며 말했다.

"내가 흥분하고 혼란스러운 듯이 보이겠지, 테오도어! 정말 수천 가지 걱정으로 밤을 지새워서 그렇다네. 아내의 신경 발작은 전혀 위험하지 않은 것이었어. 이젠 확실히 알아. 하지만 여기, 악령이 갇혀 있는 이 성에서는 무서운 일이 일어날까 봐 두렵고, 아내가 여기서 병이 난 것도 처음이거든. 그건 다 자네 잘못이야!"

"어째서 그런지 전혀 모르겠는데요."

나는 태연하게 대답했다.

"오, 장원 감독관 부인의 그 빌어먹을 요물단지 피아노가 빙판에 산산조각 깨져버렸더라면! 오, 자네가, 아니, 아니야. 그럴 수밖에 없었어. 그리고 모든 것은 다 내 잘못이야. 자네가 아내 방에서 음악 연주를 시작했을 때, 그녀의 정서 상태나 전체적인 상황에 대해 자네에게 알려줬어야 했어."

나는 무슨 말을 하려는 듯한 표정을 지었다.

"내 말을 끝까지 듣게."

남작이 소리쳤다.

"자네가 그 어떤 성급한 판단을 하지 못하게 미리 막아야겠네. 자넨 내가 예술을 싫어하는 조야한 사람이라고 생각하겠지. 그렇지 않다네. 하지만 여기서는 모든 정서, 내 정서까지도 사로잡는 그런 음악 연주를 막아야만 하네. 깊은 확신에 근거한 조심성 때문에 어쩔 수 없다네. 내 아내는 쉽게 흥분하는 병이 있다는 걸 자네도 알겠지. 그 병이 결국 모든 삶의 기쁨을 앗아가버릴 거야. 여느 때는 단지 일시적으로만 그러는데, 이 기이한 성안에서 그녀는 격앙된 신경과민 상태에서 벗어나질 못하고 더욱이 심각한 병의 전조까지 보인다네. 그럼 왜 그렇게 예민한 아내를 이 무서운 성에 데려오고, 거칠고 혼란스러운 사냥 생활 속으로 끌어들이느냐고 당연히 묻겠지? 하지만 아무리 어리석다고 비난해도 어쩔 수 없어. 나는 그녀를 혼자 놔둘 수 없다네. 그녀에게 일어날지도 모르는 온갖 불행의 끔찍한 장면들이 숲에서도 법률 사무실에서도 나를 놓아주지 않는다는 걸 알기 때문이야. 난 너무 걱정스러운 나머지 업무도 처리하지 못할 거야. 그러나 또한 약한 여자에게 바로 이 같은 소란스러움이 기운을 북돋우는 철천욕鐵泉浴 같은 효과가 있을 수 있다는 생각도 들어. 정말 여기서는 소나무 숲을 윙윙 소리 내며 세차게 지나는 바닷바람, 사냥개 짖는 소리, 활기차고 요란하게 울려대는 나팔 소리가 나약하고 애처로운 피아노 소리를 압도할 수 있으니까. 그래서 아무도 피아노를 치는 어리석은 짓을 해서는 안 되는데, 자네가 내 아내를 서서히 죽어가게 괴롭힐 작정을 한 게 아닌가!"

남작은 눈을 사납게 번쩍이며 강한 목소리로 말했다. 나는 머리에 피가 솟구쳐서 남작의 말을 가로막으려고 격렬한 손짓을 하며 말을 하려고 했으나, 그가 나를 막았다.

"자네가 무슨 말을 하려는지 알아. 하지만 난 자네가 내 아내를 죽일 작정이었다는 말을 되풀이하겠어. 그리고 이 모든 걸 자네 탓으로 돌릴 수는 없지만, 자네가 어떻게 받아들이든 난 이 일을 저지해야만 하네. 간단히 말해서! 자넨 피아노 연주와 노래로 내 아내를 열광시켰어. 그리고 자네의 음악이 사악한 마술처럼 불러낸 꿈같은 환영과 예감의 깊은 바다에 그녀가 정처 없이 불안하게 헤매고 있을 때, 자넨 저 위 법률 사무실에 떠도는 무서운 유령 이야기를 해서 그녀를 심연 속으로 밀어 넣었어. 자네 할아버지가 전부 얘기해줬지만 자네가 다시 한번 말해주게. 자네가 본 것, 보지 못한 것, 듣고 느낀 것, 예감한 것, 모두 다시 들려주게. 부탁하네."

나는 정신을 가다듬고, 그 일에 대해 처음부터 끝까지 조용히 이야기했다. 남작은 이따금 놀라움을 나타내는 말을 하곤 했다. 할아버지가 경건한 용기로 유령과 맞서서 힘찬 말로 유령을 쫓아버린 이야기를 하자, 남작은 손을 마주 잡고 하늘을 향해 쳐든 채 감격해서 외쳤다.

"그래, 그분은 우리 가문의 수호천사야! 조상들의 무덤에 그의 육신이 쉴지어다!"

나는 말을 마쳤다. 남작은 팔짱을 끼고 방 안을 이리저리 거닐며 "다니엘, 다니엘! 이 시간에 여기서 뭘 하는 거냐!" 하고 혼자 중얼거렸다.

"그 밖에 다른 분부는 없습니까, 남작님?"

나는 물러가려는 표정을 지으며 큰 소리로 물었다. 남작은 꿈에서 깨어난 듯 갑자기 머리를 들고 내 손을 다정하게 잡으며 말했다.

"그래, 친애하는 친구! 자네가 본의 아니게 아내에게 그렇게 경솔한 짓을 했으니, 아내를 다시 회복시켜야 하네. 자네만이 그렇게 할 수 있어."

나는 얼굴이 빨개지는 것 같았다. 거울이 앞에 있었다면, 분명 멍청하고 당황한 내 얼굴을 볼 수 있었을 것이다. 남작은 내가 당황하는 게 재미있었는지, 상당히 불쾌한 냉소적인 미소를 띠고 똑바로 내 눈을 들여다보았다.

"도대체 어떻게 해야 할지."

마침내 나는 겨우 더듬거렸다.

"자, 자."

남작이 내 말을 가로막았다.

"아내는 위험하지 않은 환자야. 이제 내가 분명하게 자네의 예술을 요구하겠네. 아내는 일단 자네 음악의 마술적인 영역으로 끌려 들어갔으니, 갑자기 거기서 끌어내는 건 어리석고 무자비한 일일 거야. 연주를 계속하게. 저녁에 언제든지 아내 방에 오게. 하지만 차츰 힘찬 음악을 연주하게. 심각한 음악을 요령 있게 명랑한 음악으로 바꾸게. 무엇보다 무서운 유령 이야기를 자주 들려주게. 그런 이야기에 익숙해지면 아내는 여기 이 성안에 유령이 있다는 걸 잊을 테고, 그 이야기도 어떤 소설이나 유령 이야기책에 나오는 요술 동화 이상의 영향을 미치진 않을 걸세. 그렇게 해주게, 친구!"

그렇게 말하고 남작은 나를 보내주었다. 나는 나 자신

이 실망스러웠다. 쓸모없고 어리석은 어린아이라는 생각이 들었다! 남작의 마음에 질투심이 일어났으리라고 생각하다니, 나는 미친놈이었다. 남작 자신이 나를 세라피네에게 보내고, 나를 의지도 없고 그가 마음대로 이용하고 내던져버릴 수 있는 수단이라고 생각하고 있는 것이다! 몇 분 전만 해도 나는 남작을 두려워했다. 내 마음속 깊은 곳에 죄의식이 숨어 있었다. 그러나 그 죄는 내가 추구하는 더 고귀하고 훌륭한 삶으로 이끌어간다고 분명히 느끼게 했었다. 이젠 모든 게 캄캄한 밤 속으로 가라앉았고, 나는 뜨거운 머리 위에 쓰고 있는 종이 왕관을 순금 왕관으로 착각한 멍청한 어린애 같았다. 나는 나를 기다리고 있는 할아버지에게 달려갔다.

"자, 아우야, 어디 있었니? 어떻게 됐니?"

할아버지가 물었다.

"남작과 이야기했어요."

나는 할아버지를 쳐다보지 못하고 낮은 소리로 얼른 말했다. 할아버지는 놀란 듯 말했다.

"이런 세상에! 실은 나도 그렇게 생각했지! 분명히 남작이 네게 싸움을 걸었겠지?"

그러고는 할아버지가 큰 소리로 웃어서, 나는 늘 그랬듯이 이번에도 그가 나를 완전히 꿰뚫어보고 있다는 걸 알았다. 나는 이를 악물었다. 내가 한마디만 하면, 이미 할아버지의 입술 위에 나와 있는 온갖 야유가 곧 퍼부어지리라는 것을 알고 있었으므로 아무 말도 하지 않았다.

남작 부인은 식사 시간에 우아한 아침 옷을 입고 왔다. 방금 내린 눈보다 더 눈부신 흰색이었다. 그녀는 기운이 없고 피곤해 보였다. 그러나 그녀가 낮은 목소리로 노래하듯 말하며 눈을 치켜떴을 때, 빛나는 검은 눈에는 동경 어린 달콤한 열망이 반짝이고 백합처럼 흰 얼굴에는 홍조가 언뜻 지나갔다. 그녀는 어느 때보다 아름다웠다. 머리와 가슴에 너무도 뜨거운 피를 지닌 젊은이의 어리석음을 누가 짐작할 수 있으랴! 남작이 내게 불러일으킨 쓰디쓴 원한을 나는 남작 부인에게 돌렸다. 모든 게 터무니없는 기만으로 여겨졌다. 나는 이제 내가 아주 이성적이며 매우 날카로운 시각을 가졌음을 증명하고 싶었다. 뾰로통한 아이처럼 나는 남작 부인을 피하고, 나를 쫓아다니는 아델하이트 양을 피해 일부러 식탁 맨 끝 장교들 사이에 앉아 열심히 술을 마시기 시작했다. 후식 시간에 우리는 열심히 잔을 부딪히고, 이런 기분에서 흔히 그렇듯이 지나치게 떠들고 웃어댔다. 하인이 "아델하이트 양이 드리는 겁니다" 하고 말하며 사탕이 몇 개 담긴 접시를 내밀었다. 접시를 받아든 나는 곧 사탕 하나에 은필銀筆로 "세라피네는?" 하고 흘려 쓴 것을 보았다. 혈관의 피가 끓어올랐다. 나는 아델하이트 양 쪽을 바라보았다. 그녀는 지나치게 교활하고 빈틈없는 표정으로 나를 보며 잔을 들고 머리를 약간 끄덕였다. 거의 무의식적으로 나는 조용히 중얼거렸다.

"세라피네."

그러고는 술잔을 들어 단숨에 들이켰다. 내 시선은 세라피네 쪽으로 날아가고, 그 순간 그녀도 방금 술을 마시고 잔을 내려놓고 있다는 걸 알았다. 그녀의 눈이 내 눈과 마주쳤다. 악마가 고소한 듯 귀에 대고 속삭였다.

"불쌍한 녀석! 그녀는 널 사랑하고 있어!"

손님 중 한 사람이 일어나 북부 풍습에 따라 이 집 안주인의 건강을 기원하는 건배를 하자고 했다. 요란한 환호성 속에서 잔들이 부딪혔다. 환희와 절망이 내 가슴을 찢는 것 같았다. 포도주의 열기가 몸 안에서 타오르고, 모든 게 빙글빙글 돌며 나는 모든 사람의 눈앞에서 그녀의 발 앞에 몸을 던지고 죽어야 할 것 같았다!

"왜 그러세요?"

옆 사람이 묻는 바람에 정신을 차렸지만, 세라피네는 이미 자리를 뜨고 없었다. 식탁이 치워져 일어나려는데 아델하이트 양이 나를 붙잡고 이런저런 이야기를 했다. 나는 그녀의 말소리를 들었으나 한마디도 이해하지 못했다. 그녀는 내 두 손을 잡고 큰 소리로 웃으며 귀에 대고 무슨 말인가를 했다. 강직증에라도 걸려 마비된 듯 나는 말없이 꼼짝도 못 하고 서 있었다. 마침내 무의식적으로 아델하이트 양의 손에서 술잔을 빼앗아 마신 기억만 남았다. 다시 정신을 차렸을 때 창문 앞에 혼자 서 있었다. 나는 식당을 뛰쳐나와 층계를 내려가 숲속으로 달려갔다. 커다란 눈송이가 펑펑 내리고 소나무 숲이 강한 바람에 흔들리며 한숨지었다. 나는 미친 사람처럼 넓은 원을 그리며 뛰어다니고 웃고 사납게 소리쳤다. "봐라, 봐라! 야! 완전히 금지된 과일을 먹고 싶어 하는 어린아이를 데리고 악마가 춤춘다!" 숲에서 큰 소리로 내 이름을 부르는 소리를 듣지 못했다면 이 미친 장난이 어떻게 끝났을지 모르겠다. 날씨가 누그러지고 찢어진 구름 사이로 달이 밝게 비치고 있었다. 사냥개들이 짖는 소리가 나고 내게 다가오는 희미한 모습이 보였다. 늙은 사냥꾼이었다.

"이런, 이런, 테오도어 씨! 대체 이런 눈보라 속에서 어쩌다 길을 잃었소? 변호사님께서 몹시 걱정하며 기다리십니다!"

나는 말없이 노인을 따라갔다. 할아버지는 법률 사무실에서 일을 하고 있었다.

"잘했다."

할아버지가 말했다.

"머리를 식히러 밖에 나가길 아주 잘했다. 하지만 술을 너무 많이 마시지는 마라. 그러기엔 넌 아직 너무 어려. 쓸모없는 짓이다."

나는 아무 말도 못 하고 책상 앞에 앉았다.

“하지만 말해봐라, 남작이 네게 뭐라고 하더냐?”

나는 모든 얘기를 털어놓은 다음, 남작이 제안한 의심스러운 치료법은 시도하지 않겠다는 말로 끝맺었다.

“괜찮아.”

할아버지가 내 말을 가로막았다.

“우리는 내일 아침 일찍 떠날 테니.”

그렇게 돼서 나는 세라피네를 다시는 보지 못했다!

K에 도착하자마자 할아버지는 여행이 전보다 더 힘들고 피곤하다고 불평했다. 이따금 기분이 몹시 나빠지면서 격렬하게 엄습하곤 하는 그의 불만스러운 침묵은 통풍 발작의 재발을 예고하고 있었다. 어느 날 급히 오라는 전갈을 받고 가보니, 할아버지는 뇌졸중을 일으켜서 말도 못 하고 침대에 누워 있었다. 경련하는 손에는 구겨진 편지를 움켜쥐고 있었다. 글씨체로 보아 로시텐의 장원 감독관이 보낸 편지임을 알아차렸으나, 심한 고통에 사로잡힌 나는 할아버지의 손에서 편지를 빼내지 않았다. 할아버지가 곧 세상을 떠나리라는 걸 의심할 수 없었다. 그러나 의사가 오기도 전에 생명의 맥박이 다시 뛰기 시작하고 일흔 살 노인의 놀라운 강인한 성격이 치명적인 발작을 이겨냈다. 그날 의사는 그가 이미 위험에서 벗어났다고 말했다.

어느 때보다 더 혹독했던 그해 겨울이 지나고 사납고

흐린 봄이 되었다. 뇌졸중이나 통풍에 나쁜 영향을 주는 날씨여서, 할아버지는 오랫동안 침대에 누워 지내기로 했다. 그즈음 그는 모든 업무에서 완전히 물러나기로 결심했다. 할아버지가 변호사 사무실을 다른 사람에게 양도했으므로, 나는 다시 로시텐에 갈 수 있다는 희망이 모두 사라졌다. 할아버지는 내 간호만 허락하고, 나와 이야기할 때만 기분이 좋아졌다. 그러나 아프지 않고 명랑한 기분이 되었을 때에도, 심한 농담을 할 때에도, 사냥 이야기가 나왔을 때에도, 내가 사나운 늑대를 사냥칼로 죽인 영웅적인 행동을 이야기해서는 안 된다는 것을 매 순간 느꼈다. 할아버지는 우리가 로시텐에 머물렀던 이야기를 절대로, 절대로 꺼내지 않았다. 나도 천성적인 소심함에서 할아버지에게 그 이야기를 꺼내지 않으려고 조심했을 거라는 걸 누구나 짐작할 수 있을 것이다. 할아버지를 몹시 걱정하고 늘 돌보느라 세라피네를 생각할 겨를이 없었다. 그러나 할아버지의 병이 진정되자, 나는 다시 남작 부인 방에서 보낸 시간들을 생생하게 떠올렸다. 그녀는 이제 영원히 사라진 빛나는 별 같았다.

한 사건이 내가 느꼈던 모든 고통을 다시 불러일으켰다. 그것은 또한 유령 세계의 현상처럼 차가운 공포로 나를 뒤흔들었다! 어느 날 저녁 로시텐에 들고 갔던 서류 가방을 열었을 때 펼쳐진 서류 사이에서, 흰 리본으로 묶은 검은 머리카락이 떨어졌다. 순간적으로 나는 그것이 세라피네의 머리카락임을 알았다! 리본을 자세히 들여다보니 혈흔이 한 방울 묻어 있었다! 어쩌면 마지막 날 내가 광기에 사로잡혀 의식이 없었을 때, 아델하이트 양이 이것을 기념으로 내 주머니에 슬쩍 집어넣었는지도 모르겠다. 그런데 왜 핏방울이 있을까? 혈흔은 내게 무서운 일을 예감케 했고 너무도 낭만적인 이 기념품을, 소중한 심장의 피를 희생할 수도 있는 열정에 대한 무서운 경고로 여기게 만들었다. 그것은 내가 처음 세라피네의 방에 갔을 때 가볍게 유희하듯 나부끼던 하얀 리본이었다. 그리고 이제 그 리본엔 불길한 죽음을 가져올 상처의 표지가 새겨져 있는 것이다. 어린아이는 위험성을 판단할 수 없는 무기를 갖고 놀아서는 안 된다!

마침내 봄의 광풍이 광란을 그치고 여름이 제철을 만났다. 추위를 견딜 수 없더니 7월이 시작되자 더위를 견딜 수 없게 되었다. 할아버지는 눈에 띄게 기운을 차리고, 전과 마찬가지로 교외 과수원으로 거처를 옮겼다. 어느 고요하고 후텁지근한 저녁에 우리는 향기로운 재스민 정원에 앉아 있었다. 할아버지는 이상하게 명랑했지만, 여느 때처럼 냉소적인 농담은 하지 않고 부드럽고 유약한 기분이었다.

"아우야, 왜 그런지 모르지만 오늘은 아주 건강하고, 여러 해 동안 느끼지 못했던 온기가 전류처럼 따스하게 몸을 가득 채우는 것 같구나. 곧 죽음이 다가올 예고인 것 같아."

나는 할아버지의 그런 어두운 생각을 떨쳐버리게 하려

고 애썼다.

“괜찮아. 나는 여기 지상에 오래 머물지 않을 테니, 네 짐을 하나 덜어주마! 로시텐에서 보낸 가을이 생각나니?”

할아버지의 이 질문은 번개처럼 나를 뚫고 지나갔다. 내가 대답하기도 전에 할아버지는 말을 이었다.

“하늘이 아주 독특한 방식으로 너를 그곳에 가게 했고, 네 의지와는 달리 그 집의 가장 깊은 비밀에 얽혀들게 했다. 이제 너도 모든 것을 알아야 할 때가 되었다. 아우야, 네가 이해했다기보다 추측했던 일들에 대해 우리는 충분히 자주 이야기했지. 자연은 계절의 변화 속에서 인간 삶의 순환을 상징적으로 표현한다고들 말하지만, 나는 사람들과는 다른 방식으로 생각한다. 봄에는 안개가 어리고 여름엔 증기가 피어오르고 가을의 순수한 공기가 비로소 먼 풍경을 분명하게 드러내고, 종국에는 지상의 삶이 겨울밤 속으로 잠겨들지. 노인의 혜안으로 볼 때 신비한 힘의 지배가 더 분명하게 나타난다는 말이야. 세속적인 죽음과 더불어 시작되는 순례가 향하는 약속의 땅을 노인의 혜안은 들여다볼 수 있단다. 이 순간, 그 집의 어두운 운명이 너무도 분명해지는구나. 나는 친척보다도 더 견고한 끈으로 그 집안의 비운과 연결되어 있는 셈이야. 모든 게 내 마음의 눈앞에 이렇게 펼쳐져 있구나! 이제 모든 것이 이렇게 분명하게 눈앞에 보이지만, 진정한 본질은 말로 표현할 수 없단다. 어느 인간의 혀로도 불가능해. 단지 충분히 일어날 수 있는 이상한 이야기처럼 이야기할 수밖에 없지만 테오도어, 이제 내가 들려주는 이야기를 잘 들어라. 어쩌면 너도 소명을 받아 그 관계 속으로 감히 들어가려고 했겠지만, 그 불가사의한 관계들이 너를 파멸시킬 수도 있었다는 인식을 네 영혼 깊이 간직해라. 그러나 이제는 다 끝났다!"

그날 할아버지가 들려준 로시텐 장자 상속인에 대한 이야기는, 거의 그의 말(그는 자신을 3인칭으로 이야기했다)로 되풀이할 수 있을 정도로 내 기억에 정확하게 남아 있다.

1760년 폭풍우가 몰아치던 어느 가을밤, 넓은 성 전체가 산산조각 나는 듯한 무서운 굉음이 깊이 잠들어 있던 로시텐의 하인들을 깨웠다. 즉시 모두 일어나 불을 켜고, 공포와 불안으로 얼굴이 창백해진 관리인이 열쇠를 들고 왔다. 사람들은 무서운 경악에 사로잡혀 죽음처럼 깊은 정적 속에서 절그럭거리며 어렵사리 열리는 자물쇠 소리와 발소리가 무섭게 메아리치는 가운데, 부서지지 않은 복도와 연회장과 방들을 계속 둘러보았다. 어디에도 무너진 흔적은 없었다. 늙은 관리인은 불길한 예감에 사로잡혔다. 그는 넓은 기사들의 방으로 올라갔다. 그 옆 작은 방에서 로데리히 폰 로시텐 남작은 천문 관측을 하기 위해 머물곤 했다. 이 방문과 또 다른 방문 사이에 있는 작은 문을 열면, 좁은 통로를 지나 곧장 천문 관측 탑으로 갈 수 있었다. 그러나 다니엘(관리인의 이름이었다)이 그 문을 열자, 바람이 무섭게 휘몰아치며 깨진 벽돌과 파편들이 날아와 그는 놀란 나머지 뒤로 펄쩍 물러났다. 휙 소리 내며 꺼진 촛불을 땅에 떨어뜨리고 다니엘은 큰 소리로 외쳤다.

"오, 하느님! 남작이 비참하게 추락했다!"

그 순간 남작의 침실에서 슬피 우는 소리가 들렸다. 다니엘은 다른 하인들이 남작의 시신 주위에 모여 있는 것을 발견했다. 사람들은 어느 때보다 화려하게 성장盛裝을 하고 평온한 얼굴에 조용하고 엄숙한 표정으로, 중요한 일을 끝내고 쉬고 있는 듯한 모습으로, 호화롭게 장식한 커다란 안락의자에 앉아 있는 남작을 발견했다. 그러나 그는 죽음 속에서 영원히 쉬는 것이었다. 날이 새자 사람들은 탑의 상부 장식이 붕괴된 것을 알았다. 커다란 마름돌이 떨어져서 천문 관측실 천장과 바닥을 부수고, 앞서 무너진 무거운 대들보가 배가된 낙하력으로 아래 둥근 지붕을 산산조각 냈으며 성벽 일부와 좁은 복도 일부도 떨어져 나갔다. 기사들 방의 작은 문에서 한 발짝만 나가도 20~30미터는 족히 되는 깊은 낭떠러지로 떨어질 지경이었다.

늙은 남작은 자신이 죽을 시간까지 예견하고 아들들에게 미리 통고했었다. 그래서 다음 날 바로 고인의 맏아들이며 상속인인 볼프강 폰 로시텐 남작이 도착했다. 늙은 아버지의 예감을 믿은 그는 운명의 편지를 받자마자, 당시 여행 중이던 비엔나를 떠나 가능한 한 서둘러 로시텐으로 왔다. 관리인은 커다란 방에 검은 휘장을 치고 늙은 남작을 발견 당시 옷 그대로 화려한 관대棺臺에 눕혀서 커다란 은촛대에 불을 밝혀 주위에 둘러놓았다. 볼프강은 말없이 층계를 올라가 방으로 들어간 다음, 아버지의 시신 옆에 섰다. 그는 가슴에 팔짱을 끼고 서서 이마를 찌푸리고 아버지의 창백한 얼굴을 우울하게 응시했다. 조각상 같은 모습이었다. 그는 눈물을 흘리지 않았다. 이윽고 거의 경련하는 듯한 동작으로 오른팔을 시신 쪽으로 내밀며 무거운 목소리로 중얼거렸다.

"당신이 사랑하던 아들을 비참하게 만들라고 별들이 강요했습니까?"

그는 두 손을 힘없이 늘어뜨리고 뒤로 조금 물러서서 허공을 바라보며 가라앉은, 연약한 목소리로 말했다.

"기만당한 가엾은 노인! 어리석은 착각의 사육제 연극은 이제 끝났습니다! 인색하게 할당된 지상의 소유물은 별 너머 저승과 아무 관련이 없다는 걸 깨달으셨겠지요. 어떤 의지, 어떤 힘이 무덤 너머에까지 이를 수 있겠습니까?"

남작은 다시 잠시 말이 없었다. 그러다가 격렬하게 외쳤다.

"아니요, 당신은 지상에서의 내 행복을 파괴하려고 했

지만 아무리 고집해도 내 행복을 조금도 빼앗아가지 못합니다."

그는 주머니에서 접힌 종이를 꺼내 두 손가락 사이에 들고 시신 옆에 있는 촛불에 갖다 댔다. 종이가 타면서 불꽃이 높이 너울대더니 불빛이 시신의 얼굴에 반사되어 이리저리 흔들렸다. 그러자 노인의 근육이 움직이고, 들리지는 않지만 노인이 말하는 것 같았다. 멀찌감치 서 있던 하인들은 갑자기 공포와 경악을 느꼈다. 남작은 말없이 종이를 태운 다음, 아직 불씨가 남아 있는 종잇조각을 바닥에 떨어뜨려 곧 발로 밟아버렸다. 그러고 나서 그는 다시 한번 아버지에게 어두운 눈길을 던지고 빠른 걸음으로 방을 나가버렸다.

다음 날 다니엘은 며칠 전 탑이 무너진 것을 볼프강에게 알렸다. 고인이 된 남작이 죽던 날 밤에 일어난 모든 일을 길게 설명했다. 그리고 탑이 더 무너지면 성 전체가 무너지지는 않더라도 심하게 훼손될 위험이 있으므로, 빨리 탑을 보수하는 게 좋겠다는 말로 이야기를 마쳤다.

"탑을 보수한다고?"

볼프강은 분노로 이글거리는 눈으로 늙은 하인을 바라보았다.

"탑을 다시 세운다고? 절대로 안 돼."

그러고는 약간 침착한 어조로 계속했다.

"탑이 어떤 원인 없이 무너질 수 없다는 걸 모르나? 아버지가 이상한 점성술을 행하던 장소가 파괴되길 그 자신이 원했다면, 상부 장식이 무너져 탑 내부까지 부서지도록 그 자신이 어떤 장치를 했다면 어쩌겠나? 하지만 아버지가 탑을 어떻게 했든, 성 전체가 무너지든 내가 상관할 바 아니야. 내가 이 이상한 부엉이 둥지에서 살 거라고 생각하나? 아니야! 아름다운 골짜기 아래 새 성을 지으려고 기초를 닦은 영리한 조상이 나보다 먼저 일을 시작했으니, 내가 뒤를 이어 계속하겠어."

"그럼 충실한 늙은 하인들은 나가야겠군요."

다니엘은 작은 소리로 말했다.

"내가 다리를 비틀거리는 쓸모없는 노인들의 시중을 받지 않으리라는 건 자명하지만, 단 한 사람도 내보내지는 않겠어. 그들은 일하지 않고도 죽을 때까지 여기서 살 수 있어. 내가 돌봐주겠어" 하고 볼프강이 대답했다. 노인은 고통에 차 말했다.

"관리인인 제가 활동을 못 하게 하신다고요."

그러자 등을 돌리고 방을 나가려던 볼프강은 갑자기 돌아서며 분노로 시뻘게진 얼굴로 주먹을 내밀며 노인에게 다가와 무서운 목소리로 외쳤다.

"이 늙은 위선적인 악당 같으니! 저 위에서 아버지와 이상한 짓을 하고, 흡혈귀처럼 아버지 심장을 파 들어가 나를 벼랑 끝으로 내몰려는 악마적인 결심을 하도록 아버지의 망상을 사악하게 이용했을 자네는 비루먹은 개처럼 발로 차 내쫓아버려야 할걸!"

노인은 이 무서운 말에 놀라 볼프강 바로 옆에 무릎을 꿇었다. 볼프강은 마지막 말을 하면서 화가 나면 흔히 육체가 생각을 무의식적으로 따르게 되어 행동에 옮기듯, 자기도 모르게 오른발로 노인의 가슴을 세게 걷어찼다. 노인은 둔탁한 비명을 지르며 쓰러졌다. 그는 간신히 몸을 일으키고, 죽어가는 짐승의 울부짖음 같은 이상한 소리를 지르며 분노와 절망으로 이글거리는 시선을 하고 볼프강을 쏘아보았다. 볼프강이 나가면서 던진 돈주머니를 노인은 만지지 않고 바닥에 그대로 놓아두었다.

그러는 동안 근처에 있는 가까운 친척들이 와서 성대한 장례식을 치르고, 고인이 된 남작을 로시텐 교회에 있는 가족 묘지에 안장했다. 손님들이 돌아가자 새 상속인은 우울한 기분에서 벗어나 상속받은 재산에 대해 상당히 기뻐하는 듯했다. 죽은 남작의 변호사 V와 이야기를 나눈 후 그를 완전히 신뢰하여 법률 고문직을 계속 맡도록 부탁하고, 상속 재산에 대한 정확한 계산서를 받았다. 그리고 그 재산에서 낡은 성을 보수하고 새 성을 건축하는 데 얼마를 사용할 수 있을지 숙고했다. V는 죽은 남작이 해마다 들어오는 소작료를 다 소비하지는 않았을 것이고, 서류 속에서 발견된 얼마 안 되는 금액의 은행 수표 두 장과 철제 금고에 1,000탈러 조금 더 되는 은화만 있는 것으로 보아 분명히 어딘가에 돈이 더 숨겨져 있으리라고 생각했다. 그걸 다니엘 말고 누가 알겠는가. 그러나 다니엘은 완고하고 고집이 세서 먼저 말하지는 않고 물어보기만 기다릴 것이다. 볼프강은 자신에게 심하게 모욕당한 다니엘이, 자식도 없어 로시텐 성에서 삶을 마치기를 바라던 그에게 도움이 될 큰돈을 탐내서라기보다는 오히려 쓰라린 모욕에 대한 복수를 하고 싶어서, 어딘가에 숨겨진 보물을 가르쳐주느니 차라리 썩게 내버려 둘 거라고 몹시 걱정했다.

볼프강은 변호사에게 자신과 다니엘 사이에 있었던 사건의 전말을 자세히 이야기하고, 여러 소식통에 따르면 죽은 남작이 아들들을 로시텐 성에 오지 못하게 하도록 알 수 없는 혐오감을 남작에게 심어준 사람이 바로 다니엘이라고 말했다. 변호사는 이 세상 어떤 사람도 남작의 생각을 조금이라도 바꾸게 하거나, 더욱이 어떤 결심을 하도록 사주할 수는 없기 때문에 그런 정보는 완전히 틀린 것이라고 설명했다. 그리고 다니엘을 잘 회유해서 어느 구석엔가 깊숙이 숨겨놓은 돈에 대한 비밀을 알아내는 일을 떠맡았다. 그러나 다니엘을 구슬릴 필요도 없었다. 변호사가 "다니엘, 고인이 어째서 그렇게 적은 돈만 남겼을까?" 하고 묻자마자 보기 흉한 미소를 지으며 대답했기 때문이다.

"변호사님, 작은 금고에서 발견한 초라한 은화 말입니

까? 나머지는 옛 주인님의 침실 옆 금고실에 있지요!"

미소가 혐오스러운 비죽거림으로 변하고 불타는 듯 눈을 빛내며 다니엘은 계속했다.

"하지만 가장 좋은 금화 수천 개는 저 아래 파편 속에 파묻혔지요!"

변호사는 곧 볼프강을 불러와 침실로 갔다. 다니엘이 한쪽 구석에 있는 벽 판자를 밀자 자물쇠가 보였다. 볼프강은 탐욕스러운 눈으로 자물쇠를 보며, 주머니에서 커다란 끈에 달려 있는 열쇠 꾸러미를 절그럭거리며 힘겹게 꺼내 반짝이는 자물쇠에 대보았다. 다니엘은 똑바로 서서 악의적이고 거만한 표정으로, 자물쇠를 더 잘 보려고 몸을 숙인 볼프강을 내려다보았다. 그러다가 그는 죽은 사람 같은 얼굴을 한 채 떨리는 목소리로 말했다.

"존경하는 남작님! 제가 개라면 개의 충성심도 갖고 있겠지요."

그러면서 그는 반짝이는 강철 열쇠를 볼프강에게 내밀었다. 볼프강은 탐욕스럽게 다니엘의 손에서 열쇠를 얼른 빼앗아 곧 문을 열었다. 작고 낮은 금고실에 들어가 보니, 철로 된 커다란 궤짝이 뚜껑이 열린 채 놓여 있었다. 수많은 돈 자루 위에 종이 한 장이 놓여 있었다. 작고한 남작은 그 종이에 모두 익히 알고 있는 그의 고풍스러운 커다란 글씨체로 다음과 같이 써놓았다.

로시텐 상속지의 수입에서 저축해놓은 15만 프로이센 금화는 성의 보수를 위한 것이다. 그리고 내 뒤를 잇는 상속자는 이 돈으로 동쪽 가장 높은 언덕에 있는 무너진 낡은 성탑에 항해자들을 위해 높은 등대를 세워 밤마다 불을 밝혀라.

1760년 미하엘 축제일 밤에 로시텐에서
로데리히 폰 로시텐 남작

볼프강은 자루를 하나하나 들어보고 다시 상자에 넣었다. 남작은 짤랑거리는 금화 소리에 기뻐하며 늙은 관리인 쪽으로 급히 돌아서서 그의 충성심에 감사하고, 자신이 처음에 관리인을 불쾌하게 대한 것은 단지 악의적인 소문 탓이라고, 그리고 성에 머물면서 두 배의 봉급으로 관리인으로서의 직무를 그대로 행하라고 말했다.

“자네에게 보상을 해야겠어. 돈을 원하면 저기서 자루 하나를 갖게!”

볼프강은 말을 마친 후 눈을 내리깔고 노인 앞에 서서 손으로 금고를 가리켰다. 그러고는 다시 안으로 들어가 자루들을 살펴보았다. 관리인은 갑자기 얼굴이 불타듯 빨개지며, 전에 볼프강이 변호사에게 묘사했던 것처럼, 갑자기 죽어가는 짐승의 울부짖음 같은 무서운 신음 소리를 내뱉었다. 그리고 악물고 있는 노인의 이 사이로 무슨 말인가 새어 나오는 것 같았는데, 그것은 "돈에는 피가 따르지!"라는 말처럼 들렸기 때문에 변호사는 전율을 느꼈다. 그러나 보물에만 정신이 팔린 볼프강은 아무것도 듣지 못했다. 다니엘은 열에 들떠 온몸을 떨며 비굴한 자세로 고개를 숙인 채 볼프강에게 다가가 손에 키스하고 눈물을 닦듯이 손수건으로 눈가를 훔치며 우는소리로 말했다.

"아, 다정하고 자비로운 남작님. 자손도 없는 가련한 늙은이에게 돈이 무슨 필요가 있겠습니까? 하지만 봉급을 두 배로 주신다니 기쁘게 받아들이고 건강하게 열심히 제 직무를 다하겠습니다."

볼프강은 노인의 말에 별로 신경 쓰지 않고 무거운 궤짝 뚜껑을 닫았다. 그 바람에 금고실이 온통 울리며 삐걱거렸다. 볼프강은 궤짝을 잠그고 조심스럽게 열쇠를 꺼내고는 무심하게 "됐네, 됐어!" 하고 말했다. 그들이 큰방으로 나왔을 때 볼프강이 말했다.

"그런데 무너진 탑 밑에 아직 금화가 많이 있다고 했지?"

노인은 말없이 탑으로 통하는 작은 문으로 가서 힘들여 문을 열었다. 그러나 문을 열자마자 강한 눈보라가 방 안으로 휘몰아쳐 들어왔다. 까마귀 한 마리가 놀라 물러나 날카로운 소리로 깍깍 울며 날아다니다, 검은 날개를 창문에 부딪히고는 열린 문에 다시 왔다가 심연으로 낙하했다. 볼프강은 문밖으로 나가려다가 아래를 한 번 힐끗 보고는 몸을 떨며 물러섰다. "끔찍한 광경이야, 어지러워" 하고 더듬거리며 기절하듯 변호사의 품에 쓰러졌다. 그러나 곧 정신을 가다듬고 날카로운 눈으로 노인을 쳐다보며 물었다.

"저 밑에 있단 말이지?"

그러는 사이 노인은 문을 다시 닫고 온 힘을 다해 자물쇠를 잠그고는, 완전히 녹이 슨 자물쇠에서 커다란 열쇠를 빼내느라 숨을 헐떡이며 신음했다. 마침내 열쇠가 빠지자 그는 볼프강 쪽으로 돌아서서, 손에 든 커다란 열쇠를 이리저리 흔들며 이상한 미소를 띠고 말했다.

"네, 저 밑에 수천수만의…… 돌아가신 주인님의 온갖 훌륭한 기구들이 있지요. 망원경, 사분의四分儀, 지구의, 야간용 쌍안경…… 그 모든 게 산산이 부서져서 돌과 대들보 사이에 놓여 있습죠!"

"그런 것들 말고 돈, 돈 말이야."

볼프강이 노인의 말을 가로막았다.

"금화가 있다고 하지 않았나?"

"저는 금화 수천 탈러짜리 물건들을 말한 것뿐입니다."

노인에게서 그 이상의 것은 알아낼 수 없었다.

남작은 멋진 성을 새로 지으려는 계획을 실행하는 데 필요한 자금을 얻게 되어 매우 기뻐했다. 그러나 변호사는 고인의 뜻에 따라 옛 성을 완벽히 보수해야 하며, 사실 어떤 성을 새로 짓더라도 가문 대대로 내려오는 성의 명예로운 위대함이나 품위 있고 소박한 특성에 미치지는 못하리라고 말했지만, 남작은 공증 서류로 확증되지 않은 이런 규정은 고인의 뜻에 따르지 않아도 된다면서 자신의 계획을 고집했다. 그리고 자신이 진심으로 사랑하는 여자를 곧 이곳으로 데려올 생각이므로, 모든 점에서 헌신받을 가치가 있는 그녀를 위해 로시텐 성을 이곳 기후나 토양, 주위 환경이 허락하는 것 이상으로 아름답게 꾸미는 게 자신의 의무라고 암시했다.

남작이 이미 그와 내밀한 관계를 맺은 듯한 여자에 대해 비밀스럽게 이야기했으므로 변호사는 더 이상 묻지 않았다. 그러는 사이 그는 남작이 재산을 추구하는 행동이 탐욕 때문이라기보다, 사랑하는 여자가 아름다운 고향을 떠나 이곳으로 올 테니 그녀로 하여금 고향을 완전히 잊게 하려는 열망에서 나온 결심임을 알고 어느 정도 안심이 되었다. 전에 남작이 눈알을 굴리며 프로이센 금화를 뒤적이면서 "그 늙은 무뢰한이 가장 많은 보물에 대해서는 가르쳐주지 않은 게 분명해. 내년 봄에 탑 밑을 파헤쳐봐야지" 하고 화가 나서 투덜거렸을 때, 변호사는 남작을 수전노나 적어도 참기 힘든 욕심꾸러기라고 생각했었다.

건축가들이 왔고, 남작은 그들과 자세히 상의했다. 그는 건축가들의 설계도를 모두 거절했다. 어떤 건축양식도 볼프강에게는 충분히 호화롭고 웅대하지 못했다. 그래서 그는 자신이 직접 설계를 시작했다. 행복한 미래의 밝은 모습을 눈앞에 펼쳐주는 이 작업을 하는 동안, 남작은 명랑해지고 가끔 어쩔 줄 모를 정도로 즐거운 기분이 되어 모든 사람에게 기쁨을 나눠주고 싶어 했다. 볼프강이 하인들에게 잘 베풀고 호화로운 식사를 하게 했으므로, 적어도 그가 인색하다는 의심은 모두 떨쳐버리게 됐다. 다니엘도 이전에 당한 모욕을 완전히 잊은 듯했다. 남작은 탑 밑바닥에 있는 보물 때문에 의심스러운 눈초리로 다니엘을 추적했지만, 다니엘은 남작에게 침착하고 순종적으로 처신했다. 그러나 모두 놀랍게 생각한 것은, 다니엘이 날이 갈수록 젊어지는 것 같다는 점이었다. 옛 주인에 대한 슬픔 때문에 몹시 풀이 죽었다가 이젠 그 고통을 이겨내서일 수도 있지만, 아마도 전처럼 추운 밤에 잠도 못 자고 불려 나가 탑에서 지내지 않아도 되고, 더 좋은 음식을 먹고 원하는 대로 좋은 포도주를 마음껏 마실 수 있기 때문인 듯했다. 다니엘은 뺨도 붉어지고 잘 먹어서 살이 오른 몸으로 기운차게 행동해서 건장한 젊은이로 변한 것 같았으며, 재미있는 일이 있을 때는 큰 소리로 같이 웃기도 했다. 로시텐의 즐거운 생활은 어떤 사람이 이곳에 오게 되면서 깨졌다. 사실 그도 이곳에 속한 사람이라는 걸 생각했어야 했다. 그 사람은 볼프강의 동생 후베르트였다. 그를 보자 볼프강은 얼굴이 창백해져서 큰 소리로 외쳤다.

"가련한 놈, 여기서 뭘 하려는 거냐?"

후베르트는 형의 품으로 뛰어들었지만 형은 그를 잡아 밀쳤다. 그러고는 그와 함께 외딴 방으로 올라갔다. 두 사람은 몇 시간 동안 방 안에 틀어박혀 있었다. 마침내 후베르트가 당혹스러운 얼굴로 내려와 자신의 말을 가져오라고 했다. 변호사가 그의 앞을 막아섰지만 그는 그냥 지나쳐 가려고 했다. 어쩌면 바로 지금 형제간의 불화가 영원한 결별로 끝날지도 모른다는 예감에 사로잡힌 변호사는 후베르트에게 적어도 한두 시간만이라도 더 머무르라고 간청했다. 그 순간 볼프강도 "가지 마라, 후베르트! 잘 생각해봐!" 하고 큰 소리로 말하며 내려왔다. 그러자 후베르트의 시선이 밝아지며 냉정을 되찾았다. 그는 두꺼운 외투를 얼른 벗어 뒤에 있는 하인에게 던지고 변호사의 손을 잡았다. 그리고 변호사와 함께 방으로 걸어가며 조소하듯이 "장자 상속권자께서 내가 여기 있는 걸 참을 수 있는 모양이군요" 하고 말했다. 변호사는 헤어져 살면 더 커지기만 할 불행한 오해가 이제 곧 풀리리라고 생각했다. 후베르트는 벽난로 옆에 있는 쇠집게를 손에 들고 젖은 나뭇가지를 뒤적여 불이 잘 지펴지게 하고는 변호사에게 말했다.

"변호사님, 내가 집안일도 잘하고 마음씨 좋은 사람이라는 걸 아시겠죠. 하지만 볼프강은 이상한 편견으로 가득 차 있고 속 좁은 수전노예요."

변호사는 두 형제의 관계에 깊이 들어가지 않는 게 좋겠다고 생각했다. 게다가 후베르트의 얼굴과 태도, 목소리 등은 그가 온갖 고뇌로 인해 내면이 혼란스러운 사람임을 분명하게 나타내주었다.

장자 상속권에 관계되는 어떤 문제에 대한 남작의 결심을 듣기 위해, 그날 밤 늦게 변호사는 남작의 방으로 올라갔다. 남작은 뒷짐을 지고 몹시 불안하게 방 안을 성큼성큼 걸어 다니고 있었다. 마침내 변호사가 온 것을 알아차린 볼프강은 걸음을 멈추고는 변호사의 두 손을 잡고 우울하게 그의 눈을 들여다보며 갈라진 목소리로 말했다.

"동생이 왔어요!"

변호사가 질문을 하려고 입을 열자, 남작은 자신의 말을 계속했다.

"무슨 말을 하려는지 잘 알아요. 아, 당신은 아무것도 모릅니다. 불행한 내 동생이, 그래요, 불행하다고밖에 할 수 없어요. 동생은 사악한 유령처럼 내 모든 일을 방해하고 내 평화를 깨뜨리죠. 그는 나를 말할 수 없이 비참하게 만들려고 온갖 짓을 다 했어요. 그러나 하늘은 그걸 원치 않았죠. 장자 상속법이 공표된 이후 그는 나를 죽도록 미워하며 뒤쫓고 있어요. 그는 내 재산을 시기하지만 그의 손에 들어가면 지푸라기처럼 날려버릴 거예요. 후베르트는 세상에서 가장 미친 방탕한 놈이에요. 상속인이 정해진 부동산을 제외하고 쿠를란트 재산의 절반이 그에게 돌아갈 텐데, 이미 그보다 훨씬 많은 빚이 있는 데다 이제 그를 괴롭히는 빚쟁이들에게 쫓겨 급히 여기로 와서는 내게 돈을 구걸하는 거예요."

"그런데 형인 당신은 거절하는군요."

변호사가 중간에 끼어들자, 남작은 변호사의 손을 놓고 뒤로 한 걸음 물러서며 큰 소리로 격렬하게 외쳤다.

"그만둬요! 그래요! 난 거절합니다! 장자 상속 재산에서 단 한 푼도 줄 수 없고, 주지도 않을 겁니다! 하지만 몇 시간 전에, 그 미치광이에게 — 소용도 없었지만 — 어떤 제안을 했는지 들어보세요. 그런 다음 내 의무감에 대한 판단을 내리세요. 알다시피 쿠를란트의 동산은 엄청나지만, 나는 내게 돌아오는 절반을 후베르트의 가족을 위해 포기하겠어요. 후베르트는 쿠를란트에서 가난하지만 아름다운 여자와 결혼했죠. 그녀는 아이들도 낳았는데 아이들과 굶주리고 있어요. 장원은 관리될 테고 거기서 나온 수입을 그의 생계를 위해 필요한 만큼 주고, 타협을 잘만 하면 채권자들도 만족할 거예요. 그러나 걱정 없이 조용히 사는 것이나, 부인이나 아이들이 그에게 무슨 상관이 있겠어요! 그는 경솔하게 미친 듯이 탕진하려고 막대한 현금만 원하는 거예요! 어떤 못된 놈이 그에게 금화 15만 탈러의 비밀을 가르쳐줬는지, 그 돈은 장자 상속권과는 무관한 동산이라고 주장하면서 절반을 달라고 미친 듯이 요구하고 있어요. 난 거절하겠지만, 그가 마음속으로 나를 파멸시킬 계획을 세우고 있다는 걸 압니다!"

변호사는 남작이 동생에 대한 의심을 버리도록 애썼지만, 물론 더 깊은 사정은 알지 못하고 완전히 일반적인 도덕률과 상당히 피상적인 이유만 제시해야 했으므로, 전혀 효과가 없었다. 남작은 탐욕스럽고 적의에 찬 후베르트와 협상하라고 변호사에게 부탁했다. 변호사는 가능한 한 아주 조심스럽게 후베르트와 이야기했다. 마침내 후베르트가 "그럼 상속권자의 제안을 받아들이겠어요. 단 한 가지 조건은 내가 채권자들의 독촉 때문에 명예와 평판을 영원히 잃을 처지에 있으니, 지금 내게 금화 1,000탈러를 선불로 주고 앞으로 적어도 얼마 동안 착한 형과 함께 아름다운 로시텐 성에서 살게 해주세요"라고 말했을 때 변호사는 매우 기뻤다. 그러나 변호사가 동생의 제안을 전하자 볼프강은 "절대로 안 돼요!" 하고 소리쳤다.

"곧 아내를 데려올 텐데, 그러면 후베르트는 단 1분도 내 집에 있어서는 안 됩니다. 친애하는 변호사님, 가서 평화를 해치는 그 훼방꾼에게 금화 2,000탈러를 선불이 아니라 그냥 선물로 줄 테니 그저 빨리 떠나라고 말하세요. 빨리 가버리라고!"

그 순간 변호사는 남작이 아버지 모르게 이미 결혼을

했으며, 이 결혼도 형제간 반목의 한 가지 이유임을 깨달았다. 후베르트는 거만하고 태연하게 변호사의 말을 다 듣고 나서 무거운 소리로 우울하게 말했다.

"생각해보겠지만, 당분간 며칠만 더 여기 있겠습니다!"

변호사는 불만스러워하는 후베르트에게 남작이 동산을 포기하면서까지 가능한 한 많이 주기 위해 모든 노력을 하고 있다, 그리고 맏아들에게 압도적인 혜택을 주고 다른 자식들은 뒷전으로 밀어놓는 상속법에는 모두 악의적인 면이 있다는 사실을 인정한다면서 남작에게 불평할 이유가 전혀 없다고 설명하려고 애썼다. 후베르트는 답답한 가슴을 후련하게 하고 싶은 듯이 조끼를 위에서 아래까지 열어젖혔다. 그는 한 손은 셔츠 주름 장식 속에 넣고, 다른 손은 허리에 댄 채 한 발로 서서 빠른 춤동작처럼 한 바퀴 돌더니 날카로운 목소리로 외쳤다.

"악의는 증오에서 나오는 것이지요."

그러고 나서 큰 소리로 웃더니 말했다.

"불쌍한 거지에게 금화를 던지다니 남작은 참 자비롭기도 하군요."

이제 변호사는 두 형제의 화해는 완전히 불가능하다는 것을 분명히 깨달았다.

후베르트는 그에게 배정된 성 옆채 방을 상당히 오래 머물 작정으로 꾸몄다. 남작으로서는 불쾌한 일이었다. 후베르트가 자주 오랫동안 관리인과 이야기하고, 심지어 이따금 늑대 사냥도 같이 나가는 것을 사람들은 알아차렸다. 그때 말고는 그는 방에서 나오지 않고 형과 단둘이 있게 되는 상황을 철저히 피했는데, 형에게는 아주 편안한 일이었다. 변호사는 이런 상황을 답답하게 느꼈다. 후베르트의 모든 언행에 상당히 고의적으로 모든 즐거움을 파괴하는, 아주 특이하고 두려움을 느끼게 하는 기이한 특성이 있음을 내심 인정하지 않을 수 없었다. 동생이 온 것을 보고 남작이 당황했던 것을 이제 완전히 이해할 수 있었다.

변호사 혼자 법률 사무실에서 서류 더미 앞에 앉아 있을 때, 후베르트가 여느 때보다 더 침착하고 심각한 표정으로 들어와 슬픈 목소리로 말했다.

"형의 마지막 제안을 받아들이겠어요. 금화 2,000탈러를 오늘 받을 수 있도록 주선해주세요. 오늘 밤 떠나겠습니다…… 말을 타고 혼자서."

"돈을 가지고요?"

변호사가 물었다.

"그래요."

후베르트가 말했다.

"당신이 무슨 말을 하려는지 압니다. 빚 때문에! K에 있는 이작 라자루스 앞으로 어음을 써주세요. 오늘밤 나는 K로 떠나겠어요. 노인이 마술로 이 성에 악령을 출몰시켜 나를 여기서 쫓아내고 있어요."

"아버님 말입니까?"

변호사는 매우 심각하게 물었다. 후베르트의 입술이 떨렸다. 그는 쓰러지지 않기 위해 의자를 꼭 붙잡았다. 그러나 곧 기운을 차리고 말했다.

"그럼 오늘 안으로, 변호사님."

그러고는 비틀거리며 간신히 문 쪽으로 걸어갔다.

"어떤 속임수도 불가능하고 내 굳은 의지에 대항할 수 없다는 걸 이제야 깨달았나 보군요"라고 말하며 남작은 K에 있는 이작 라자루스 앞으로 어음을 써주었다. 악의적인 동생이 떠난다니, 그의 마음을 짓누르던 짐을 던 볼프강은 저녁 식탁에서 오랜만에 매우 즐거운 기분이었다. 후베르트는 식사 때 오지 못한다는 전갈을 보냈는데, 모두 그가 없는 것을 오히려 좋아했다.

변호사는 약간 외따로 떨어진, 창문이 성 안마당으로 나 있는 방에 묵고 있었다. 그날 밤 그는 갑자기 잠에서 깨어났다. 멀리서 비참한 신음 소리가 들려오는 것 같았다. 다시 귀 기울여보았으나 사방이 쥐 죽은 듯이 고요했다. 그가 들은 소리는 꿈속 착각이라고밖에 생각할 수 없었다. 그러나 공포와 불안 같은 아주 이상한 느낌에 사로잡혀 변호사는 침대에 그대로 누워 있을 수가 없었다. 그는 일어나 창가로 갔다. 잠시 후 성문이 열리고 촛불을 든 누군가가 밖으로 나가 성 안마당을 가로질러 갔다. 변호사는 그 사람이 늙은 다니엘이란 걸 알아차렸다. 다니엘은 마구간 문을 열고 안으로 들어가더니 곧이어 안장을 얹은 말을 끌고 나왔다. 그런데 어둠 속에서 또 한 사람이 나왔다. 그 사람은 털외투를 입고 여우털 모자를 쓰고 있었다. 변호사는 그가 후베르트임을 알아차렸다. 후베르트는 다니엘과 몇 분 동안 격렬하게 이야기를 나누더니 돌아갔다. 다니엘은 말을 다시 마구간에 넣고 문을 닫았다. 그러고는 왔던 대로 안마당을 가로질러 돌아와 성문도 닫았다. 후베르트는 말을 타고 떠나려다가 그 순간 생각이 바뀐 게 분명했다. 그러나 후베르트가 늙은 관리인과 모종의 위험한 결탁을 하고 있는 것 또한 틀림없었다. 변호사는 밤에 일어난 일을 남작에게 알려주려고 아침이 되기를 초조하게 기다렸다. 이제 정말 후베르트의 사악한 음모를 경계해야 했다. 이미 어제 후베르트가 혼란스러운 상태에서 그런 음모를 드러냈음을 변호사는 확신하게 되었다.

다음 날 아침 남작이 늘 일어나던 시간에 사람들이 뛰어다니고 문을 여닫고 당황하여 온통 고함치며 떠드는 소리가 들려서 변호사는 밖으로 나갔다. 사방에서 하인들과 마주쳤으나 그들은 변호사는 거들떠보지도 않고 지나갔다. 모두 창백한 얼굴로 층계를 오르내리고, 방들을 들락날락거리며 뛰어다니고 있었다. 한참 후에 그는 남작이 보이지 않으며, 이미 몇 시간 동안 찾아다녀봐도 소용없다는 사실을 알게 됐다. 남작은 사냥꾼이 보는 데서 침대에 누웠는데 잠옷, 슬리퍼, 촛대가 없는 것으로 보아, 그 후 다시 일어나 잠옷을 입은 채 슬리퍼를 신고 촛대를 들고 나간 모양이라고 했다. 변호사는 불길한 예감이 들어 그 숙명적인 기사들의 방으로 달려갔다. 아버지와 마찬가지로 볼프강도 그 옆 작은 방을 침실로 사용하고 있었다. 탑으로 가는 작은 문이 활짝 열려 있었다. 변호사는 깜짝 놀라 큰 소리로 외쳤다.

"저 밑에 떨어져 죽었나 보다!"

사실이 그랬다. 눈이 쌓여 있어서 위에서는 돌들 사이로 삐져나와 있는 죽은 사람의 뻣뻣한 팔만 알아볼 수 있었다. 사다리 여러 개를 연결해 위험을 무릅쓰고 내려가, 시신을 밧줄로 묶어 위로 끌어올리는 작업이 끝날 때까지는 오랜 시간이 걸렸다. 극심한 죽음의 공포로 남작은 은촛대를 꽉 쥐고 있어서, 온몸에서 찢기지 않은 유일한 곳은 촛대를 잡고 있는 손뿐이었다. 그 외에는 온몸이 뾰족한 돌에 부딪혀 끔찍하게 부서지고 찢어진 상태였다.

위로 운반된 시신을 큰방에 있는 넓은 책상, 몇 주 전 아버지 로데리히가 누웠던 바로 그 자리에 눕혀놓았을 때 후베르트가 절망으로 미칠 듯한 얼굴이 되어 허둥지둥 달려왔다. 끔찍한 광경에 절망한 후베르트는 울부짖었다.

"형…… 오, 불쌍한 형…… 아니야, 나를 지배하던 악마들에게 이런 걸 간청하지는 않았어!"

변호사는 이 수상한 말에 전율했다. 후베르트에게 형을 죽인 살인자라고 달려들어야 할 것 같았다. 후베르트는 정신을 잃고 바닥에 쓰러졌다. 하인들이 그를 침대에 눕혔다. 강장제를 먹은 후 그는 상당히 빨리 정신을 되찾았다. 후베르트는 창백한 얼굴로 변호사의 방으로 들어왔다. 반쯤 꺼져가는 그의 눈에는 암담한 비탄이 어려 있었다. 그는 너무 지쳐 서 있을 수도 없는 듯 천천히 안락의자에 주저앉으며 말했다.

"아버지가 그 어리석은 장자 상속 제도로 가장 좋은 재산을 형에게 상속해줘서 나는 형이 죽기를 바랐어요. 이제 형이 끔찍하게 죽었으니 내가 상속자가 되겠지만, 나는 가슴이 찢어져서 결코 행복해질 수 없을 거예요. 당신의 법률 고문직을 승인하고, 상속 재산에 관한 전권을 당신에게 위임할 테니 당신이 모두 관리해주세요. 나는 그런 권리를 누릴 수 없어요!"

후베르트는 방을 나갔다. 그리고 두 시간 후 그는 K로 떠났다. 불행한 볼프강은 밤에 일어나 아마도 서재인 다른 방으로 가려고 한 모양이었다. 잠이 덜 깬 상태에서 착각한 그는 서재의 문이 아니라 탑으로 나가는 문을 열고 발을 내디뎌 추락한 것으로 추정됐다. 그러나 이런 설명은 자연스럽지 않은 점이 많았다. 잠이 오지 않아 책이나 읽으려고 남작이 서재에서 책을 가져오려고 했다면, 그는 잠이 덜 깬 상태는 아니었을 것이다. 잠에 취해 있는 상태였어야만 문을 착각하고 탑으로 나가는 문을 열었다는 가설이 가능할 것이다. 게다가 탑으로 나가는 문은 굳게 닫혀 있어서 애를 써야만 간신히 열 수 있었다. 변호사가 타당성이 없어 보이는 이 해석을 함께 모여 있는 하인들 앞에서 밝혔을 때, 남작의 사냥꾼 프란츠가 마침내 말했다.

"아, 변호사님. 그렇게 된 게 아니에요!"

"그럼 어떻게 된 건가?"

그러나 주인을 따라 무덤까지도 따라갈 만큼 충직하고 정직한 프란츠는 다른 사람들 앞에서는 말하고 싶지 않아 변호사에게만 털어놓으려고 입을 다물었다. 변호사는 프란츠의 말을 듣고 나서, 남작이 탑 아래 폐허 속에 묻혀 있는 엄청난 보물에 대해 자주 이야기했으며, 악령의 부추김을 받은 듯이 한밤중에 일어나 다니엘이 준 열쇠로 문을 열고, 파편 속에 파묻혀 있을지도 모를 재산에 대한 열망으로 탑 밑을 안타깝게 내려다보곤 했다는 것을 알게 되었다. 그 운명의 밤에도 남작은 사냥꾼이 방을 나간 후 탑으로 갔는데, 갑자기 어지러워져서 떨어진 모양이었다. 남작의 끔찍한 죽음에 몹시 충격을 받은 듯한 다니엘이 그 위험한 문을 벽으로 막아버리는 게 좋겠다고 해서 그의 말대로 곧 문을 막아버렸다. 이제 장자 상속 재산의 소유자가 된 후베르트 폰 로시텐 남작은 로시텐에 다시는 나타나지 않고 쿠를란트로 돌아갔다. 변호사는 상속 재산 관리에 필요한 절대적인 전권을 위임받았다. 새 성을 짓는 일은 중단되었고, 대신 옛 성을 가능한 한 좋은 상태로 복구했다.

여러 해가 지나고 어느 늦가을에 후베르트가 성을 떠난 후 처음으로 로시텐에 왔다. 변호사와 방에 틀어박혀 며칠을 보낸 후에 그는 다시 쿠를란트로 돌아갔다. 가는 길에 K에 들른 그는 그곳의 지방법원에 유언장을 맡겼다. 성격이 속속들이 변한 듯한 후베르트는 로시텐에 머무르는 동안 자신의 죽음이 가까웠다는 예감에 대해 자주 이야기했다. 그 예감은 적중해 그는 이듬해에 죽었다. 아버지와 이름이 같은 그의 아들 후베르트가 막대한 재산을 상속받으려고 쿠를란트에서 급히 왔다. 어머니와 누이동생도 따라왔다. 아들은 선조의 사악한 성격을 한 몸에 모두 지니고 있는 듯했다. 로시텐에 도착한 순간부터 교만하게 거들먹거리고, 탐욕스러우면서도 광포한 성격을 드러냈다. 그는 자기 마음에 들지 않거나 적당치 않다고 생각되는 많은 것을 즉시 바꾸려고 들었다. 요리사를 내쫓았고, 마부를 때리려고 했지만 건장한 마부는 가만히 맞고만 있지 않을 배짱을 갖고 있어서 때리지는 못했다. 한마디로 그는 엄격한 상속인의 역할을 시작하려는 순조로운 상태에 있었다. 그런데 변호사가 근엄하고 단호하게 남작을 반대하고 나섰다. 변호사는 "유언장을 공개하기 전에는 성에서 의자 하나도 옮겨서는 안 되며, 성에 있고 싶어 하는 사람은 물론이고 고양이 한 마리라도 나가서는 안 된다"라고 단호하게 말했다. 남작은 화가 나서 거품을 내뿜으며 "당신이 지금 감히 상속권자에게……" 하고 말을 시작했으나, 변호사는 끝까지 말하게 내버려 두지 않고 쏘는 듯한 시선으로 그를 위아래로 훑어보며 말했다.

"서두르지 마시오, 남작! 유언장이 공개되기 전에는 당신은 이곳을 지배할 권리가 없소. 지금은 내가, 오직 나만이 이곳의 주인이오. 그리고 난 폭력에는 폭력으로 맞설 줄 아는 사람이오. 아버님의 유언장 집행인으로서 내 전권에 따라 또한 법률이 정한 규정에 따라, 내가 당신에게 여기 로시텐에서 나가라고 할 권리도 있다는 것을 기억하시오. 그리고 당신에게 충고하건대, 불쾌한 일을 피하고 싶으면 조용히 K로 돌아가시오."

영주領主의 법 집행자로서의 위엄과 단호한 억양이 변호사의 말에 충분한 힘을 실어서, 그에게 날카롭게 대항하려던 젊은 남작은 자신의 약점을 깨닫고 물러서며 조소하듯 큰 소리로 웃어 수치를 얼버무리는 편이 낫겠다고 생각했다.

석 달 후 고인의 뜻에 따라 유언장이 보관되어 있는 K에서 유언장을 공개하는 날이 되었다. 법정에는 법원 직원들과 남작과 변호사 외에 변호사가 데려온 고귀한 외모의 한 젊은이가 있었다. 그의 안주머니에서 서류 봉투가 약간 삐져 나와 있는 것으로 보아 변호사의 서기인 듯했다. 남작은 다른 모든 이에게 하듯이 그 젊은이를 멸시하듯 쳐다보고, 긴 말이나 요식 행위 등은 생략하고 쓸데없이 지루한 의식을 빨리 해치우라고 성급하게 요구했다. 남작은 이런 상속 문제가, 적어도 장자 상속권에 관한 한 유언장에 달려 있으며, 유언장에 무언가가 규정되어 있는 경우에는, 그것을 유의하든 하지 않든 간에, 오직 유언장의 뜻에 달려 있다는 사실을 전혀 이해하지 못하는 것 같았다. 남작은 언짢은 눈길로 힐끗 보고는 돌아가신 아버지의 글씨와 인장이 틀림없다고 확인했다. 그런 다음 법원 서기가 유언장을 큰 소리로 낭독하는 동안, 오른팔은 의자 등받이에 걸치고 왼팔은 책상 위에 올려놓고서 책상의 녹색 덮개를 손가락으로 두드리며 무관심하게 창밖을 내다보고 있었다. 짧은 서두에 이어 고故 후베르트 폰 로시텐 남작은 자신이 결코 진짜 상속권자로서 상속 재산을 소유한 게 아니며, 따라서 고故 볼프강 폰 로시텐 남작의 외아들 이름으로 관리했노라고 밝혔다. 볼프강의 아들도 할아버지의 이름을 따 역시 로데리히인데, 가족 상속 원칙에 따라 아버지가 죽은 후 상속권이 그에게 돌아갔다는 것이다. 수입과 지출 및 현금 잔고 등등에 대한 정확한 계산서는 자신의 유품에서 발견할 수 있을 것이라고 했다.

후베르트의 유언장에 따르면, 볼프강 폰 로시텐은 제네

바 여행 중 율리 폰 생 발 양을 만나 열렬히 사랑하게 되어 그녀와 절대로 헤어지지 않기로 결심했다. 그녀는 매우 가난했다. 훌륭한 귀족 집안이기는 했지만, 대단히 화려한 가문은 아니었다. 그래서 그는 아버지 로데리히의 허락을 기대할 수 없었다. 아버지는 가능한 온갖 방법으로 가문을 더욱 발전시키는 데에만 모든 노력을 경주하고 있었기 때문이다. 볼프강은 파리에서 아버지에게 자신의 사랑을 털어놓았다. 그러나 예견한 대로 아버지는 "상속권자인 맏아들의 신붓감을 이미 골라놓았으며 다른 여자는 절대로 안 된다"라고 단호하게 반대했다. 볼프강은 당초 목적지인 영국으로 가지 않고, 보른이라는 이름으로 제네바로 가서 율리와 결혼했다. 1년 후 그녀는 아들을 낳았다. 볼프강이 죽으면 상속인이 될 아들이었던 것이다. 모든 사정을 아는 후베르트가 그에 대해 아무 말도 하지 않고 자신이 상속자인 양 행동한 것에 대해서는, 예전에 볼프강과 한 약속들과 관련된 여러 이유를 내세웠지만 충분치 않고 근거도 없어 보였다.

후베르트의 아들은 벼락을 맞은 듯 꼼짝하지 않은 채, 단조롭게 웅얼대는 목소리로 모든 재앙을 공표하고 있는 법원 서기를 뚫어져라 쳐다보았다. 서기가 유언장 낭독을 마치자, 변호사는 자리에서 일어나 자신이 데려온 젊은이의 손을 잡고 좌중을 향해 인사하며 "여러분, 로시텐의 상속인 로데리히 폰 로시텐 남작을 소개하게 되어 영광입니다!" 하고 말했다. 후베르트 남작은 하늘에서 떨어진 듯 갑자기 나타나서, 막대한 장자 세습지와 쿠를란트 영지 절반을 빼앗아가려는 그 젊은이를 분노로 이글거리는 눈으로 쳐다보았다. 그리고 주먹을 쥐고 위협하는 몸짓을 했지만, 결국 한마디도 하지 못하고 법정을 뛰쳐나가 버렸다. 법원 직원들의 요구대로 로데리히 남작은 이제 자신의 신분을 증명해줄 문서들을 꺼냈다. 그는 그의 아버지가 결혼식을 한 교회 기록부에서 인증해준 초본을 건넸다. 거기에는 모 년 모 월 모 일에 K에서 태어난 상인 볼프강 보른이 율리 폰 생 발 양과 증인들이 참석한 가운데 목사의 주재로 결혼했다고 씌어 있었다. 또한 그가 제네바에서 상인 보른과 아내 율리의 합법적인 결혼에서 태어나 세례를 받았다는 세례 증명서와 이미 오래전에 돌아가신 어머니에게 아버지가 보낸 편지도 여러 장 제시했는데, 모든 편지에는 단지 W라고만 서명되어 있었다.

변호사는 우울한 얼굴로 모든 서류를 살펴보고 나서 다시 접으며 상당히 걱정스럽게 말했다.

"자, 이제 하느님이 도와주시겠지!"

다음 날 벌써 후베르트 폰 로시텐 남작은 자신이 선임한 변호사를 통해 K의 지방법원에 이의신청을 했다. 다름 아닌 로시텐 영지의 상속권을 자신에게 즉각 양도할 것을 청구하는 신청서였다. "작고한 후베르트 폰 로시텐 남작은 유언장으로든 그 어떤 다른 방법으로든 상속권에 대한 규정을 할 수 없는 게 자명하다"라고 후베르트의 변호사는 말했다. 그 유언장은 볼프강 폰 로시텐 남작의 재산을 살아 있는 그의 아들에게 상속해야 한다고 하지만, 한 사람의 증인 외에는 증명 능력도 없는 단순한 기록이자 법적으로 위탁한 진술에 불과하며, 따라서 자신이 로데리히 폰 로시텐 남작이라고 주장하는 사람의 신분을 증명할 수 없다는 것이다. 더욱이 이 상속 요구자의 문제는 법적 절차를 방해하려고 거짓 상속권을 제출해 이제 상속법에 따라 후베르트 폰 로시텐 남작에게 주어진 상속권을 자신에게 반환해달라고 청구하는 것인데, 그것은 여기서 명백하게 반박될 것이다. 아버지의 죽음으로 소유권은 즉시 아들에게 이양되며, 장자상속 원칙은 부정될 수 없으므로 상속권 개시에 대한 해석은 필요 없다. 따라서 현재 상속권자는 아직 인정되지 않은 청구권에 의해 영지를 소유하는 데 방해받지 않아도 된다. 고인이 다른 상속권자를 지정하는 데 어떤 근거를 가졌든 그것은 아무런 상관이 없다. 필요한 경우 그가 남긴 서류에 근거해 이렇게 증명될 수 있을 것이다. 그 자신이 스위스에서 연애를 했고, 이 금지된 사랑에서 태어난 아들을 아마도 형의 아들이라고 사칭했으며, 이로 인해 몹시 후회하게 된 그가 그 아들에게 막대한 상속지를 물려주려고 꾸민 일이라는 것이었다.

유언장에서 주장된 상황에 대한 추측이었을 뿐인 데다 아들이 거리낌 없이 선친의 비행을 비난하는 마지막 구절에 대해 판사는 매우 분노했지만, 제기된 대로 문제의 관점은 정당하다고 인정했다. 로데리히의 변호사는 로데리히 폰 로시텐 남작의 신분을 증명해줄 증거를 빠른 시일 내에 매우 정확하게 제시하겠노라고 약속하고 꾸준히 노력한 결과, 장자 상속권의 양도를 연기하고 영지 관리의 계승도 사건이 종결될 때까지 미루는 데 성공했다.

그러나 변호사는 그 약속을 지키기가 얼마나 어려운지 잘 알고 있었다. 조부 로데리히의 서류들을 모두 뒤졌으나 볼프강과 폰 생 발 양의 관계를 확인해주는 편지나 그 어떤 문장의 흔적도 발견하지 못했다. 변호사는 조부 로데리히의 침실에 앉아 생각에 잠겨 있었다. 방을 온통 뒤진 후, 그는 제네바에 있는 공증인에게 편지를 썼다. 누군가가 이 공증인을 명민하고 유능한 사람이라고 추천했고, 변호사는 남작의 문제를 확실하게 해줄 수 있는 몇 가지 서류를 보내달라고 공증인에게 부탁하는 편지를 썼던 것이다.

자정 무렵이었다. 열어놓은 문 옆의 큰방으로 보름달이 밝게 비치고 있었다. 그때 누군가가 무거운 걸음으로 천천히 층계를 올라오는 것 같았다. 절그럭거리는 열쇠 소리도 들렸다. 변호사는 주의를 기울이며 일어나 큰방으로 갔다. 누군가가 복도를 지나 큰방 문으로 다가오는 소리가 분명하게 들렸다. 곧이어 큰방의 문이 열렸다. 잠옷을 입고 한 손에는 촛불을 켠 촛대를 들고, 다른 손에는 커다란 열쇠 꾸러미를 든 사람이 죽은 사람처럼 창백한 얼굴로 천천히 안으로 들어왔다. 변호사는 그가 관리인임을 곧 알아차리고 이렇게 늦은 밤에 무슨 일이냐고 물으려다가, 노인의 전체 형상과 죽은 사람처럼 경직된 얼굴에서 풍기는 유령과도 같은 두렵고 무서운 분위기에 온몸이 오싹해졌다. 변호사는 그가 몽유병자라는 사실을 알아차렸다. 노인은 침착한 걸음으로 방을 가로질러, 전에는 탑으로 나가던 문이었으나 이젠 벽으로 막아놓은 곳으로 갔다. 노인은 그 바로 앞에 가 멈춰 서더니 가슴속 깊은 곳에서부터 울부짖는 신음 소리를 토했다. 그 소리는 온 방 안에 너무도 무섭게 울렸다. 변호사는 공포로 몸을 떨었다. 그러고 나서 다니엘은 촛대를 바닥에 내려놓고 열쇠를 허리띠에 걸고는 두 손으로 벽을 긁기 시작했다. 곧 손톱 밑으로 피가 흘렀다. 다니엘은 말할 수 없는 죽음의 고통에 시달리듯 신음하며 한숨을 쉬었다. 그러다가 무슨 소리를 들으려는 듯이 벽에 귀를 대더니 누군가를 달래듯이 손짓을 하고, 몸을 굽혀 촛대를 다시 집어 들고는 소리 없이 침착한 걸음으로 문 쪽으로 돌아갔다.

변호사는 촛불을 들고 조심스럽게 다니엘을 쫓아갔다. 노인은 층계를 내려가 커다란 성문을 열었다. 변호사도 얼른 빠져나갔다. 다니엘은 마구간으로 갔다. 불붙을 염려 없이 마구간 전체를 밝힐 수 있도록 촛대를 세워놓는 노인의 솜씨에 변호사는 감탄했다. 그는 안장과 기구들을 꺼내 아주 조심스럽게 끈과 등자를 단단히 묶고, 말을 구유에서 풀어 끌어냈다. 그런 다음 말의 머리털을 이마 끈 뒤로 넘겨주고 혀를 끌끌 차더니, 말의 목덜미를 두드리며 고삐를 잡고는 말을 밖으로 끌고 나갔다. 안마당에서 그는 무슨 지시를 받는 듯한 자세로 잠시 서 있다가 이행하겠노라고 약속하듯 머리를 끄덕였다. 그러고는 다시 말을 마구간으로 끌고 들어가 안장을 내려놓고 구유에 고삐를 맸다. 마침내 문을 잠그고 성으로 돌아간 그는 자신의 방으로 들어가 조심스럽게 문을 잠갔다. 변호사는 이 광경에 몹시 충격을 받았다. 무서운 행동에 대한 예감이 그를 다시는 놓아주지 않을 검은 지옥의 유령처럼 떠올랐다. 피후견인의 위태로운 처지에 대한 생각으로 가득 차 있던 변호사는 자신이 본 것을 피후견인을 위해 이용해야 한다고 생각했다. 다음 날 해가 질 무렵, 다니엘은 집안 관리에 관계되는 지시를 받으러 변호사의 방으로 왔다. 변호사는 그의 두 팔을 잡아 의자에 앉히고 말했다.

"친애하는 다니엘! 오래전부터 자네에게 묻고 싶었던 일인데, 갑자기 우리를 놀라게 한 후베르트의 그 이상한 유언장에 있는 복잡한 얘기를 어떻게 생각하나? 그 젊은이가 정말 볼프강이 합법적인 결혼으로 낳은 아들이라고 생각하나?"

노인은 자신을 똑바로 쳐다보는 변호사의 시선을 피해 의자 등받이에 몸을 기대며 퉁명스럽게 말했다.

"쳇! 그럴 수도 있고 아닐 수도 있죠. 누가 이곳의 주인이 되든 그게 나와 무슨 상관이란 말이오."

"하지만 내 생각엔," 변호사는 노인에게 바싹 다가가 그의 어깨에 손을 얹고 말했다. "자넨 조부 로데리히 남작의 전적인 신임을 받았으니, 남작이 아들들의 문제에 대해 분명 무슨 말이든 했을 거야. 볼프강이 아버지 뜻을 거역하고 결혼한 것에 대해 자네에게 이야기하든가?"

"그런 건 전혀 기억이 안 나요."

노인은 무례하게 큰 소리로 하품을 하며 대꾸했다.

"졸린가? 밤에 잠을 못 잤나?"

"모르겠어요."

노인은 차갑게 대꾸했다.

"하지만 이젠 가서 저녁 식사 준비를 시켜야겠어요."

그는 천천히 의자에서 일어나 굽은 등을 쓸며 전보다 더 크게 하품을 했다.

"잠깐 기다리게, 다니엘."

변호사는 손으로 다니엘을 붙잡고 억지로 앉히려고 했다. 하지만 노인은 책상 앞에 서서 두 손으로 책상을 짚고 변호사 쪽으로 몸을 숙이며 퉁명스럽게 물었다.

"왜 그래요? 유언장이 나와 무슨 상관이에요? 상속권 다툼이 나와 무슨 상관이냐고요."

변호사는 그의 말을 가로막고 "그 일에 대해선 더 이상 이야기하지 않겠어. 아주 다른 이야기를 할 거야, 다니엘! 자네가 투덜대고 하품하는 품이 몹시 피곤한 모양인데, 그러고 보니 간밤에 그 사람이 정말 자네였다고 믿고 싶어지는군" 하고 말했다.

"간밤에 제가 어쨌다고요?"

노인은 태도를 바꾸지 않은 채 물었다.

"어제 자정 무렵 내가 저 위에 있는 조부 로데리히 남작의 침실에 앉아 있는데, 자네가 아주 창백하고 굳은 얼굴로 큰방으로 들어와 벽으로 막아놓은 문에 가더니 두 손으로 벽을 긁으며 몹시 괴로운 듯 한숨을 쉬더군. 자네 몽유병자인가, 다니엘?"

노인은 변호사가 얼른 밀어준 의자에 주저앉았다. 그는 한마디도 못 했고, 날이 어두워서 얼굴이 보이지 않았지만 숨을 몰아쉬며 이를 덜덜 떨고 있음을 알 수 있었다. 변호사는 잠시 아무 말 않고 있다가 계속했다.

"그래, 다음 날엔 아무것도 기억하지 못하는 게 몽유병자의 특징이지. 완전히 깨어 있는 상태에서 움직이듯이 행동했는데도 전혀 기억을 못 하는 거야."

다니엘은 아무 말도 하지 않았다. 변호사는 계속했다.

"어제 자네 행동과 비슷한 경우를 전에도 본 적이 있어. 내 친구 한 사람이 자네처럼 보름달만 뜨면 어김없이 밤중에 돌아다녔지. 그래, 가끔 그는 책상 앞에 앉아 편지도 썼어. 그러나 가장 기이한 것은, 내가 그의 귀에 아주 작은 소리로 속삭이자 그가 곧 말을 하더라는 거야. 그는 모든 질문에 적합한 대답을 하고, 깨어 있을 때는 조심스럽게 숨기던 일까지 마치 그에게 작용하는 힘에 저항할 수 없다는 듯이, 자기도 모르게 입에서 술술 나오더라니까. 놀라운 일이지! 몽유병자는 자신이 저지른 어떤 악행을 오랫동안 숨길지 몰라도, 난 그 특별한 상태에서는 그에게 캐물을 수 있다고 생각해. 우리처럼 순수한 양심을 가진 사람들은, 다니엘, 몽유병자라 할지라도 사람들이 캐물을 악행이 없겠지만. 하지만 다니엘, 벽으로 막은 문을 그렇게 끔찍하게 긁었을 때, 자넨 분명히 저 위 천문 관측 탑으로 가려고 했지? 작고한 로데리히 남작처럼 자네도 천문 관측을 하려는 건가? 자, 그건 다음번에 자네가 몽유 상태에 있을 때 물어보면 알겠지!"

변호사가 말하는 동안 노인은 몸을 점점 더 심하게 떨더니, 이젠 심한 발작으로 온몸을 이리저리 부딪히고 뒹굴며 갑자기 날카로운 목소리로 알아들을 수 없는 말을 지껄였다. 변호사는 벨을 눌러 하인들을 불렀다. 그들은 촛불을 가져왔다. 노인은 진정되지 않았다. 하인들은 저절로 움직이는 자동기계 같은 그를 끌어다가 침대에 눕혔다. 그 놀라운 상태는 거의 한 시간 동안 계속되다가 곧 깊은 혼수상태 같은 잠에 빠져들었다. 다시 깨어났을 때 다니엘은 포도주를 마시고 싶다고 했다. 포도주를 마시고 나서 그는 곁에서 밤새 간호하려는 하인을 나가게 하고, 평소처럼 혼자 방에 틀어박혔다. 변호사는 다니엘과 이야기하던 순간, 정말 그의 몽유병을 더 지켜보기로 결심했다. 어쩌면 다니엘은 변호사의 이야기를 듣고서야 비로소 자신의 몽유병에 대해 알게 된 것 같았는데, 일단 알게 됐으니 그를 피하려고 모든 수단을 강구할 것이다. 그런 상태에서 털어놓은 고백에 대해 더는 캐물을 수 없으리라는 것을 알았지만, 그럼에도 불구하고 변호사는 그런 병들이 흔히 그렇듯이 다니엘이 자기도 모르게 어쩔 수 없이 행동하게 되기를 기대하며 큰방으로 갔다.

자정 무렵 안마당에서 큰 소동이 일어났다. 창문 깨지는 소리가 분명하게 들려와 변호사는 얼른 내려갔다. 복도를 지나가는데 매캐한 연기가 몰려왔다. 그 연기는 관리인의 방문에서 나오는 것이었다. 죽은 듯이 움직이지 않는 관리인을 사람들이 끌어내 다른 방 침대에 눕혔다. 하인들 말로는, 자정에 하인 한 사람이 무언가를 두드리는 듯한 이상하고 둔중한 소리에 깨어났다고 했다. 노인에게 무슨 일이 생겼다고 생각하고 그를 도우러 가기 위해 막 일어나려는 순간, 안마당에서 경비원이 큰 소리로 “불이야, 불이야!

관리인 방에서 불이 났다!" 하고 외치더라는 것이다. 그 소리에 많은 하인들이 달려와 방문을 열려고 애썼지만 소용이 없었다. 그래서 그들은 안마당으로 뛰어갔는데, 용감한 경비원이 벌써 1층에 있는 관리인 방의 창문을 깨고 불붙은 커튼을 떼어낸 다음 양동이로 물을 부어 불을 껐다고 했다. 관리인은 방 한가운데 바닥에 기절한 채 쓰러져 있었다. 손에 촛대를 꼭 붙잡고 있는 것으로 보아 촛불이 커튼에 붙어 불이 난 것이다. 불붙은 천 조각이 떨어져 노인의 눈썹과 머리카락의 상당 부분이 탔다. 경비원이 불을 발견하지 못했다면, 노인은 어쩔 수 없이 불에 타 죽었을 것이다. 하인들은 전날 저녁에도 없었던 새로 만든 빗장 두 개를 보고 방문을 안에서 잠갔다며 매우 놀라고 있었다. 변호사는 노인이 스스로를 방에서 못 나가게 하려고 그랬다는 걸 알아차렸다. 다니엘은 자신도 알지 못하는 충동에 저항할 수 없었던 것이다. 노인은 심한 병에 걸렸다. 그는 말도 하지 않고 음식도 아주 조금밖에 먹지 않았으며, 무서운 생각에 사로잡힌 듯이 죽음이 어려 있는 눈으로 앞만 응시하고 있었다. 변호사는 노인이 병상에서 일어나지 못하리라고 생각했다. 그는 피후견인을 위해 할 수 있는 모든 일을 했으며 이제 조용히 결과를 기다려야 했다. 다음 날 아침에 K로 돌아가기로 결정한 변호사가 저녁 늦게 서류를 정리하는데, 작은 꾸러미가 손에 잡혔다. 후베르트 폰 로시텐 남작이 유언장 공개 후에 읽으라고 봉해서 준 것이었는데, 왜 이제까지 주의하지 않았는지 그 자신도 알 수 없었다. 그가 봉투를 열려고 할 때 문이 열리더니, 다니엘이 유령처럼 소리도 없이 걸어 들어왔다. 그는 옆구리에 끼고 온 검은 서류 봉투를 책상 위에 내려놓고 괴로운 한숨을 쉬며 무릎을 꿇더니, 떨리는 손으로 변호사의 손을 잡고는 깊은 무덤에서 울려 나오는 듯한 공허하고 음산한 목소리로 말했다.

"단두대에서 죽고 싶지 않아요! 저 위에 있는……"

그러고는 불안하게 숨을 몰아쉬며 간신히 일어나, 왔을 때와 마찬가지로 소리 없이 방을 나갔다.

변호사는 검은 봉투와 후베르트의 봉투에 씌어 있는 것을 전부 다 읽느라 밤을 새웠다. 두 서류의 내용은 정확하게 들어맞았으며 이제 취해야 할 조처도 스스로 정해졌다. K에 도착한 변호사는 후베르트 폰 로시텐 남작에게 갔다. 후베르트는 무례하고 거만하게 그를 맞았다. 정오에 상담을 시작한 두 사람은 밤 늦게까지 쉬지 않고 이야기를 계속했다. 이상하게도 다음 날 남작은 법원에 가서 상속권 요구자 로데리히를 아버지의 유언장에 적힌 대로, 로데리히 폰 로시텐 남작의 맏아들 볼프강 폰 로시텐 남작과 율리 폰 생 발 양의 합법적인 결혼에서 태어난 아들로 인정하며, 따라서 장자 세습지의 합법적인 상속인으로 인정한다고 선언했다. 후베르트가 법정에서 내려오니, 역마가 끄는 그의 마차가

문 앞에 서 있었다. 남작은 어머니와 누이를 남겨놓고 곧장 떠났다. 그는 어머니와 누이에게 다시는 자신을 보지 못하리라는 말과 그 밖에 이상한 말들도 써 보냈다. 일이 이렇게 반전되자 몹시 놀란 로데리히는 어떻게 이런 기적이 일어났는지, 어떤 신비한 힘이 작용했는지 물었다. 변호사는 그가 상속지를 소유한 후에 이야기해주겠다고 약속했다. 그러나 법원은 후베르트의 선언만으로는 만족하지 않고, 로데리히의 신분을 완벽하게 입증하라고 요구해서 상속권은 아직 그에게 양도되지 않았다. 변호사는 로데리히에게 로시텐에 와서 살라고 제안하고, 후베르트가 갑자기 떠나버려서 그의 어머니와 누이가 몹시 당황하고 있으니 시끄럽고 물가가 비싼 도시보다 성에서 조용히 지내는 게 좋겠다고 덧붙였다. 숙모와 그녀의 딸과 함께 적어도 얼마 동안 같은 집에서 산다는 생각에 몹시 기뻐하는 것으로 보아, 아름답고 우아한 세라피네가 그에게 얼마나 깊은 인상을 주었는지 알 수 있었다.

실제로 남작은 로시텐 성에서 지내는 기간을 잘 이용해, 몇 주 후 세라피네의 진정한 사랑과 그녀와의 결혼에 대한 그녀 어머니의 승낙을 얻어냈다. 로시텐의 상속인으로서 로데리히의 정당성을 증명하는 일이 여전히 의심스러운 상태에 있었으므로, 변호사는 그 모든 일이 너무 이르다고 생각했다. 쿠를란트에서 온 편지들 때문에 로시텐 성의 목가적인 생활은 중단되었다. 후베르트는 영지에 들르지 않고 곧장 페테르부르크로 가서 군인이 되었는데, 러시아가 페르시아와 전쟁을 막 시작해 지금 전장에 나가 있다는 내용이었다. 후베르트의 어머니는 무질서와 혼란이 지배하는 영지로 딸과 급히 가야 했다. 자신이 이미 사위라고 생각한 로데리히는 애인과 동행하기를 마다하지 않았고, 변호사 역시 K로 돌아갔으므로 성은 전처럼 텅 비었다. 관리인의 병은 점점 더 악화되어 이제는 회복하지 못할 것으로 판단되었기에 그의 직책은 볼프강의 충직한 하인, 늙은 사냥꾼 프란츠에게 넘겨졌다. 오랜 기다림 끝에 마침내 변호사는 스위스에서 좋은 소식을 받았다. 볼프강의 결혼식을 주재한 목사는 오래전에 죽었지만, 보른이라는 이름으로 율리 폰 생 발 양과 결혼한 볼프강이 자신이 로데리히 폰 로시텐 남작의 맏아들이라고 확실하게 증명했었다는 목사의 기록이 교회 기록부에서 발견된 것이다. 그 밖에도 두 사람의 결혼 입회인, 제네바의 상인과 늙은 프랑스인 대위(그는 리옹으로 이사했다)를 찾아냈고, 그들도 볼프강이 자신의 신분을 그들에게 밝혔다고 증언해서 교회 기록부에 있는 목사의 기록을 뒷받침해주었다. 법률적인 형식으로 작성된 보고서가 손에 들어와 이제 변호사는 의뢰인의 권리를 완전하게 증명하게 되었고, 따라서 오는 가을에 있을 상속권 양도에는 아무런 장애가 없었다. 후베르트는 출전한 첫 전투에서 전사했다. 아버지가 죽기 1년 전, 역시 전쟁터로 나가 전사한 동생과 같은 운명이 된 것이다. 이로써 쿠를란트의 토지는 세라피네 폰 로시텐에게 돌아왔고, 너무나 행복한 로데리히에게 좋은 지참금이 되었다.

11월이 되어 후베르트의 어머니와 로데리히, 그리고 그의 신부는 로시텐으로 왔다. 장자 상속권의 양도가 이루어졌고 로데리히와 세라피네의 결혼식이 거행되었다. 환희의 도취 속에서 몇 주가 흘러가고 마침내 싫증 난 손님들도 하나둘 성을 떠났다. 젊은 상속권자에게 그가 물려받은 모든 재산에 대해 자세하게 알려주기 전엔 성을 떠날 수 없었던 변호사로서는 반가운 일이었다. 로데리히의 숙부는 수입과 지출에 대한 계산서를 매우 엄밀하게 작성해놓았다. 그는 로데리히에게 아주 적은 금액만 생계비로 주었으므로, 로데리히는 조부가 남긴 금화와 현금 재산의 잔액에서 막대한 이자까지 받게 됐다. 후베르트는 처음 3년 동안만 영지의 수입을 자신이 사용했으며, 그에 대해서도 채무 증서를 발행해 그의 몫으로 상속받은 쿠를란트 토지를 담보로 지불보증을 해놓았다. 변호사는 다니엘이 몽유병자인 걸 알아차린 이후, 좀더 확실한 것을 알아내기 위해 조부 로데리히의 침실을 사용했었다. 결국 나중에 다니엘이 스스로 전부 털어놓았지만, 변호사는 여전히 그 방을 거실로 사용했다. 그래서 이 방과 옆의 큰방이 남작과 변호사가 업무를 위해 만

나는 장소가 되었다.

이제 두 사람은 환하게 불타는 벽난로 옆 커다란 책상 앞에 앉아 있었다. 변호사는 손에 펜을 쥐고 상속권자의 재산을 계산하며 금액을 적고, 로데리히는 책상 위에 팔을 올려놓은 채 펼쳐진 장부와 중요한 문서들을 들여다보고 있었다. 두 사람은 둔탁하게 출렁이는 파도 소리나 폭풍우를 예고하며 불안하게 울어대는 갈매기가 창문에 날개를 부딪치는 소리에도 개의치 않았다. 또한 자정 무렵 시작된 폭풍이 사납게 포효하며 성을 뒤흔들어 벽난로와 좁은 복도에서 나는 불길한 소리와 그것들이 온통 뒤섞여 윙윙대고 울부짖는 소리에도 신경 쓰지 않았다. 마침내 돌풍이 건물 전체를 울리더니 갑자기 보름달이 음산하게 온 방 안을 비추자 변호사가 말했다.

"고약한 날씨로군!"

상속받은 재산에 대한 희망에 깊이 도취된 남작은 만족스러운 미소를 띠고 수입 장부의 책장을 넘기면서 무심하게 대답했다.

"정말 사나운 날씨로군요."

그러나 그때 갑자기 방문이 열리며 죽은 사람처럼 창백한 유령 같은 사람이 들어오는 것을 보았을 때, 남작은 오싹한 공포로 펄쩍 뛸 지경이었다. 변호사를 비롯한 모든 사람이 심한 병에 걸려 혼수상태로 누워 있어서 다리 하나도 움직이지 못하리라고 생각했던 다니엘이었다. 몽유병이 재발해 밤에 돌아다니기 시작한 것이다. 남작은 아무 말도 못 하고 노인을 똑바로 쳐다보았다. 그러나 노인이 죽어가는 사람처럼 괴롭고 불안한 한숨을 쉬며 벽을 긁는 것을 보고 몹시 놀랐다. 머리칼이 곤두서고 얼굴이 죽은 사람처럼 창백해진 남작은 벌떡 일어나 위협적인 태도로 노인에게 다가가서는 방이 울릴 정도로 큰 소리로 외쳤다.

"다니엘! 다니엘! 이 시간에 여기서 뭘 하는 거냐!"

그러자 노인은 전에 볼프강이 충성에 대한 대가로 금화를 가지라고 했을 때처럼, 총에 맞아 죽어가는 짐승 같은 무서운 울부짖음을 토하며 쓰러졌다. 변호사는 하인들을 급히 불렀다. 그들은 노인을 일으켜 세워 소생시키려고 갖은 애를 썼으나 모두 헛수고였다. 그러자 남작은 이성을 잃은 듯 외쳤다.

"하느님 맙소사! 몽유병자의 이름을 부르면 그 자리에서 죽을 수도 있다는 얘기를 들은 적이 있는데! 내가! 방정맞은 내가…… 불쌍한 노인을 죽게 했어! 이제 난 평생 괴로워하게 되었구나!"

하인들이 시신을 들고 나가 둘만 남았을 때, 변호사는 계속 자책하고 있는 남작의 손을 잡고 아무 말도 하지 않고 벽으로 막아놓은 바로 그 문 앞으로 데려갔다. 그리고 그 앞에서 말했다.

"로데리히 남작, 여기서 당신 발밑에 쓰러져 죽은 사람은 바로 당신 아버지를 죽인 저주받은 살인자요!"

남작은 지옥의 유령이라도 보듯 변호사를 응시했다. 변호사는 계속 말했다.

"그 무서운 비밀을 당신에게 알려줘야 할 때가 된 것 같소. 그 무서운 비밀이 저 괴물을 괴롭히고, 저주받은 그를 수면 상태에서 돌아다니게 만든 거라오. 영원한 힘이 아들로 하여금 아버지의 살인자에게 복수하게 한 거요. 당신이 저 무서운 몽유병자의 귀에 대고 소리친 말은, 불행한 당신 아버지가 마지막으로 한 말이라오!"

남작은 아무 말도 하지 못하고 몸을 떨며 벽난로 앞에 변호사와 나란히 앉았다. 변호사는 후베르트가 유언장 공개 후에 읽으라며 그에게 남겼던 글의 내용부터 시작했다. 후베르트는 아버지가 장자 상속법을 규정한 순간부터 싹튼 형에 대한 화해할 수 없는 증오를 깊이 후회하며 자책했다. 사악한 방법으로 형과 아버지를 이간시키는 데 성공하더라도 아버지 자신이 맏아들에게서 장자의 권리를 빼앗을 수 없으며, 그의 마음과 감정이 맏아들에게서 완전히 멀어졌다고 해도 자신이 제정한 원칙 때문에 그런 짓을 절대로 하지 않을 것이므로 아무 소용이 없었다. 볼프강이 제네바에서 율리 폰 생 발과 사랑에 빠졌을 때, 후베르트는 형을 파멸시킬 수 있으리라고 생각했다. 그래서 다니엘과 결탁해 비열한 방법으로 아버지로 하여금 형을 절망으로 몰아넣을 결심을 하도록 만드는 음모가 시작되었다.

로데리히는 조국의 가장 전통 있는 가문 중 하나와 결합해야만 자신이 뜻한 바대로 장자 세습지의 영광이 영원토록 확립될 수 있다는 것을 알게 됐다. 별자리에서 이러한 결합을 읽은 그는 별자리에 새겨진 운명을 경솔하게 파괴한다면 장자 세습지의 파멸을 가져올 뿐이라고 생각했다. 그런 의미에서 볼프강이 율리와 결혼하는 것은 로데리히 자신이 지상에서 시작한 일을 도와주는 힘의 결정에 거역하는 범죄적인 암살이며, 따라서 악마적인 원칙처럼 그에게 대항하는 율리를 파멸시킬 모든 음모는 정당하게 여겨졌다. 후베르트는 형이 율리를 미칠 듯이 사랑하며 그녀를 잃으면 그가 불행해지고 어쩌면 죽을지도 모른다는 것을 알게 된 데다, 그 자신이 부당하게도 율리를 사랑하게 되어 그녀를 차지하고 싶었기 때문에 더더욱 아버지의 계획을 열심히 도와주는 교사자가 되었다. 하늘의 어떤 특별한 섭리였는지 볼프강에 대한 악의적인 음모들은 실패하고, 볼프강은 동생을 속이는 데 성공했다. 볼프강이 결혼하여 그 사이에서 아들이 태어난 사실도 후베르트에게는 비밀에 부쳐졌다. 아버지는 별자리를 보고 자신의 죽음이 임박했다는 예감과 함께 볼프강이 그에게 해를 끼칠 율리와 결혼했다는 사실도 알게 됐다.

그는 편지를 써서 아들에게 장자 상속권을 행사하러 모 월 모 일 로시텐으로 오라고 명하고, 결혼을 파기하지 않으면 저주하겠노라고 써 보냈다. 볼프강이 아버지의 시신 옆에서 태워버린 것은 바로 이 편지였다.

아버지는 볼프강이 율리와 결혼했으나, 자신이 이 결혼을 무효화해버리겠노라는 편지를 후베르트에게 보냈다. 후베르트는 그것을 몽상적인 아버지의 상상으로 생각했다. 그러나 볼프강이 로시텐에서 아버지의 예감을 확인해주었을 뿐만 아니라, 율리가 아들을 낳았다는 사실도 들려주었다. 또한 자신을 아직도 M 출신의 상인으로 알고 있는 율리에게 곧 자신의 지위와 많은 재산에 대한 사실을 밝혀서 그녀를 기쁘게 해줄 것이라고 말했다. 볼프강은 사랑하는 아내를 데리러 제네바로 갈 생각이었다. 그러나 그가 이 결심을 실행하기 전에 죽음이 너무 빨리 찾아왔던 것이다. 후베르트는 율리와의 결혼에서 태어난 아들의 존재에 대해 알고 있는 사실을 숨기고, 당연히 그 아들에게 속하는 상속권을 가로챘다. 그러나 몇 년 후 그는 깊이 후회하게 되었다. 운명은 무서운 방식으로 후베르트의 죄를 상기시켰다. 그의 두 아들 사이에서도 증오가 점점 더 커진 것이다.

"넌 불쌍하고 가난한 거지야"라고 열두 살짜리 형이 동생에게 말했다.

"하지만 난 아버지가 돌아가시면 로시텐의 상속자가

돼. 그럼 넌 새 옷을 사게 돈 좀 달라고 비굴하게 내 손에 키스해야 할걸."

거만하게 비웃는 형에게 너무 화가 난 동생은 마침 손에 쥐고 있던 칼을 던졌다. 칼에 맞은 형은 거의 죽을 뻔했다. 후베르트는 큰 불행이 생길 것이 두려워 작은아들을 페테르부르크로 보냈다. 그는 나중에 수보로프 장군 휘하의 장교가 되어 프랑스군과 싸우다 전사했다. 후베르트는 자신이 당할 수모와 치욕이 두려워 부당하고 부정직하게 재산을 차지한 비밀을 세상에 밝히지는 못했지만, 정당한 소유자의 재산을 한 푼도 빼앗고 싶지는 않았다. 그는 제네바에 조회하여, 보른 부인은 남편이 이해할 수 없는 방식으로 실종되자 절망해 죽었으며 어린 로데리히 보른은 어느 착한 사람이 데려다 기르고 있다는 사실을 알게 됐다. 그래서 후베르트는 상인 보른이 항해 중에 사망했으며 자신은 그의 친척이라고 밝히고, 어린 상속권자를 품위 있고 세심하게 기르기에 충분한 금액을 보냈다. 그가 상속지에서 거둬들인 수입의 이윤을 정성 들여 모아 유언장에 첨부한 것은 이미 아는 바와 같다.

형의 죽음에 대해 후베르트는 어떤 비밀스러운 사정이 있음이 틀림없으며, 자신이 어떤 무서운 행동에 적어도 간접적으로 관여했음을 추측하게 하는 정황을 수수께끼 같은 이상한 표현으로 말했다. 검은 봉투 안에 있던 서류 내용이 모든 사실을 밝혀주었다. 다니엘이 기술하고 서명한 그 글에, 후베르트와 다니엘이 음흉하게 주고받은 편지가 첨부되어 있었다. 변호사는 다니엘의 고백을 읽고 몹시 전율했다. 다니엘의 사주로 후베르트가 로시텐으로 왔던 것이다. 다니엘이 15만 탈러의 금화가 발견되었다는 것을 편지로 알려주었기 때문이다. 후베르트가 형에게 어떤 대우를 받았는지, 모든 소원과 희망이 사라져서 실망하고 떠나려고 한 그를 변호사가 붙잡은 것은 이미 아는 바와 같다. 다니엘의 마음속엔 자신을 비루먹은 개처럼 내쫓으려고 했던 젊은 사람에게 피의 복수를 하려는 원한이 끓어오르고 있었다. 그는 절망한 후베르트를 불태우고 있는 불길에 계속 부채질을 했다. 소나무 숲으로 늑대 사냥을 떠나 눈보라와 광풍 속에서 두 사람은 볼프강을 없애기로 담합했다.

"없애버려야지."

후베르트는 엽총을 옆으로 겨누며 중얼거렸다.

"네, 없애버립시다."

다니엘이 비죽 웃으며 말했다.

"그러나 그런 방법은 안 돼요, 그런 방법은 안 돼요."

이제 그에게는 지나친 자부심과 용기가 생겼다. 다니엘이 남작을 살해할 것이고 그 사실은 아무도 모를 것이다. 마침내 돈을 받은 후베르트는 음모를 꾸민 것을 후회하고 더 이상 유혹에 빠지지 않기 위해 떠나려고 했다. 그날 밤 다니엘 자신이 말에 안장을 얹고 마구간에서 끌어냈으나 후베르트가 말에 올라타려는 순간, 다니엘은 날카로운 목소리로 "후베르트 남작님, 당신의 상속지에 그냥 계세요. 이 순간 당신의 것이 됐으니까요. 거만한 볼프강은 탑 아래로 떨어져 죽었거든요!" 하고 말했다. 다니엘은 물욕에 사로잡힌 볼프강이 밤에 일어나 탑으로 가는 문 앞에 서서, 다니엘의 말대로 더 많은 재산이 파묻혀 있을 탑 밑바닥을 애타는 시선으로 자주 내려다보는 것을 알았다. 그래서 그 운명의 밤에 다니엘은 큰방 문 밖에 서 있다가 남작이 탑의 문을 여는 소리를 듣고 안으로 들어간 다음, 낭떠러지 바로 앞에 서 있는 남작을 쫓아갔다. 남작은 고개를 돌리고, 눈에 살기를 번득이는 흉측한 하인을 보자 놀라 소리쳤다.

"다니엘, 다니엘! 이 시간에 여기서 뭘 하는 거냐!"

그러자 다니엘은 "이 비루먹은 개야, 떨어져라" 하고 사납게 소리 지르며, 볼프강을 힘껏 발로 차 낭떠러지 밑으로 밀어버렸다!

참혹한 범죄에 대해 몹시 충격을 받은 로데리히는 아버지가 살해된 성에서 평화를 찾을 수 없었다. 그는 쿠를란트의 영지로 가 매년 가을에만 로시텐으로 왔다. 다니엘의 범죄를 짐작했던 늙은 프란츠는 요즘도 보름달이 뜨면 다니엘의 유령이 가끔 나타난다고 했는데, 그가 묘사한 유령의 모습은 바로 변호사가 경험하고 쫓아냈던 것과 똑같았다. 아버지에 대한 기억을 더럽히는 이 모든 사실을 알게 된 아들 후베르트도 고향을 떠나 방황했던 것이다.

작은할아버지는 이렇게 모든 이야기를 다 하고 나서, 눈물이 가득한 눈으로 내 손을 잡고 아주 힘없는 목소리로 말했다.

"얘야, 그 아름다운 부인도 사악한 운명이, 그 성에 살고 있는 두렵고 기이한 힘이 그녀를 죽게 했단다! 우리가 성을 떠난 이틀 후 남작은 부인에게 썰매를 타러 가자고 했다는구나. 그가 아내를 태우고 계곡 아래로 가는데, 말이 갑자기 이상하게 두려워하며 울어대고 미친 듯이 날뛰더래. '그 늙은이가, 그 늙은이가 우릴 쫓아오고 있어요' 하고 남작 부인이 날카로운 목소리로 외치더라는구나! 그 순간 썰매가 뒤집어져서 그녀는 나가떨어졌고, 사람들이 달려가 보니 이미 죽었더란다! 남작은 슬픔에서 끝내 벗어나지 못하고, 죽어가는 사람처럼 꼼짝 않고 있다는구나. 우린 다시는 로시텐으로 가지 못한다, 얘야!"

그러고 나서 할아버지는 침묵에 잠겼다. 나는 찢어지는 가슴을 안고 그 자리를 떠났다. 모든 것을 가라앉히는 시간만이 내가 평생 잊지 못하리라고 생각했던 깊은 고통을 가라앉혀주었다.

여러 해가 흘러갔다. 작은할아버지는 오래전 무덤에 잠

들었고 나는 고향을 떠났다. 독일 전역을 휩쓸며 황폐하게 만든 전쟁의 광란이 나를 북쪽으로 계속 몰아 페테르부르크까지 가게 했다. 돌아오는 길에 K에서 멀지 않은 곳에 이르렀다. 나는 어느 캄캄한 여름밤에 발트 해안을 따라 마차를 타고 가고 있었다. 그런데 저 앞 하늘에 반짝이는 큰 별이 보였다. 가까이 다가가자 붉은 불꽃이 깜빡이고 있었다. 별이라고 생각했던 것은 거센 불길인 모양인데, 어떻게 하늘 높은 곳에서 불이 타오르는지 이해할 수 없었다.

"아저씨! 저 앞에 있는 건 무슨 불입니까?"

나는 마부에게 물었다.

"아, 저건 불이 아니라 로시텐 등대예요."

로시텐! 마부가 그 말을 하자, 그곳에서 보냈던 그 운명의 가을날 장면들이 생생하게 떠올랐다. 남작과 세라피네의 모습이 떠오르고, 그 이상한 고모들의 모습도 떠올랐다. 희고 매끈한 얼굴에 머리를 단정하게 빗고 분을 바르고 엷은 하늘색 옷을 입은 내 모습도 떠올랐다. 난로처럼 한숨을 쉬며 애인의 눈썹에 대한 슬픈 노래를 짓던* 사랑에 빠진 나 자신의 모습! 깊은 슬픔에 몸을 떨며 나는 색색의 작은 촛불처럼 타오르던 작은할아버지의 심한 농담들을 떠올렸다. 그

* (원주) 셰익스피어의 『뜻대로 하세요』 2막 7장에 나오는 한 구절을 인용한 것이다.

이야기들은 당시보다 지금 더 재미있게 느껴졌다. 고통과 함께 이상한 흥미를 느낀 나는 아침 일찍 로시텐에서 마차를 내렸다. 마차는 우체국 앞에서 멈춰 섰다. 나는 장원 감독관의 집을 알아보고 우체국 서기에게 그에 대해 물었다. 우체국 서기는 파이프를 입에서 떼고 모자를 뒤로 밀며 말했다.

"죄송하지만, 여기는 장원 감독관이 없어요. 여긴 왕국 장관의 관사인데 장관님은 아직 자고 있을걸요."

나는 그에게 계속 질문을 한 결과, 마지막 상속인인 로데리히 폰 로시텐 남작은 이미 16년 전에 자손을 남기지 않고 죽었으며, 상속 재산은 법에 따라 국가 소유로 넘어갔다는 것을 알게 됐다. 나는 성 쪽으로 올라갔다. 성은 무너져 폐허가 되어 있었다. 소나무 숲에서 나오는 늙은 농부에게 말을 걸었다. 그는 성벽에서 떨어진 돌을 등대 짓는 데 사용했다고 말해주었다. 또한 성에서 살던 유령에 대한 이야기도 알고 있었다. 요즘도 이따금, 특히 보름달이 뜨면 돌무더기 속에서 무서운 울음소리가 들린다고 했다.

앞을 내다보지 못한 불쌍한 로데리히! 당신은 어떤 사악한 힘을 불러냈기에, 당신이 영원토록 확고한 뿌리를 내리고자 했던 가문이 첫 싹에서부터 죽음의 저주를 받게 되었는가.

옮긴이의 말

현실의 환상, 환상의 현실

중세 독일의 전설과 민담의 세계를 동경한 낭만주의자들은 경이로운 모험과 세계의 근원적인 의미 추구, 신비하게 얽혀 있는 인간관계, 초월적인 힘에 굴복하는 인간 등을 창작 소재로 삼았다.

E. T. A. 호프만은 현실의 시공간을 신비와 몽상으로 가득 채우고, 환상이 현실이 되는 삶을 꿈꾸는 인물들을 그렸다. 예술은 범속함을 신성함으로 바꿀 수 있고 황량한 삶을 아름다운 시詩로 만들 수 있지만, 예술가는 현실과 환상의 경계가 허물어진 세계에서 혼란과 분열을 겪게 된다. 그래서 호프만의 작품은 대개 그러한 예술가의 운명을 그린 예술가 소설이며 운명비극이다.

호프만의 작품 중 가장 많이 회자되는 것은 「모래 사나이」다. 그것은 무엇보다 프로이트의 유명한 분석에서 비롯되었다. 프로이트는 우선 사전적인 의미로는 '공포를 불러일으키는 불확실하고 불안한 감정'인 '다스 운하임리헤das Unheimliche'의 정확한 의미를 어원학적으로 추적하고, 문학

작품에서 사용된 사례들을 분석하는 면밀한 추론 과정을 거쳐 그것이 어떤 사물, 사람, 사건, 기억이 주는 '낯선 느낌'에서 비롯되는 두려움, 즉 '두려움을 불러일으키는 낯섦Angst hervorrufende Fremdheit'이라는 결론에 이른다. 익숙하고 친밀한 것이 갑자기(또는 억압에 의해) 낯설어지면서 공포를 유발하는 상황에 빠지는 것으로, 프로이트가 예로 든 것은 생명 없는 물체가 갑자기 살아 있는 것으로 생각될 때(그리고 그 반대의 경우), 같은 현상이 반복될 때, 감춰져 있어야 할 것이 드러날 때(죽은 자의 회귀), 불가사의한 예감의 실현 등이다. 이 문제에서도 프로이트가 특히 주목하는 것은 유아기의 내용으로, 그에 따르면 억압된 유아기 콤플렉스가 어떤 인상에 의해 되살아나거나, 극복된 유아기의 믿음이 다시 확인되는 것으로 나타날 때 '운하임리히'한 감정이 생긴다는 것이다.

나타나엘의 경우 '눈의 상실'에 대한 두려움은 거세 불안으로 소급될 수 있다고 프로이트는 분석한다. 아들은 어머니에 대한 금지된 사랑 때문에 아버지에게 벌을 받게 될 것을 두려워한다. 아버지 이마고는 좋은 아버지(나타나엘의 진짜 아버지)와 나쁜 아버지(모래 사나이로 상징되는 코펠리우스)로 갈라진다. 나쁜 아버지 이마고는 나타나엘의 무의식에 남아 계속 쫓아다니고 결국 그를 파멸시킨다. 나타나엘은 클라라와의 관계를 통해 나르시시스트적인 고립에서 빠져나오려고 헛되이 시도하는 신경증 환자이며, 이 소설은 병력사病歷史라는 것이 프로이트의 견해다. 이후 비평가들은 소설의 심층 차원을 포착한 그 출발점에는 동의하지만, 이 소설을 단순히 오이디푸스 콤플렉스의 표본으로만 해석할 때 중심 문제에 대한 답은 얻지 못한다고 반박한다. 의학적 증상이 아주 비슷하다고 해도, 예술 작품은 단순한 정신병리학의 증례 보고서가 아니기 때문이다.

이 소설에는 여러 가지 내용적인 모티프와 서술 관점의 다양성에서 오는 구성적인 특징이 있으며, 무엇보다 핵심적인 내용은 지각과 인식의 문제, 자기 상실과 정체성의 문제다. 또한 우리는 이 작품에서 독일 문학에서 자주 만나는 예술가 소설의 한 전범典範을 보며, 계몽주의와 낭만주의의 비판적인 논쟁과 낭만적 아이러니(작가의 개입 부분)의 특수한 본보기를 발견할 수 있고, 두려운 낯섦과 기괴함의 모범적인 형상화로도 읽을 수 있다. 또한 '모래 사나이'에 대한 나타나엘의 공포 환상이 혼란스러운 사건의 정확한 관점을 실제로 묘사하는 것인지에 대해서는 끝까지 열어둔 이 소설은 시선, 지각, 인식의 문제를 테마로 하여 독자에게 사건의 수수께끼를 어느 특정한 의미로 이해할 가능성을 주는 듯하지만 곧 다시 반대되는 것으로 대치되므로, 한 가지 판단의 확실성을 잃을수록 '운하임리히'한 인상은 증폭된다. 한 가지 의미의 현실이 다음 서술 구조에서는 다시 의문시되어

의미화하는 현실의 관점 자체도 의문스러운 만큼, 비평가들이 끊임없이 다양한 해석을 시도하고 있는 작품이다.

낭만주의 시대에는 의학과 자연과학 분야에서도 자연의 보이지 않는 어두운 측면에 주목하여 의식의 분열과 심리적 현상에 대한 광범위하고 집중적인 연구가 이루어졌고, 1800년대에 광기는 문학에서 유행하는 주제가 되었다. 호프만은 일생 동안 여러 번 자신이 미칠까 봐 두려워했고, 자신은 "광기에 대해 광적인 관심을 갖고 있다"라고 고백한 바 있다. 「적막한 집」에는 호프만이 당시 정신분석 연구서를 탐독하고 최면술이나 미래 예지 능력 등 인간 의식의 불가사의한 면에 집착한 흔적이 그대로 옮겨져 있다.

「적막한 집」은 「모래 사나이」와 많은 점에서 유사하다. 유년기 체험에서 유발된 공포가 광적인 상상으로 인해 시인의 강박관념이 되고, 이탈리아 상인에게서 구입한 시각 기구인 거울이 환상과 마성의 도구가 되며, 다른 사람에게는 보이지 않는 여자의 눈에 이끌려 이성을 잃게 되는 등, 「모래 사나이」에서처럼 고립되고 확대되는 시선이 마성과 결합하여 광기로 끌고 가는 과정이 묘사되어 있다. 그러나 「모래 사나이」와의 주된 차이점은, 나타나엘은 광기에 빠지는 반면 테오도어는 치유된다는 것이다. 테오도어는 사건을 숙고하고 설명을 찾고, 다른 사람의 해석을 나타나엘처럼 바로 거부하거나 경멸하는 대신, 자신의 주관적인 인상과 다른 사람의 관점 사이에서 균형을 찾는다. 자신의 의지력과 의사의 충고로 강박관념을 몰아내고, 마침내 영혼의 안정을 찾은 그는 이야기를 써서 친구들에게 들려준다. 그 이야기는 테오도어의 창작으로 볼 수도 있다. 여기에서도 우리는 호프만이 그리는 시인의 전형을 본다. 시인은 마술 거울의 환상 속에서 자신의 허구(창작)에 전율하는, 깨어 있는 상태에서 꿈꾸는 몽상가다. 테오도어는 명확한 의미도 갖지 않은 인물들이 등장해, 어떤 구성적 관계도 맺지 못한 채 사라지는 수수께끼 같은 사건에 대해 어떠한 설명도 없이 이야기를 끝맺는다. 그러나 그는 자기 감정의 움직임을 추적하고, 나타나엘과는 달리 외부 세계를 가지고 있으며, 그것을 자신의 내면에 철저히 종속시킨다. 그의 묘사는 다른 사람이 보기에도 객관적이며, 나타나엘처럼 주관적인 해석을 하기보다 올바른 시각 원칙을 갖고 인간과 사건에 대해 정확히 관찰하려고 한다. 이러한 정확한 관찰에 상상력을 접목하여 범상한 것에서 다른 사람에게는 보이지 않는 비상함을 볼 수 있는 능력을 갖추고, 일상과 경이로움의 관계, 미지의 힘들의 독특한 순간을 직관적으로 파악하는 것이 시인인 것이다.

「장자 상속」은 법률가였던 호프만이 장자 상속법의 불합리함을 비판하려는 의도와 주인공이 시인, 음악가, 변호사인 호프만 자신을 투사하고 있다는 점에서 작가 자신의 현실을 많이 담고 있다고 할 수 있다. 과장된 사랑의 열정, 비밀스러운 살인, 유령의 등장, 있음 직하지 않은 우연, 다양한 사건 고리, 가문에 내려진 저주 등은 고딕소설의 전형적인 구조다. 이 소설에서는 알 수 없는 어두운 힘이 운명을 불러오는 것이 아니라 시기, 교만, 증오, 복수심, 물욕, 권력욕 등 인간의 성격과 행동이 불행을 초래한다. 초자연적인 불가해한 현상과 내면의 강박관념, 인간의 집요한 욕망이 알 수 없는 방향으로 파멸을 가져오는 비극을 그리는 것이 공포 낭만주의의 특징이다.

이 작품에도 낭만주의적 인간과 계몽주의적 인간이 대비되어 있다. 주인공 예술가는 낭만주의 작가들의 강박관념인 이루어지지 않을 사랑에 집착함으로써 감미로운 비탄과 도취적인 절망에 빠질 수 있고, 예민하고 섬세한 감정은 바로 자신이 다른 사람과 다르며 뛰어나다는 증거라고 자부하지만, 어느 순간엔 자신도 모르던 용기가 솟구치기를 기대하기도 한다. 냉정하고 침착한 이성적 인간을 대표하는 변호사는 강한 의무감과 명철한 이성을 지닌 인물로, 미지의 힘에 이끌려 행동하는 인물들 사이에서 감정에 몰두하는 시적 정서의 어리석음과 무서운 결과를 경고함으로써 감정 과잉에 균형을 준다. 음울하고 통속적인 공포 소설의 소재에 비밀스러운 암시와 작은 예시 기법으로 긴장을 고조시키며 독자를 끝까지 붙잡아놓는 이 소설은, 정확한 성격 묘사로 사실주의 소설의 선구이며 정밀한 묘사 기법의 모범으로 꼽힌다.

이 책에 실린 소설들은 *Nachtstücke*에서 선별해 우리말로 옮긴 것이다. 'Nachtstück'(밤 풍경, 야상곡, 밤의 이야기)이란 원래 미술 용어로 '밤에 그린 그림'을 뜻한다. 달빛이나 횃불, 촛불로 불완전하게 조명된 대상을 그리면 명암이 날카롭게 대비되고, 독특한 색채를 띠며, 낯설고 불안한 효과를 자아낸다. 호프만은 「모래 사나이」처럼 한낮에 일어나는 정신적 사건과 무의식의 과정에, 밤 풍경이란 용어를 은유적으로 사용하고 있다. 낙관적이고 진취적인 계몽주의의 밝은 빛 속에서는 보이지 않고, 의식적으로 간과되는 심리 현상을 묘사한 작품들인 것이다.

작가 연보

1776 1월 24일 쾨니히스베르크에서 태어남. 부친은 변호사. 원래 이름은 에른스트 테오도어 빌헬름이었으나 모차르트를 경모하여 빌헬름을 아마데우스로 바꿈.

1778 부모 이혼.

1781 초등학교에 입학. 음악과 그림 레슨.

1792 쾨니히스베르크 대학에서 법학 공부 시작.

1795 대학 졸업. 법률 실습.

1798 민나 되르퍼와 약혼. 베를린으로 이사.

1800 사법 시험 3차 합격. 포즈난 고등법원의 법관 시보로 일함.

1802 민나 되르퍼와 파혼. 마리안나 테클라 미하엘리나 로러와 결혼.

1803 첫 작품 「수도에 있는 친구에게 보내는 사제의 편지Schreiben eines Klostergeistlichen an seinen Freund in der Hauptstadt」 발표.

1804 바르샤바로 이사. 율리우스 에두아르트 히치히와

교제. 그로부터 낭만주의 정신을 알게 됨.

1805 클레멘스 브렌타노의 시에 호프만이 곡을 붙인 오페라 「즐거운 음악가들」 공연. 라단조 미사 작곡. '음악 서클' 결성. 내림 마장조 교향곡 공연.

1806 나폴레옹 군대의 바르샤바 입성으로 관직을 잃음.

1808 밤베르크 교회 음악 감독으로 취직. 그러나 곧 사직하고 극단의 작곡가로 일함.

1809 극단 일을 그만두고 음악 레슨으로 생계 유지. 음악 신문에 기고. 「기사 글루크Ritter Gluck」 발표.

1813~14 교회 음악 감독으로 드레스덴과 라이프치히를 오감. 오페라 「운디네」 작곡. 「황금 항아리Der goldne Topf」와 『악마의 묘약*Die Elixiere des Teufels*』 집필 시작.

1814 베를린 고등법원의 법관이 됨. 『칼로풍의 환상적인 이야기*Fantasiestücke in Callots Manier*』 출간.

1815 『악마의 묘약』 1권 출간.

11월 「모래 사나이Der Sandmann」 집필. 『밤 풍경*Nachtstücke*』 구상.

1816 베를린 고등법원의 판사가 됨. 『악마의 묘약』 2권 출간.

8월 오페라 「운디네」 성공적인 초연.

11월 『밤 풍경』 1권 출간

「아르투스 궁전Der Artushof」 발표. 「호두까기 인형과 생쥐 왕Nussknacker und Mausekönig」 완성. 『어린이 동화*Kinder-Märchen*』 1권 출간.

1817 『밤 풍경』 2권 출간. 오페라 「운디네」 공연. 『세 친구들의 삶에서*Ein Fragment aus dem Leben dreier Freunde*』 출간. 콘테사, 푸케와 함께 쓴 『어린이 동화』 2권 출간. 「낯선 아이Das fremde Kind」 집필.

1818 『키 작은 차헤스, 위대한 치노버*Klein Zaches genannt Zinnober*』 집필 시작. 「가수들의 경쟁Der Kampf der Sänger」 발표. 『극단 감독의 이상한 고뇌*Seltsame Leiden eines Theaterdirektors*』 출간. 오페라 「어부 처녀」 공연.

1819 1월 『칼로풍의 환상적인 이야기』 2판 출간. 1812년 밤베르크에서 작곡한 소프라노와 테너를 위한 이탈리아 듀엣 공연. 『키 작은 차헤스, 위대한 치노버』 출간.

2월 『세라피온 형제들*Die Serapionsbrüder*』 1권 출간.

3월 「폰 B남작Der Baron von B.」 발표.

4월 「두려운 손님Der unheimliche Gast」 「교회 음악 감독 요하네스 크라이슬러의 편지Ein Brief des Kapellmeisters Johannes Kreisler」 발표.

5월 『수고양이 무어의 인생관*Lebensansichten des Katers*

Murr』 집필. 「유명한 사람의 생애에서Nachricht aus dem Leben eines bekannten Mannes」 발표.

6월 『하이마토카레*Haimatochare*』 출간.

7월 아내와 바름브룬에서 요양.

9월 베를린으로 돌아옴. 『세라피온 형제들』 2권 출간. 「시뇨르 포르미카Signor Formica」 「스쿠데리 부인Das Fräulein von Scuderi」 발표.

10월 「슈필러 글뤼크Spieler Glück」 발표. 『수고양이 무어의 인생관』 계속 집필.

11월 「밤은 고요하고 아름답다」 작곡.

『수고양이 무어의 인생관』 1권 출간.

1820 2월 「사건의 맥락Der Zusammenhang der Dinge」 발표.

6월 「산에서 온 편지Briefe aus den Bergen」 발표.

9월 『세라피온 형제들』 3권 출간.

10월 『드 라 피바르디에르 후작 부인*Die Marquise de la Pivardiere*』 『브람빌라 공주*Prinzessin Brambilla*』 『칼로풍의 카프리치오*Capriccio in Callots Manier*』 출간.

12월 신경성 열병으로 다음 해 1월까지 투병.

1821 법원의 상급 판사로 진급. 『세라피온 형제들』 4권, 『수고양이 무어의 인생관』 2권 출간.

1822 프로이센 정부가 『벼룩 대왕*Meister Floh*』 원고의 「크나르판티 에피소드」를 검열. 『벼룩 대왕』은 「에피

소드」를 제외하고 출간.

6월 25일 척수 결핵으로 사망.